講談社文庫

伽藍堂の殺人

～Banach-Tarski Paradox～

周木 律

講談社

人々は遠くにいるのだ。そして私を動かしているのだ。彼等はそうする権利がある。なぜなら私も彼等を動かすのだから。

彼等――それはいったい何者なのか。口も利かず手も触れないのに、私の死すら支配している彼等は。

――谷川雁《たにがわがん》「原点が存在する」より

Banach-Tarski Paradox

目次 CONTENTS

本文イラスト 日田慶治

本文図版 周木 律

本文デザイン 坂野公一(welle design)

伽藍堂の殺人

～Banach-Tarski Paradox～

プロローグ

ざん――ざん――。

夜を支配する、騒々しい波の音。

片側から殴りつける、暴力的な風。

鼻を突く潮《しお》の香り。

饐《す》え、腐り、それでいてなぜか懐《なつ》かしき、不穏。

栈橋《さんばし》に立つ宮司《ぐうじ》百合子《ゆりこ》は、肩までの髪を押さえたまま、強風に逆らっていた。

半袖のブラウス。ジーンズ。ぴたりとした服装でよかった。そうでなければ、風に煽《あお》られ、身体ごと押し流されてしまうだろうから。

だから――不思議だった。

なぜ、眼前の彼女は、平然と立っていられるのか？

――ふと、栈橋に目をやる。

前後に続く長い栈橋。その両端が、暗闇に滲《にじ》んで消えている。

縁《ふち》には手すりがなく、そのすぐ先に一歩を踏み出すことは、あまりにも容易《たやす》い。だからこそすぐに解《わか》った。この直線が、冷酷な境界を成しているのだと。

白きこちら側には、実が。

黒きあちら側には、虚が。

では、その間には、何が？

——ともあれひとつだけ断言できることがある。それは、実は生につながり、虚は死につながるのだということ。それだけは、理屈ではない、現実。つまり——。

あの境界から、ほんのわずかでも足を踏み出せば、すぐさま虚が足を掬《すく》い取《と》る。

身体が放物線の軌道を描き、遂にはすべてが割れ、折れ、砕《くだ》け散る。

物理学的には、これを破壊したという。

文学的には、死ぬという。

言わばその行為はゼロを掛けるようなものだ。

ゼロを掛けられれば、数はすべてゼロになる。

ゼロは、何を掛けてもゼロにしかなり得ない。

だから——ゼロとは死そのもの。

何もないこと、イコール、ゼロ。

ゼロとは、無。

「そこには、無しかない」

彼女が——善知鳥神《うとうかみ》が言った。

どきり、として顔を上げる。ゼロの中に浮かぶように神は立っている。風に煽られ、黒いワンピースが大きく羽を広げる。暗闇より濃い色の長い髪がはためく。にもかかわらず彼女は悠然と立つ。その軸は揺るがない。あるいは、まるで風が自ら彼女を避《よ》けているようにさえ──。

「魅力的でしょう？」

神が、首を小さく傾《かし》げた。

「無とはそれだけで完璧な美。そうは思わない？」

「…………」

百合子は、答えない。

問いに対する答えは、知っていた。だがその解は恐ろしいものだ。口にしてしまえば、その瞬間に、自分が解に取り込まれる。

だから百合子は、逆に神に問い返した。

「どうして、二人きりに？」

瞬間、風に煽られる。

ぐらりと、身体が一歩神へと近づく。

たたらを踏む百合子に、神は言った。

「完璧な美は、ある意味では終着点ね。到達してしまえば、それ以上を誰も望まない」

話が噛《か》み合《あ》わない。まるで、突風が彼女をすり抜けていくように。

だから百合子はふと思う。この島ではいつも激しい東の風が吹きつける。本当は、これこそ神の引力なのではないか。だから彼女は平気でいられるのではないか——。

「『ザ・ブック』。それは、この世界のすべての数学定理がエレガントに証明された天上の書物。言わば、真実のみを示した『美そのもの』。だから十和田《とわだ》さんも切望している。それを読むことをね。でも、本はあくまでも媒体。ひとたび読んでしまえば、ただの紙の束に成り下がり、誰も興味を持たなくなる……だとすれば、一体何が『ザ・ブック』を尊《とうと》いものにしているのでしょうね」

暫《しば》し考えてから、百合子は答えた。

「……読むことができない、からですか」

「不可読性はひとつの理由。でも必ずしも『ザ・ブック』が、本質的に不可読であるという訳じゃない。現に一部を読んだ者は限りなくいるんだもの。もちろん、あなただって読める。だから理由はほかにある」

「どんな、理由ですか」

「知りたい？」

神が、人差し指を唇に当てる。モノトーンの世界の中で唯一、艶《なま》めかしいほどに鮮やかで、みずみずしい色。すなわち、生命の色。

その指を、神はそのまま顔の前で静止させた。

「それはね、『たったひとり』に『ザ・ブック』が独占されているということ」

人差し指の垂線《すいせん》を、とおった鼻筋に重ねて言う神に、百合子は訊《き》き返す。

「たったひとり……天上の支配者ですか？」

「いいえ」

黒髪に柔らかく滑らかなカーブを描かせながら、神は、ゆっくりと首を横に振ると、百合子の視線を真っ向から見据えて、答えた。

「……ゼロよ」

百合子の背を、何かが圧《お》した。

身体が一歩――神に近づいた。

やっぱりだ。これは、引力だ。

彼女の瞳を中心とした、クーロン則に従う力だ。

だから百合子は、彼女の瞳から視線を外せない。

百合子は、また一歩――神の瞳に視線を釘《くぎ》づけにされたまま、さらに一歩――二歩
――まるで操られるように歩を進めた。だが――。

「い……今はお兄《にい》ちゃんたちが二人の博士を探しています。十和田先生も、皆も」

本能的な危機感が、足を踏みとどまらせる。

すんでのところで、百合子は抗《あらが》ったのだ。

自分が進んだのと同じ分だけ後ずさると、百合子は、頭を強く何度も左右に振った。

「だから……私たちも、行かなくちゃ」

「……ふふ」

神の顔に浮かぶのは——笑み。

無邪気で、不気味で、知的で、妖しい、つまり容易に底が知れない微笑。にもかかわらず百合子は、たじろぎそうになる心の奥底で、同時に、奇妙な感情を覚えてもいた。

なぜだろう——なんだかとても、懐かしい。

「そうね。今はそうすることが望まれているのだから、行かなくてはね……でも」

神は、なおも視線を百合子にあわせたまま、ふと真剣な表情を作った。

「その前にひとつ、あなたに伝えておくべきことがあるわ」

「……何ですか」

訝《いぶか》る百合子に、神はまるで詠唱するがごとくに告げた。

——かつて世界には、巨人族《ティーターン》がいた。王ウラノスの息子である暴虐《ぼうぎゃく》の王クロノスは、父の王権を簒奪《さんだつ》すると、世界に覇《は》を唱えた。

「……ギリシャ神話？」

百合子の呟《つぶや》きに応ずることなく、神は続ける。

――クロノスは、レアとの間に子を儲《もう》けた。ひとりはゼウス。全知全能の天空神として世界を総《す》べる神。そして、もうひとりは――。

「……ハーデス？」

「そう。冥府の主にして豊穣《ほうじよう》の神、ハーデス」

にこりとまた微笑《ほほえ》むと、神はさらに、呪文のように言葉を継《つ》ぐ。

――一度は打ち捨てられたクロノスへの信仰。それを人はまた取り戻そうとしている。再び、クロノスに取り込まれようとしているのだ。だからゼウスは、兄弟とともに、父クロノスを倒そうとしている。父に代わり世を総べるため。人を、救うため。

けれど――。

「ハーデスはいまだ、自分の使命には気づいていない。だからいまだ、地上にいる」

「地上に？」

「そう。クロノスは強大な存在。口も利かず、手も触れず、しかし死すらも支配する。言わばゼロ、無限、あるいは、混沌《こんとん》。だから神々は、共に手を取りクロノスに抗い、倒さなければならないの……でも」

神は、すっ——と息を吸った。

「ハーデスはいまだ、真実には気づいていない。地上で、人として、ただ、人とともにいる……だとすれば」

「………」

「時期は、まだ先ね」

人として、ただ、人とともにいる。

時期は、まだ先。

その言葉の意味を、百合子はなんとなく理解する。

だから百合子は、神に問うた。

「ハーデスって、誰なんですか」

びゅう、とひときわ強い風が吹く。

引力が生ずる。

足を一歩、前へ。かろうじて生の世界に留まった百合子に、曖昧な世界から、しかし微動だにしないまま、神は答えた。

「覚えている？　あの花」

「花？」

「ええ。六枚の白い花弁と、強い毒性を持つ花」

無意識にごくりと唾を飲み込む百合子に、神は、挑むように口角を上げた。
「それが、あなたよ」
それが、あなたよ——。
一言が、百合子の蝸牛《かぎゅう》の内側で、いつまでも螺旋《らせん》を描き続ける。
ハーデスが、私。
ならばクロノスとは誰？　ゼウスとは誰なのか？
そして——人とは？
ざん——ざん——。
ざん——ざん——。
激しい波音が、彼女をかき乱す。
ざん——ざん——。
ざん——ざん——。

第Ⅰ章

1

「お兄ちゃんはね、過保護すぎると思うんだ」

百合子が、苛立《いらだ》ったように俺の手を振りほどいた。

「体調が悪くなれば、薬を飲むなり、横になるなり自分で判断するから、そんなにいちいち構わないでも大丈夫だよ」

そう言うと百合子は、うっとうしそうな表情を作った。もちろんその表情の理由は、突き刺さるような夏の眩《まぶ》しい日差しのせいでも、潮風が髪を乱暴に掻《か》き乱《みだ》すせいでもない。

「そもそも私、船酔いなんかしてないよ」

「そりゃあ、今はそうかもしれない」

俺は、諭《さと》すように言った。

「だが、いずれはするかもしれない。今も結構揺れてるだろう。俺の経験上、船酔いはいきなり、やって来る」

足下にある板張りの甲板。荒波に揉《も》まれ、水平線に対して激しく揺動しているそれを指差しつつ、俺は続けた。

「甘く見ていると、後でつらい思いをすることになる。だから、ほら、今すぐこれを飲むんだ」

「いいってば」

俺が百合子の手に酔い止め薬を押しつけようとするのを再度振り払うと、百合子は、怒気《どき》を含む声を上げた。

「平気だって。私、子供じゃないんだよ」

「いや、子供みたいなものだ。俺から見れば」

「だ、か、ら、そういうのが嫌なの。私、もう二十三だよ。一から十まで面倒見られるっておかしくない？」

「何がおかしいんだ。俺は君の保護者だ。保護者が被保護者を保護するのは当然のことじゃないのか」

その言葉に、百合子は腕を組みつつ、呆《あき》れたように言った。

「保護者は保護者でも、お兄ちゃんは過保護者でしょう？」

「過保護者？」

「そう。過剰な保護者。そりゃあ、もうすぐ四十歳になるお兄ちゃんから見たら、私なんかまだ子供みたいなものかもしれない。でもね、私、お兄ちゃんが思っているほど無能力者ってわけでもないんだからね」

「無能力者とは思っていないよ」

「いや、思ってる」

百合子はふいと顔を背《そむ》けた。

「確かに、昔からその傾向はあったけれど……お兄ちゃん、最近それがちょっと極端になってきてない？」

「そんなことはない」

そう。そんなこと、あるはずがない。

首を横に振る俺に、百合子はなおも言う。

「私はね、そう簡単に怪我《けが》したり、体調を崩したり、ましてや行方不明になったりはしないの。そりゃあ、確かに五覚堂《ごかくどう》に無断で行って心配を掛けたし、本当にごめんなさいと思ってはいるけれど……でもね、お兄ちゃん」

百合子は、呆れたように小さな息を吐《は》いた。

「だからって、私が自分じゃ何もできない人間だと思われるのも心外なの。確かに私はまだただの大学院生かもしれない。けれど、だからといって子供というわけでもない。私はね、自立したひとりの人間なんだよ」

「それは、解ってる」

「ううん、解ってない」

百合子は鋭い目で俺を睨《にら》みつけると、人差し指を俺につきつけた。

「解ってたら、なんでここまでついてくるの？　あの島に招待されているのは私だけでしょう？　宮司百合子は招待者リストに入っている、でも宮司司《つかさ》はリストに入っていない。招待されてもいない人間が行って、どうするつもりなの」

「それなら問題ない」

きっぱりと答える。

「もう一度言うが、俺は君の保護者だ。したがって、招待されていなくとも、同伴する資格があり、義務もある」

百合子は、ぱちぱち、と素早く二度目を瞬《まばた》かせると、ややあってから、眉根を揉みつつ長い溜息《ためいき》を吐《つ》いた。

それから、揺れる甲板の低い手すりに腰かけると、ほとほと疲れ果てたような顔つきで言った。

「……どうなっても知らないからね」

「大丈夫。問題ない」

「問題ないって……お兄ちゃんのその自信はどこからくるの？　帰れって言われたらどうするつもり」

「帰るわけないだろう。帰れないいんだぞ」

「でも、施設の中に入れてくれないかもよ？」

「そのときはそのときさ。もちろん、いざというときのことも考えている」

「ちょっと待って、それって……」

　とがめるように、百合子は言った。

「まさか職権濫用するつもり？」

「濫用にはならない。ああ、なり得ない」

　俺はすぐさま言い足した。

「仮に何か事が起こる場合。これは犯罪捜査つまり司法警察員としての職務を遂行する必要があるから、俺が施設に入ることには十分な理由がある。仮にそうでない場合。何らかの犯罪が起こる蓋然性《がいぜんせい》が高いと判断できさえすれば、その予防つまり行政警察活動として、施設に入る十分な理由がある。いずれにせよ十分な理由があり、職務の範囲内の行為となる以上、職権を濫用しているということにはならない」

「そんなの、屁理屈《へりくつ》だよ」

「屁理屈でも、理屈は理屈さ。過保護でも、保護は保護なのと同じようにね」

「でもお兄ちゃん、警察庁警視正《えらいひと》なんでしょう？　責任ある立場なら、そういうのは慎《つつし》んだほうがいいと思うんだけれど」

「責任ある立場だからこそ、やるべきことはやらなきゃだめなんだ」

はははと笑うと、さらに深く長い溜息を吐きながら首を大きく横に振る百合子に、さっきから気になっていたことを注意する。

「それより百合子、手すりに腰かけちゃだめだ。後ろにバランスを崩したらどうする。海原《うなばら》へ真っ逆さまだぞ。船は揺れるんだ。危ないからこっちにきなさい。あ、甲板は海水で滑るから足元にも気をつけて」

「……はい、はい」

百合子は、悟《さと》りを開いたような無表情で、しかし俺とはもはや目をあわせないまま、淡々と返事をした。

そんな百合子の様子に、俺はそっと、心の中で呟く。

確かに君の言うとおりかもしれない。俺はもう大学院生である君を、まだ子供だ、だから何もできないと思っているかもしれない。時には職権を濫用してまでも、過保護を貫いているかもしれない。そう、君の言うことはもっともだ。だが――。

――そう簡単に、行方不明になったりはしないの。

俺は知っているんだ。君のその言葉が誤っているということも――。

だから、解ってくれ。俺は、君を守らなければならない。人とは、いとも簡単にいなくなるものなのだから——。

その場所に百合子が招かれたのは、一週間ほど前のことだ。

A４判の茶封筒が、その日、ほかの郵便物と混じって、さりげなく百合子が所属する研究室に届いていた。百合子は、封書の仕分けを担当する後輩の学部生から「あの、先輩……こんなものが届いているんですけど」という訝しげな言葉とともに、その手紙を受け取った。

「手紙？　私あて？」

「ええ。宮司先輩あてで」

「なんだろう……」

論文の送付を依頼した覚えはないし、ゼミを通じて個人的に文書のやり取りをしている相手がいた覚えもない。

心当たりがない。不審を感じつつ封筒を裏返すと、差出人の名前が、百合子の目に飛び込んだ。

「……『林田呂人《はやしだろじん》』？」

誰だろう？　百合子は眉を顰《ひそ》めた。

「知らない人ですか？」

「うん。聞いたことない。名前も『ろじん』じゃなくて『ろひと』かもしれないし
……あれ、まだ開封はしていないの？」

「はい。『親展』ってありましたから、勝手に開けたらまずいかな、と」

親展ということは、私だけに何か、特別に伝えたいこと、しかも人に見られたくはないことがあるということなのだろうか。

いずれにせよ、堂々と中を検《あらた》めてよい類《たぐい》のものではなさそうだ。百合子は、「ありがとう」と律儀《りちぎ》な後輩に礼を述べると、そのまま人気のない部屋の奥に移動した。

周りに誰もいないことを確認すると、百合子は使い込まれた欅《けやき》のレターナイフで、封をぴりぴりと切り開けた。

中から出てきたのは、四枚の紙だった。

ひとつは、日本海に面したN県沿岸の海図。

ひとつは、施設のある場所の詳細図。

ひとつは、施設の見取り図と思《おぼ》しき図面。

そして、もうひとつは。

「……招待状？」

百合子は、目の前にその紙を持ち上げ、目を細める。

白い厚手のケント紙。そこには、ワープロでこう記されていた。

招待状

宮司百合子様
時下益々《ますます》ご清栄のことと存じます。

さて、七月＊＊日、別添同封しました地図の場所において、数学に関する講演会を開催いたします。

お忙しい最中、また遠方のところを大変に恐縮ですが、宮司百合子様にも、ご出席を賜りたく存じます。

本講演のテーマは左記のとおりです。

一、「位相幾何学におけるリーマン予想の展開」
講演者――常沢浄《つねさわきよし》博士
二、「リーマン予想に見る自己相似的構造」
講演者――大石誉樹《おおいしたかき》博士

ご出席の際には、会場への送迎のために船をお出ししますので、七月＊＊日午後＊時または＊時に、Ｎ港第一埠頭までお集まりください。また講演会参加料、宿泊料、ともに無料です。

二〇〇〇年七月

主催者・発起人　藤《ふじ》　衛《まもる》
コーディネータ　林田　呂人

追伸

この講演会は、藤衛先生のご発案により、かのリーマン予想解決に向け開催するものです。講演者・出席者・講演会場等々につきましては、主催者である藤先生のご推薦を踏まえ、コーディネータであるわたくし林田が選定させていただきました。

その後の事情により、残念ながら藤先生は講演当日の出席が叶《かな》わないこととなりましたが、宮司百合子様におかれましては、藤先生の右記の講演会開催趣旨を十分にご検討いただいた上で、この機会に是非《ぜひ》ともご出席を賜りますよう、重ねてお願い申し上げます。

——百合子からこの招待状を見せられた俺は、まず最初に、あの男の名前を心の中で呟いた。

藤衛《ふじまもる》。

齢《よわい》九十を超えた数学者にして、今もなお日本の数学界において藤天皇と呼ばれ尊敬され続けている巨人。また二十二年前、あの孤島で起きた殺人事件の主犯として、ついこの春まで死刑囚として拘置所に収監されていたにもかかわらず、再審で電撃的な無罪を勝ち取ると、その後は一転、行方を晦《くら》ました怪人。

そして、俺の平穏な日常を奪った、絶対に忘れることのできない男――。

そんな男が、なぜ百合子を招待したのか？

黙ったまま招待状を見つめる俺に、百合子が訊いた。

「行ってもいい？　お兄ちゃん」

「だめだ」

「どうして？」

被《かぶ》せるように即答した俺に、さらに被せるように、百合子はその理由を問うた。

「どうしてって……危険すぎる」

「なぜ危険だと？」

「それは……」

「藤衛先生が主催者だから？」

「ぐ」

図星を突かれ、言葉に詰まる。そんな俺に、百合子は続けた。

「お兄ちゃんはいつもはっきり言わない。でも私にはなんとなく解る。双孔堂《そうこうどう》の事件のときから、お兄ちゃんはなんだか藤先生のことをすごく警戒しているように見える」

「そんなことはないよ」

「ううん。ある」

真剣な眼差《まなざ》しで、百合子は言った。

「五覚堂のときもそうだった。あの後、藤先生が釈放されたっていうニュースを聞いたときも……お兄ちゃん、すごく眉間《みけん》に皺《しわ》を寄せていた。だから私は思ったの。お兄ちゃんはきっと、藤先生を何かとてつもない危険人物だと思っているんだろうって」

「………」

「もしかしたら本当に、そうかもしれない。でもね……それでも私は大丈夫」

百合子は、ひとつ息を継ぐと、大きく首を縦に振った。

「確かに藤先生は得体《えたい》がしれない人だと思う。本当はやっぱり凶悪犯なのかもしれない。でも、それは私とは無関係。だったら私が危険に直面するなんていうこともないはずだよ」

「それは……」

違う。そうじゃない。

君は直面し得るんだ。なぜなら、君は――。

「……？」

――いや、だめだ。

俺は、喉元まで出かかる台詞《せりふ》を、ぐっと飲み込んだ。

そんな俺に、百合子はなおも言った。

「お兄ちゃん……私はね、この講演会のテーマになっている『リーマン予想』に、すごく興味があるんだ。講演される先生方は、二人とも先進的な研究をなさっている有名な方々だし、そんな人たちの講演が聞けるチャンスなんて滅多にないでしょう？講演がある日と翌日は大学も休みでタイミングもいい。だから私、どうしてもこの講演会に行ってみたいの」

「…………」

いつまでも無言を続ける俺に、痺《しび》れを切らしたのか、百合子がねだるように言った。

「ね、お願い。お兄ちゃん。いいでしょう？　大丈夫だから、絶対」

「あー、解った。解ったよ」

懇願《こんがん》する百合子に、俺は是《ぜ》とも非《ひ》とも明らかにしないまま、とりあえず顔の前で手を大きく横に振った。
「ともかくだ、その講演会っていうのは、どこで開催されるんだ？」
これを是と捉えたのだろう。百合子は破顔すると、同封されていた地図——という
より、ほぼN県沿岸の海図——と目的地の詳細図とを、俺に見せた。
「ここだよ」
地図を示した百合子の細い人差し指の先。
そこには入り組んだ海岸線があり、その合間に身を寄せあうようにして、小さな
島々が密集する領域があった。そして、もう一枚の詳細図からは、その島がどのよう
な形をしているか、そしていかなる名称で呼ばれているかが一目で解った。
島は、こんな名前を持っていた。すなわち——。
——「伽藍島《がらんとう》」。

※　図1「伽藍島平面図・立面図」参照

2

伽藍島行きを俺が首肯したことに喜んだ百合子だったが、その後に俺が付した一言

図1　伽藍島平面図・立面図

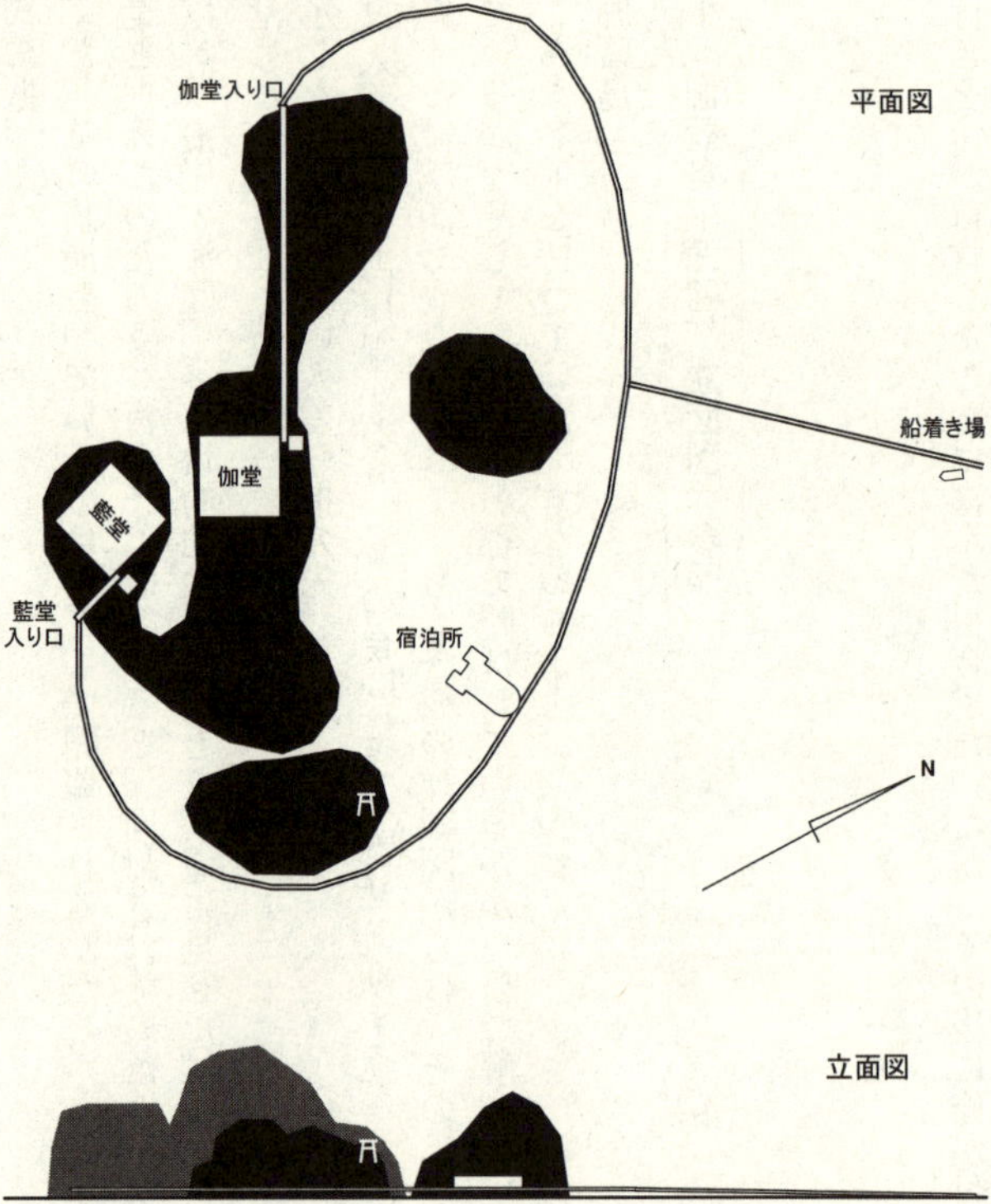

に、一転、不機嫌になった。

その条件とは――兄である俺が同行すること。

それを聞くや、百合子は抗弁した。

「平気だって。お兄ちゃんが心配なのは解る。でも、私はひとりで大丈夫だから」

「いや、だめだ」

俺は、強く首を横に振った。

「俺が一緒についていけないのならば、伽藍島に行くことも許さない」

「………」

それから出発までの一週間。百合子は俺が一緒に伽藍島に行くことを諦めさせようとあれこれ抵抗していたが、結局は、半《なか》ば達観したようにしぶしぶ俺の同行を認めたのだった。

こうして百合子は不機嫌なまま今に至り、船もまた、N港を出てからというもの、ずうっと不穏に揺れ続けていた。

林田呂人なる人物が手配したという船は、荒波に翻弄《ほんろう》されながらも、本州を右手に見ながら、夏の青黒い日本海を真《ま》っ直《す》ぐに進んでいる。

そっぽを向いたままの百合子。その横顔に、俺は心の中で呟いた。

すまない百合子。君の気持ちも解るんだ。だが――。

こればかりは譲れない。俺は百合子を守らなければならないし、ましてや行く先はあの藤衛が関わる場所なのだから。

しかも——島には、数学者が集まるのだという。

学者、あるいは芸術家、才能のある人間たちが狂気の天才の手にかかり殺された惨劇——あの事件が遠くない過去に起こったことを、俺は忘れてはいない。

藤衛。そして、集められる数学者たち。

これが何を意味しているのか。その示すところは未だ解らないにせよ、ひとつ言えるのは、何かがある可能性が高いということ。そして、少なくともそんな場所に百合子をひとりで送り出すことなど、できるわけがないということ——。

「いい天気ですねえ」

不意に、背後から誰かが話しかけた。

振り向くと、そこにはハンチング帽を被った、小太りの男がいた。

「暑いでしょう、そんな黒いスーツで、しんどくないですか?」

妙に愛嬌《あいきょう》のある表情で、気さくに話しかける男に、俺は苦笑いで答えた。

「そんなことはないよ、慣れているから」

「普段からスーツ着るお仕事ですものね」

真夏にスーツを着ることがそんなに珍しいのだろうか? 確かにこの男自身はラフ

な格好をしているが——いや、ちょっと待て。それ以前になぜ、この男は俺がスーツを着る仕事だと知っている？

「どうも。脇宇兵《わきうへい》といいます」

怪訝《けげん》な顔の俺に、その三十半ばくらいの男は、小太りな身体を揺らしながら、俺に名刺を差し出した。

「脇さん……新聞記者か」

「ええ。デイリーXの報道部にいます」

名刺の肩書を読んだ俺に、脇は満面の——おそらくは愛想笑いを浮かべた。

デイリーX。X県のローカル紙だ。ローカル紙とはいえ首都圏にも近いX県の地方紙は、五大紙に次ぐ発行部数を誇る、それなりの新聞社だ。

「っていうか、覚えていませんか？」

脇が突然、俺の顔を覗《のぞ》き込《こ》むようにして訊く。

「覚えているって、何を？」

「宮司さんですよね、あなた」

「……俺のことを知っているのか」

「知っているも何も、僕、何回か宮司さんに取材していますよ？　あれえ、本当に忘れられちゃったんですかねえ」

「取材？　……ああ」

そうか――ようやく思い出した。

「君、記者クラブにいなかったか？　確か……A新聞の」

「そうです。まさしくそのA新聞の人です。うーん……なんか残念だなあ、宮司さんに覚えてもらえていなかったなんて。直接お会いして色々とお話を伺ったのに」

「いや、すまない。忘れていたが……うん、今はっきりと思い出した」

そう、こいつはA新聞の脇だ。数年前、警察庁の記者クラブにいた脇と何度か電話でやり取りをしたことがあるのだ。あの頃は他にも取材を受けることが多かったせいかとんと忘れていたが、確かに一度、対面もしていたはずだ。

「あのときは君もスーツで帽子なんか被っていなかっただろう。だから解らなかったんだよ。それより君、デイリーXに転職したのか？」

「ええ。背広着て役所に詰めるのが面倒になりまして」

はっはっはと目尻を下げて大笑すると、しかしすぐ脇は真顔で言った。

「ってのはもちろん嘘《うそ》でして。実はA新聞がなんとなく肌に合わなかったんですよね。やたらと四角四面っていうか……まあ大企業だから仕方ないんですけれどね。それでもうちょっと気楽な会社のほうがいいなと思いまして」

「で、転職したと」

「はい。で、今はデイリーXで、あれやこれや雑多に書いているというわけです。お堅い論評から、ローカルなお祭りだとかの記事まで」

「確かに、楽しそうではあるな。警察庁《うち》の不祥事をひたすら粗探《あらさが》しして文字に起こすよりも」

「それは言いっこなしですよ。僕もあれは、仕事でやっていたんですから」

それに僕、デイリーXでもまだ警察担当なんですよねえ――と申し訳なさそうにぽりぽりと頭を掻いた。

それにしても、デイリーXか――。

目を細めて過去を思い返す俺に、ふと脇が言った。

「で、この船に乗っているっていうことは、宮司さんも伽藍島の講演会に招待されているってことですか」

「あ？　あ、ああ、うん。まあ……俺と、妹の百合子が招待されている」

「そうですか」

本当は、招待されているのは百合子だけで、俺自身は招待されていないが――。

顔に出ないよう適当に誤魔化《ごまか》していると、不意に脇が、船の進行方向に体を向け、水平線に目を細める。

「ところで宮司さん、講演会の主催者がどなたかは、ご存じですか」

「藤衛だろう？　数学者の」

「そうです。で、講演の演題は『リーマン予想』とかいう問題に関するものなのだとか……僕、そんなに数学は知らないんですけれど、なんか興味が湧いて、色々と調べてみたんですよ。そしたら……リーマン予想って、面白いですね」

いたずら小僧のような表情で、脇は言った。

「百年以上前にドイツのリーマンっていう数学者が提唱した予想で、いまだ未解決の難問。でももしこの予想がはっきり正しいと解れば、数の秘密が明らかになり、ひいては宇宙の秘密まで明らかになるっていうじゃないですか」

「そうらしいな」

正確には、リーマン予想とは素数の性質を明らかにする予想だ。数の基本概念である素数に関する予想だが、一九七〇年代、リーマン予想の一要素となっているゼータ関数に関するある数式が原子核のエネルギーに関する数式と一致していることが示された。このことからリーマン予想は今日、あるいは宇宙そのものの神秘をも明らかにする予想なのではないか、という見方をされることもあるのだ。

「あんまり数学とは縁がないんですが、なんだか面白そうなんで、少々深く調べさせてもらいました」

「記者らしいな」

「はい。職業病ですね。それでですね、調べれば調べるほど、これは変だぞと思うようになったんです」

「何が変なんだ」

「そんな、数学に関する重要な講演会に、なんであまり数学とも縁のない一地方紙の記者である僕が招待されたのかってことが、です。もちろん、警察庁のお役人である宮司さんが招待されたのも、不可解っちゃ不可解ですが」

「……ああ」

曖昧に頷《うなず》いた。本当は俺は招待されたわけじゃないのだが。

とはいえ、そう考えれば、一大学院生でしかない百合子が招待されたのも、確かに変だ。

「藤先生がわざわざ無名の新聞記者を招いたのはなぜか？　そこにどんな理由があるのか？　……ね？　なかなか興味深いでしょう。しかもこの講演会、伽藍島なんていうちょっといわくのある島でやろうとしているんですよ。いやあ、何か裏がありそうで、新聞記者の血が騒ぎますよ」

わくわく、という内心を表したつもりだろうか、肩を不気味に上下させた脇に、俺はしかし、眉根を寄せた。

「いわくのある島？」

「あれ、ご存じないんですか？　伽藍島」

「普通の島だと思ってたんだが。違うのか」

そういえば、大して下調べはしていなかったが――これから向かうあの島には、何かいわくがあるのだろうか。

「警察庁のキャリアさんでも、さすがにご存じないようで。まあ、かなり昔の話のようですからねえ……宮司さん、『BT教団』って知ってます？」

「BT教団？　うん、聞いたことはあるな」

俺は、胡乱《うろん》な記憶を脳みその奥から引っ張り出す。

「確か……戦後、雨後のたけのこのようにできた新宗教のうちのひとつだったはずだ。タイショーなんとかっていう教祖が、世界平和を理念に掲げて作ったとか……」

「平和を祈り、信者を勧誘し、お布施《ふせ》を要求する……まあ、巷《ちまた》によくあるタイプの宗教団体ですね」

俺の記憶が乏《とぼ》しいのは、反社会的活動がさほど見られない宗教団体だったからだろう。宗教や信仰を謳《うた》う団体は数多いが、法の網をかいくぐって儲けつつ、国からも目をつけられない宗教団体は、そうはない。

「ちなみに教主はタイショー……ではなく昇待《しょうたい》。昇待蘭童《らんどう》という変な名前の人物ですね。側近の信者以外には決して姿を見せない謎の人物で、男か女かも判然としていません。大胆にも潜入取材を試みた先輩記者いわく、全身を頭からすっぽり覆うような白い装束を纏《まと》っていたため、小柄だったということ以外は何も解らなかったそうです。一時は、たくさんの信者を抱え、一大勢力を誇っていたそうですが、今はまったく下火です。何しろ昇待蘭童が、教団の財産を全部持ったまま、いなくなっちゃいましたからね」

「そんなことがあったか……」

脇は、肩をすくめた。

「一九八〇年頃のことらしいです。忽然《こつぜん》と教主がいなくなったせいで、残された信者たちはちりぢりばらばらになり、日本中にあった施設も、ほとんどを手放してしまったんですね。もっとも、一部の熱心な信者は、これを『幽隠《ゆういん》』と呼んで、いまだ信心を続けているようですが……」

幽隠――ガイバは、イスラム教シーア派の概念だ。

シーア派では、アリーの子孫のみにイスラムのイマーム（指導者）たる資格を認めている。アリーはムハンマドの従弟であり、イスラムの第四代正統カリフとなったが、暗殺されてしまった。その後、カリフはウマイヤ朝を開くムアーウィアに継がれていったが、シーア派はウマイヤ朝を認めず、アリーとその子孫にのみイマームたる正統性を認め続けている。

すなわち、シーア派はアリーの子孫である歴代イマームの絶対性を信奉している。だからアリーの血脈がその後断絶し、その直系子孫がいなくなってしまっても、彼らイマームは幽隠《ガイバ》されており、最後の審判の日に再臨するのだと考えているのだ。ＢＴ教団の熱心な信者たちも、おそらくはこれにならい、教主である昇待蘭童は逃げたのではなく、単に幽隠しただけであり、いずれは自分たちを救いにくるのだ——そう信じ続けているのである。

滑稽《こっけい》だ。そして哀れだ。

「だが、そのＢＴ教団が、伽藍島とどう関係があるんだ？」

「知りたいですか？　……知りたいですよね？」

俺の問いに、脇はふふんと鼻を鳴らし、得意げに言った。

「実はですね、宮司さん。この昇待蘭童率いるＢＴ教団が現在でも所有している施設ってのがいくつかありまして、何を隠そうそのひとつが」

「この伽藍島なんですよ」

不意に、俺たちの会話に男が割り込んだ。

ずっこける脇の傍《かたわら》で、男はほっほっほと特徴的な笑い声を上げた。

「すなわち、この伽藍島こそがＢＴ《バナツハータルスキ》教団教主、昇待蘭童の忘れ形見そのものであるというわけですな。ほっほっほ」

「……あなたは？」

「おお、申し遅れましたな。私、小角田《こつのだ》雄一郎《ゆういちろう》といいます」

「お仕事は？」

「Ｏ大学で、数学の教授をしております」

鶯色《うぐいすいろ》の着流し姿の小角田が、俺たちに一礼をした。疎《まば》らな頭髪と、それとは対照的かつ印象的な、胸元まである真っ白な三角形の顎髭《あごひげ》。年齢は六十代半ばくらいだろうか。

学者というよりは、隠棲《いんせい》した陶芸家とでもいうような風貌。飄々《ひょうひょう》とした口調と、ごつごつと骨ばった指先が、またいかにもそれらしい。

「と、ということは、小角田先生も伽藍島に招かれたのですか？」

「そうですよ」

気を取り直した脇の質問に小角田は、白い顎髭の上にある大きな口を、ニカ、とまるで蛙《かえる》のように開いた。

「あの藤天皇がらみのご招待なのです。これは行かずにはおられますまい」

小角田は、前歯の抜けた歯茎を見せながら、ほっほっほ、と再度特徴的な笑い声を上げた。

俺と脇も、それぞれ自己紹介を終えると、小角田は「それにしても……」と興味深げに言った。

「新聞記者に、警察庁のお偉いさん。こりゃまた珍しい人選ですが、やはりこれもあの藤天皇の魔法のごとき差配でしょうか」

「小角田先生もそう思われますか」

脇の問いに、「ええ、もちろん」と髭を揺らせつつ小角田は頷いた。

「もっとも藤先生は、我々凡百の人間がいかに知恵を絞ったとしても、必ずその上を行くお方です。藤先生が何かをなさるときには大抵、どうしてこんなことをするのだろうと怪訝に思うことがよくありましたが、後になるといつも、そこには合理的な理由があったのだと解り、いたく感心したものです。そう考えると、きっとあなたや宮司さんを招待したというのにも、何か意味があるのでしょうねえ」

――と、いうことは。

足元がぐらりと揺さぶられるような感覚に、俺は思わず俯く。

あの事件においても――俺の父親と母親は意図的に選ばれ、そして意図的に死んでいったということなのだろうか？

「……どうかしましたか？」

「あ、いいえ。何でも」

横から覗き込む小角田に、俺ははっと我に返りつつ顔を上げた。

「ま、行ってみればすべて解るということですね」

能天気な脇の言葉。俺は平静さを取り繕いながら「ところで」と小角田に問うた。

「小角田さん、さっきあなたはBT教団のことを、バナッハ何とかと言っていたと思うが、それは何のことです？」

「ああ、あれはBT教団の正式名称ですよ。BT教団とはあくまで略称で、正確にはバナッハ‐タルスキ数秘術教団というのです」

一般的には略称のほうが知られていますがね、と台詞とともにほっほっほと甲高い笑いをひとつ挟むと、小角田は続けた。

「バナッハ‐タルスキの矛盾《パラドクス》というのを、おふたりはご存じですかな？」

「パラドクス？」

俺は脇と顔を見あわせる。脇は目をぱちぱちと瞬かせると、さっぱり解りませんと顔全体で表現しつつ、首を横に振った。

それを見て、小角田が小さく口角を上げた。

「一九二〇年代に、ポーランドに二人の数学者がおりました。関数解析を得意としたステファン・バナッハと、数学基礎論を得意としたアルフレト・タルスキです。ふたりは共同研究を進める中、ある奇妙な定理を導いたのです」

「何か発見したのですか」

「ええ。数学的にはまったく誤謬《ごびゅう》のない、論理的にはどこにも間違いなどない定理を見出したのです。それは、このようなものでした……」

――中身のつまった球体Kが「ひとつ」ある。この球を、適当に有限個に分割し、再び寄せ集めることによって、球体Kを「二つ」つくることができる。

「え、なんですそれ。どういうことです？」

よく解らないと言いたげに、脇が眉根を寄せた。

「球体Kが二つ？　えーと、つまり分裂した？」

「分裂したという言い方は適切ではないですね。正しくは、いい加減という意味ではなく適切にという意味で『適当に』分割して、もう一度組みあわせることで球を二つ作り得る、ということです」

※　図2「バナッハ－タルスキのパラドクス」参照

「はあー？」

素っ頓狂な声を出す脇の代わりに、俺が訊く。

「要するに、球が増えたという理解でいいのですか」

図２　バナッハ－タルスキのパラドクス

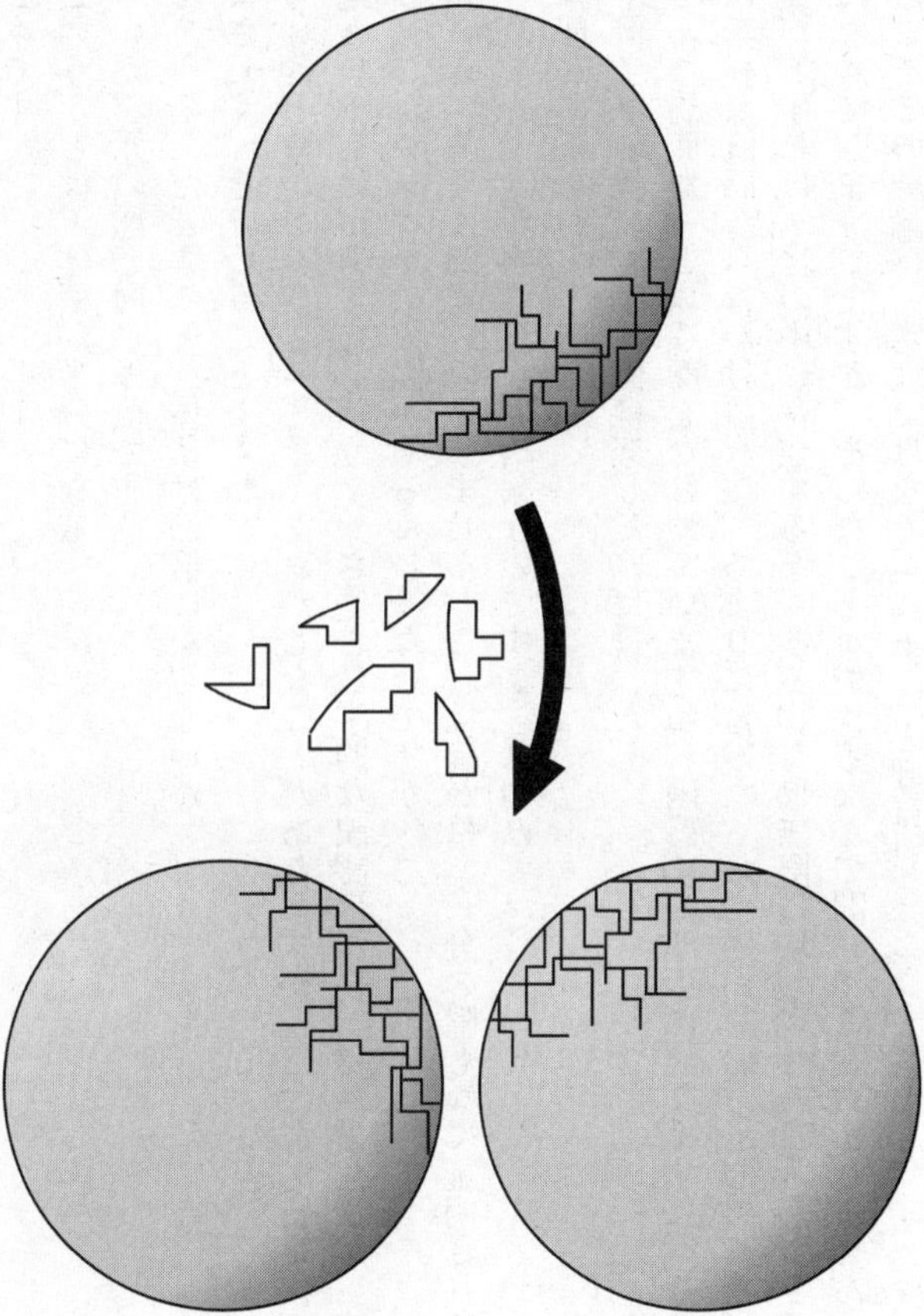

「そうです」

「ということは、体積が半分になる」

「いいえ、元の球と同じ体積です」

「ん？　……だとすると、体積は二倍にならないか」

「まさしく、そういうことですね」

「ちょっと待ってください、そんなおかしなことがありますか。だって、質量保存の法則というものがあるでしょう？　さっき数学的な誤謬はないと言いましたが、やっぱりどこかロジックに欠陥があるんじゃないですか」

「いいえ、論理に間違いはありません。これは確かに、一分の隙もなく証明されていて、数学的、論理的に正しい結論なのですよ。ほっほ」

「論理的に正しい……？」

半信半疑の俺に、小角田は楽しそうに言った。

「そんな馬鹿な、という顔をなさっていますね。困惑する理由は解りますよ。この結論は素朴な直感からはかけ離れた、あまりに奇妙なものですからね。もしこの定理が事実だとすれば、世の中に存在するあらゆる物質は無限に増殖させることができることになってしまう。ですが、そんなことができるなんて聞いたこともありません。だからこそこの結論は、定理ではなく『逆理《パラドクス》』と呼ばれるのですね。ただ……」

小角田はふと、真顔になった。

「BT教団の教主である昇待蘭童は、むしろこのパラドクスは正しく、だからこそ現実にも応用できると主張したのです」

それは、昭和三十年代初めのこと。

バラックが建ち並ぶ貧しい下町の路地裏で、通行人たちに、ある奇跡を見せる者がいた。

その奇跡とは、ひとつのリンゴが、腕の中で二つに増えるという不思議な術。驚く人々にその増えたリンゴを分け与えると、こう言った。

──数の神秘を信じなさい。さすれば、人は物理法則をも凌駕《りょうが》できるのです。

この人物こそ、のちにBT教団の教主となる昇待蘭童その人だった。

まだ貧困に喘《あえ》ぎ人生に絶望する者も多かった時代、昇待蘭童はそうやって、人々の前で食料を増やしては、希望とともに人々に分け与えていったのだという。ペテンだと糾弾する者もあったらしいが、一方でそれがマジックであると看破できた者もおらず、いつしか昇待蘭童は「奇跡の人」という枕詞《まくらことば》とともに、人々に知られるようになっていった。

やがて、昇待蘭童の周囲に集まった信者たちが、この奇跡を世界に知らしめるべく、平和の名のもと教団を組織しようと考えたとき、昇待蘭童はこう言ったという。

——教団名は「バナッハ－タルスキ数秘術教団」としましょう。

バナッハ－タルスキ？　聞きなれないこの言葉に戸惑う信者たちに、昇待蘭童は慈愛に満ちた笑みとともに、高らかに言った。

——バナッハ－タルスキとは、あるパラドクスを発見した二人の数学者の名前を連ねたものです。私の奇跡は、この数学上の概念を現実世界において実現したものにほかなりません。パラドクスはこう述べています。「ひとつのものが二つになる」と……多くの人は、そんな馬鹿な、物理学に反していると笑うでしょう。しかしそんな先入観が、世に不公平を生み、貧困を生み、争いを生み、戦争を生んだのではないでしょうか？　もっとも、皆さんはすでに知っているのです。ひとつのものが二つになる。そのパラドクスが矛盾ではないことを、私が見せた奇跡によって、それがれっきとした事実であると、解っているのです。いいですか、皆さん。これこそ私が神から授かった奇跡の力なのですよ。さすれば今こそ、バナッハ－タルスキの逆理こそが数学的に正しい定理であり、かつ実現可能なものでさえあるのだということを、人々に知らしめなければなりません。さあ、これこそが正しい教えであり、世界平和につながる唯一の道なのだということを、世界中に伝えていこうではありませんか。

「……信者たちは、本当にそんな言葉を信じたのでしょうか？」

半ば呆れて、俺は疑問を口にした。

ほとんどの宗教は、奇跡という現象を教義に置く。人間にできないことが起こるのはなぜか、それは神がいるからだというロジックを用いるためだ。現に、モーセが葦《あし》の海を割ったのも、キリストが水を葡萄酒《ぶどうしゅ》に変えたのも、ムハンマドがミウラージュしたのも、すべて神が現実に存在していることの間接的な証《あかし》とされている。

もちろん、このロジックには二つの詭弁《きべん》がある。まずそれが神にしか起こし得ないことであるとは限らないし、またある奇跡が起きたからといって必ずしもそれが神があることの根拠とはならないのだ。

だから、ほとんどの人々はこれを「まやかしだ」と言って受け流す。だが、一方では、この奇跡を真っ向から信じる人々も確かにあり、だからこそ世にはこれほどの宗教が溢《あふ》れているのだ。

小角田は「そのとおり」と頷いた。

「信者たちは信じたのです、昇待蘭童を。あるいは、信じさせられたのかもしれません。何しろ昇待蘭童は人並み外れたカリスマ性を持った人物であったようですからね。いずれにせよ彼が、そうして教団を大きくしていったのは事実なのです。そして、彼が起こした最大の奇跡、それこそが、まさに伽藍島が舞台となったものでした」

「最大の奇跡だって？」

「最大の奇跡ですって？」

同時に訊く俺と脇に、小角田は面白そうに笑いながら、「そうです」と答えた。

「あの島で、昇待蘭童は信者たちに最大の奇跡を見せたのです。『瞬間移動』という、奇跡を」

「瞬間移動だって？」

「瞬間移動ですって？」

またもや、脇と声が重なる。やけに気があうものだと苦笑する俺に、なおも小角田は言った。

「伽藍島には、二つの堂があります。昇待蘭童はその一方の堂で祈りを捧《ささ》げた後、そこから姿を消し、すぐもう一方の堂に姿を現す、そんな術を見せたのです。それから昇待蘭童は、そこで『数の神秘』から受けたという神託を告げました。信者たちは、昇待蘭童の持つ力の一端を示すものとして、その神託を聴いたといいます」

「まさか。それこそ手品か何かでしょう」

ふふん、と脇が鼻を鳴らした。

「大方、その二つの堂とやらに、秘密の抜け穴があったんですよ。昇待蘭童は祈りを捧げた後、その抜け穴を使ってもう一方の堂に移動し託宣を告げた。ただそれだけだと思うんですが」

「まさしくそう思い、調べた信者もいたそうです。ですが、二つの堂には、そんな抜け穴はなかったといいますね」

「でも、人が入れる堂と言うからには、入り口はあったんでしょう？　そこからこっそり出入りしたって考え方もありますよ？」

「そこも、堂の外にある唯一の通路を信者たちが見張っていて、結論としては不可能であると言われています」

二人のやり取りを聞きながら、俺は思う。

瞬間移動を売り物にするマジックは多い。例えば舞台に二つの箱があり、一方の箱に入ったマジシャンが、すぐにもう一方の箱に瞬間移動するのだ。もちろんそこにはタネがある。箱が置かれた床下に通路があったり、観客から死角になる箱の裏側からこっそり出入りができたりするのだ。

昇待蘭童が行ったという瞬間移動の奇跡もまた、トリックがあったと考えるべきなのだが——。

「じゃあ……どういうトリックがあったって言うんですかね？」

いかにも不審げな表情で脇が首を捻《ひね》った、そのとき。

「双子トリックです」

不意に、俺たちの背後から声がした。

振り向くと、そこにいたのは――。

「昇待蘭童は、実は双子だったんです。瞬間移動したように見せかけて、実は初めからそれぞれの堂にそれぞれがいた。これで解釈できませんか」

百合子だった。いつの間にか現れた妹に、脇が感心したような声で言った。

「なるほどねえ。双子トリックか。ベーシックではあるけれども、それが一番効果的なトリックかもしれないなあ。で、君は誰？」

「自己紹介が遅れてすみません。私、宮司百合子といいます。ここにいる宮司司の妹です」

はじめまして、と頭を下げる百合子に、小角田が言う。

「宮司さんの妹さんですか。お若いですねえ、まだ学生さんですか？」

「はい。T大学大学院の修士課程にいます」

「そうですか。後悔のないように勉強なさってくださいね。光陰矢のごとしと言いますから。ほっほっほ……ところで百合子さん、今ほど昇待蘭童が双子のトリックを使っていたのだとおっしゃいましたが、それは自分で気づかれたことですか？」

「ええと、それなんですが……」

少し間を置いてから、百合子は言った。

「得意げに講釈をしてしまったんですけれど、実は双子トリックに気づいたのは、私じゃないんです」

「君じゃないのか？」

問う俺に、百合子は「うん」と頷いた。

「さっき聞いたんだ」

「誰に？」

「あの人に」

百合子は、先刻からずっと船の先端に立ち続けている、鼠色《ねずみいろ》のスーツを着た男を指差した。

「常沢浄博士《つねさわきよし》。今回の講演会の、講演者になっている先生だよ」

常沢は、俺たちには目をくれることもなく、左手で手すりをしっかりと握りながら、鋭い目つきで海原を見つめている。

俺と同い年くらいだろうか。細身の身体に、やや長めの白髪が混じった髪が、激しくばたばたと風にはためいていた。よく見ると、彼の右手の袖もまた、髪の毛と同じように大きく波打っている。

「もしかして彼は、右腕がないのか」

呟く俺に、小角田が「ええ」と小声で頷いた。

「昔、大きな事故に遭って、そのときに失ったと聞いています」

「どんな事故ですか」

「それは、ご本人がお話しになろうとしないので、私には解りません。ちなみに、ここからでは解らないと思いますが、失くしたのは腕だけではありません。これもです」

そう言うと小角田は、自らの右目を指差した。

「常沢博士の右目は、義眼なのです」

「義眼、か……」

俺は、改めて常沢を見た。隻腕《せきわん》、隻眼《せきがん》。いかにも気難しそうな表情のままで、じっと青く深い日本海と対峙《たいじ》し続けている男――。

「実はさっき、私、常沢博士とお話をしていたんです」

百合子が言った。

「それで、BT教団と昇待蘭童の話になって……常沢博士は、神仏や奇跡の類は一切信じない方らしくて、あんなものは詐欺的行為にすぎないとおっしゃっていました。瞬間移動の話、あんなのはただの双子を利用したトリックだ、と」

「うーむ、なんだか、そういう推理小説もあったような気がしますね」

唸《うな》る脇に、俺は答える。

「たくさんあるよ。もはや古典的なやつがね。……しかし百合子、それは、常沢博士が自分で確かめたことなのか」

「ううん」

百合子は首を左右に振った。

「実際に確かめたわけじゃない、でも、二つの堂には抜け穴がなく、入り口もそれぞれひとつしかない、さらに昇待蘭童は入り口から出てこなかった、これら三条件から導かれる結論はひとつだけだ、それくらい容易に解ると」

「つまり、昇待蘭童が二人いたとしか考えられないと」

「敬虔《けいけん》な信者たちを騙《だま》せるくらいの外見を持っていたのだから、よく似た影武者、あるいは双子であった可能性が極めて高いだろう、って」

「なるほど、なるほど」

ほっほっほ、と小角田が笑った。

「双子トリックが真実の答えかどうかは解りません。昇待蘭童が行方不明になって二十年以上が経《た》った今、もはや確かめる方法がありませんからね。ですが、少なくとも私も、すべての奇跡には何らかのトリックが潜んでいる、そう考えることにしていますよ。もちろん、蘭童の奇跡にも、ね」

――すべての奇跡には、トリックが潜む。

確かにそのとおりだ。だがその一方で、こんな言葉がどこかのSF小説に書かれていたこともまた、同時に思い出す。すなわち――。

――十分に発達した科学は、魔法と見分けがつかない。

言い換えれば、敬虔な信者にとっては、たとえそれが客観的には科学を応用した技術だったとしても、主観的にそれが魔法だと思えば魔法になりうるし、奇跡だと信じれば奇跡になりうるということだ。

だからこそ、昇待蘭童が行方不明となった今もなお、信者たちは、自分たちが目にした奇跡を信じ、活動し、崇拝しているのだろう。

それにしても――。

「……小角田さんは、BT教団と昇待蘭童に、随分と詳しいですね」

何気なく問うた俺に、小角田はあくまでも飄々とした表情を崩さず、ほっほっほと笑いながら答えた。

「そうですねえ。まあ、詳しいのは当然かもしれませんね。何しろ、私の家内が、BT教団の信者でしたから」

3

船はやがて、岬を回りこむようにして、荒々しく切り立つ崖に囲まれた大きな湾の中へと進んでいった。

波が高くなり、風もより一段と強さを増す。高い崖に囲まれているという地形のせいだろうか、木の葉のように弄《もてあそ》ばれつつも、船は荒波に負けることなく、そのまま一直線に、湾の中心にある島群へと向かっていった。

黒い海原に浮かぶ、密集する影。幅はそれほどでもないが高さがあるそれらが、ごつごつと荒れた岩肌を持つ、三つの島――伽藍島だ。

「さっきは言い損ねたんですけどね」

不意に、脇が俺に話しかけた。

「あの島、どうも昔は違う名前で呼ばれていたらしいですよ」

「違う呼び名？　伽藍島じゃなくて？」

「ええ。伽藍島っていう名前になったのはごく最近の話だそうで、かつては『鐙島《あぶみ》』とか『籠手《こて》島』とか呼ばれていたらしいです」

「あぶみに、こてか」

鐙は、馬に乗るときに鞍《くら》から両脇にぶら下げて足を支える馬具、籠手は、戦闘の際に両手の甲に装着して手を守る防具だ。

「何かしら、戦《いくさ》っぽいイメージを感じさせる名前ではあるな」

「そう、まさしくそこなんですけどね」

脇は人差し指を立てた。

「深く掘り下げてみたら、どうもこの地域には昔から、源平合戦で敗北した平家の一門が流れ着き隠れ住んだっていう伝説があるらしいんですよ」

「平家の落人《おちうど》？」

うーん、ありがちだ——と、俺は苦笑した。

治承《じしょう》・寿永《じゅえい》の乱に敗れた平家の公卿《くぎょう》や武者が、落ち延びて隠れ里を作ったという伝承は、日本中どの地域にも見られる。もちろんそれは、現に平家の人間が隠れ住んだという事実に基づくものもあるだろうが、「きっとここにも隠れ住んだに違いない」という期待感が、伝説のみを生んだという場合もあるだろう。

いずれにしても、この付近に伝えられる伝説が、本当に平家一門ゆかりの人々と関係するものかどうかは、不明だ——とはいえ。

「……まあ、言われてみれば、島の荒々しい風情《ふぜい》は、どこかしら鐙や籠手のような武具を連想させるな」

行く手に屹立《きつりつ》する島に目を細めながら、俺は、呟くように言った。

伽藍島——かつては鐙島や籠手島と呼ばれた島——は、おそらく長い年月にわたって波に洗われてきたのだろう、岸壁には灰色の岩肌が露出し、引っ切りなしに白い波しぶきを浴びている。

——む。

ふと俺は、三つの島のうちのひとつに建つ、あるものに気づく。

ごつごつした岩場に見える、なんだか場違いな、その建造物。あれは——。

「あれは……鳥居か？」

「鳥居？　どこに？」

「あそこだよ。あの島の上だ」

素早く応じた脇に、俺はその場所を指で指し示す。

両手の親指と人差し指で作った双眼鏡を覗き込むと、脇は頷いた。

「ああー、確かに」

「確かに、ありますね。真っ赤な鳥居が」

二本の丸い柱、それらの上部に重なる貫《ぬき》と笠木《かさき》。屹立する鳥居が、強い西日を受けて赤く輝いていた。ニスの塗られた表面に強く反射する眩しい朱色が、彩度に乏しい伽藍島の景観にひとつのアクセントを作っている。

いつの間にやら日が傾き、夕方になっていたことにも驚きつつ、俺は言った。

「あの鳥居、何を祀《まつ》るものなんだろうな」

「なんでしょうね？　社《やしろ》らしきものも見当たりませんし……雨風で朽ち果てちゃった

んですかね」

「いや、それなら鳥居ももっと崩れているはずだ。おそらく神社本体は別にあるんだろう。内陸部に本殿があって、その参道の延長線上の水中に鳥居が突き出るような神社がたまにあるが、あれと同じなんだろうな」

「なるほどー。厳島《いつくしま》と同じって訳ですね……あ、だとすればやっぱり、ここは例の落ち武者を祀っているんじゃないですか」

「そう言われてみれば、そうだな」

厳島大明神は、平家の氏神的存在だった。落ち延びた平家ゆかりの者たちが、かつての栄華を偲《しの》び、厳島をこの地に再現したというのは、そこそこ説得力のある説のように思えるが――。

「わっ」

不意に強い風が吹きつけ、船がぐらりと揺れた。

慌てて手すりにつかまりながら、俺は言った。

「突風か？　危ないな」

「気をつけないとですね」

「まったくだ。しかし……こんな強風で、船は島に着けるのか。かなり危なそうに思えるが」

「あー、それでしたら大丈夫みたいですよ」

不安を口にした俺に、脇は、どうということはないという口調で言った。

「さっき船頭さんから聞いたんですけれど、島には長い桟橋があるので、そこに船を横着けできるんだそうです。波風も厳しいですけど、常に一方向からという意味では安定しているので、台風や嵐がきているというようなことさえなければ、とりあえず支障はないようです」

脇いわく、船頭が言うには、この湾に囲まれた海域は変わっていて、季節や時刻を問わず、常に同じ方向から一定の強さの風が吹くのだという。

どうやら、高い崖に囲まれた湾という地形がそうさせるらしい。波もしかりで、荒々しくはあるものの、常に同じ方向、同じ高さ、同じ強さで流れるため、逆に船の操舵《そうだ》はしやすいのだとか。

「『見た目にゃ荒海じゃが問題ない。わしゃ海に出て四十年じゃ。信用せんかい』と言っていました」

「プロの船頭がそう言うのなら、信じていいのだろうね」

ほっと胸を撫《な》で下《お》ろす俺に、脇はなおも言う。

「もっとも、一方向からの波風のせいであまりいい漁場ではないみたいでして、昔からここに来る地元の人間は、ほとんどいないそうです」

「割と魚もいそうだが、そうでもないんだな」

「魚のえさになるプランクトンってのは潮目に多く発生し、潮目は海流がぶつかる場所にできます。一方向からの波ではすべてが流され、えさも何もなくなってしまうんでしょうね。まあ、漁場には向いていませんが、ヨットを駆るには適していそうですね。風位が安定していますから」

確かに、風向きが一定しているというのは、帆を張って推進力を得る帆船にとっては、理想的な条件だ。

「ほら、いい風ですよ」

空を見て目を細める脇に、俺は訊いた。

「脇君、君はヨットに乗るのか」

「ええ」

「本当か？　冗談のつもりで訊いたんだが」

「失敬な」

脇が、心外だと言いたげな表情をした。

「これでも立派なヨット乗り《セイラー》ですよ。……まあ、この身体ですから疑われても仕方ないですがね。でもヨットに乗っていたのは本当ですよ。大学時代の話ですけれど、あの頃は僕、もっとやせてましたから」

「記者生活の不摂生が祟《たた》ったんだな」

膨らんだ腹を撫でる脇に、俺は苦笑した。

そうこうしている間にも、船は徐々に伽藍島の傍《そば》へと近づいていた。

問題ない。信用せんかい。そう請けあった船頭の言葉どおり、船はまったく危なげなく伽藍島から長く延びる栈橋と平行に着岸した。

栈橋は、濃赤色の鉄骨材の上に、白いモルタルを流して作られた幅三メートルほどのもので、それが島を大きく囲むように巡っている。船が停泊したのは島からはやや離れた栈橋の先端だった。船が島の近くまで行かないのは、さすがに島の傍では水深が浅く、船が座礁してしまうからだろう。

俺たちは、常沢、小角田、脇、そして百合子と俺の順番で、船から渡された板の上を、風に煽られ海に落ちないよう注意しながら、栈橋へと渡った。

「そんじゃ、わしゃまた明日の正午に来るからな」

そう言い残すと、船頭はあっという間に百八十度船を回転させ、今きた方角に舳先《へさき》を向け、そのまま水平線に向けて船を出した。

船が残す排気ガス臭に包まれ、半ば呆然《ぼうぜん》としながらたたずむ俺たち――ふと見ると、栈橋の向こうから、ひとりの老女が、とことこと歩いてくる。

腰が曲がり、毛玉だらけのやけに地味な色の服を着た、小柄な老女だ。年齢は七十過ぎか。ひっつめた髪の老女は、俺たちの傍までくると、言った。

「常沢浄さま、小角田雄一郎さま、脇宇兵さま、宮司百合子さま、は、いらっしゃいますか」

しわがれた声だ。呼ばれた者はそれぞれ、はいと答え、返事代わりに手を上げ、あるいは顎を上げた。そして——。

「おや……そちらの方は？」

怪訝そうな顔で、老女は俺をまじまじと見た。

俺は、言葉遣いに注意しながら言った。

「宮司司といいます。ここにいる宮司百合子の兄、保護者です」

「保護者の方？」

「そうです。保護者ですから、一緒にきました」

「ということは、林田さまから正式にご招待を差し上げたのではないのですか？」

「そういうことになります。連絡もなしにきてしまいましたが……やはりご迷惑でしたか？」

「………」

老女は、無表情のまま——皺だらけの顔は細かい表情が読みづらく、本当に無表情だったのかは解らないが——暫し値踏みするように俺の顔をじっと見つめると、ややあってから言った。

「いえ……構いません」

「そうですか。申し訳ない」

「ご謝罪には及びません。いち管理人にすぎないわたくしには、関係のないことでございますから」

俺は頭を下げつつも、心の中で狙いどおりとほくそ笑んだ——この期《ご》に及んで帰れなどと言えるわけはない。帰ろうにも船がないのだから。

ちらりと百合子のほうに視線を向けると、やれやれという表情で肩を竦《すく》めていた。

鬱陶《うっとう》しいのだろうな。だが、それならそれでいい。どう思われようが、百合子が安全を得られることが第一なのだから。

「それより、もうおひとかたは？」

「もうひとり？」

老女の言葉に、小角田が答える。

「船に乗っていたのは、これで全員ですよ？　ほっほ」

「……ふむ、そうですか」

ほかにも誰か、招待されている人間がいたのだろうか。訝る俺たちをよそに、老女は別に大したことではないとでも言いたげに話を変えた。

「では、改めまして、皆さま」

老女が、一礼をした。

「ようこそ、伽藍島へおいでくださいました。わたくしはここの管理人の品井《しない》秋《あき》と申します。今日と明日、わたくしが皆さま方のお世話をさせていただきますので、どうぞよろしくお願いをいたします」

「管理人、というと、品井さんは、ここにお勤めの方なんですか?」

明るい口調で訊く脇に、品井はやはり無表情のまま「いいえ」と首を横に振った。

「ご存じとは思いますが、ここはBT教団所有の施設であり、昇待蘭童先生の本拠地でもあります。わたくしは先生の留守を預かり、その再臨の日まで、この場所を守る者。ここに勤めているというわけではないのです」

品井はまたも、うやうやしくお辞儀をした。

「ご承知のことと思いますが、BT教団は必要に応じ一般の方々にも施設をお貸ししております。これは先生の思し召しであり、おいでになる方々は、みなBT教団の大切なお客さまも同じです。本日は林田呂人《ろじん》さまご一行が、この伽藍島をお使いになるとのこと。わたくしは伽藍島の管理人として、皆さまを心より歓迎いたします」

「は、はあ……」

品井の口調に少々調子が狂うのか、脇は覇気のない返事をした。

「では早速ですがこちらへ。もう先にお着きの方もおられますので」

そう言うと品井は、くるりと後ろを向いた。

瞬間、強風がまたびゅうと吹きつけた。俺たちはそれぞれに煽られ、よろめくが、品井だけはまるでそんな風など存在しないかのように、腰の曲がった姿勢のまま、桟橋の中央を歩いていった。

「品井さんも、BT教団の信者なのね」

百合子の言葉に、そうだな、と俺は呟くように答えた。


品井の後をついて、桟橋を歩いていく。

強い西日が、濃厚な潮の匂いとともに顔にまとわりつき、俺は思わず目を眇《すが》める。べたつく風は、海沿いの寂れた漁港を連想させ、あまり心地よくはない。

視線を下げると、白い床面に無数のひびが走っているのが見えた。潮に曝《さら》され、腐食しているのだろうか。とはいえ橋脚そのものは丈夫に作られているのだろう、桟橋が大きく揺れることはなかった。それにしても――。

足が、やけに重く感じる。

疲れてもいないのに、なぜだろう。訝る俺は、行く手を見てすぐにその理由に気づいた。

真っ直ぐ伽藍島に延びるこの白い道は、ほんのわずかに上り坂なのだ。

お陰で船着き場では低い位置にあった桟橋も、進むにつれて徐々に高くなり、二百メートルも歩いた頃には、すでに海面はずいぶん下にあった。桟橋を支える鉄骨に波が当たるざん、ざんという音も、今はだいぶ遠くに聞こえる。

やがて桟橋が唐突に、二手に分かれた。

「どうぞ、左へ」

無表情で案内をする品井に、俺は逆に右方向を指差した。

「こっちには何があるんだ？　品井さん」

「そちらの先には、伽堂《がどう》がございます」

「がどう？」

「この伽藍島に二つある堂の、ひとつでございます」

品井は、皺の一本と見まがうばかりの細い目で、ちらりと俺の顔を見上げた。

「ふうむ、じゃ、もうひとつは？」

「藍堂《らんどう》は、こちらの栈橋の突き当たりにございます」

品井は、左手の行く先に視線を向けた。

「伽堂に藍堂、なるほど、二つあわせて『ガランドウ』というわけか」

能天気な口調で脇が言った。

伽堂と藍堂には行けるのか、そう訊こうとした俺を、品井はやんわりと制した。

「堂へは、のちほど。どちらもご講演の会場となっておりますので、そのときにまた改めて、ご案内をさせていただきます」

――分岐する桟橋の左手へと歩を進める品井の後を、俺たちはなおも、親に従う鴨《かも》の子のように、一列になって続いていく。

桟橋は、海上を、右手に伽藍島を眺めながら、少しずつ右へとカーブしていく。

強い東からの風が、スーツのジャケットをマントのようにはためかせる。ネクタイも、首まわりから空中に、螺旋を描いていた。

それにしても忌々《いまいま》しい強風だ。幅三メートルほどの桟橋には手すりがなく、下手をすると落ちてしまうおそれもある。桟橋はすでに五メートルほどの高さがあり、下は荒海だから、落ちればただではすむまい。どうして手すりを設けなかったのか――はさておき、俺は百合子を気にしつつ、ほかならぬ自分が風に煽られないよう、やや腰を落として歩いた。

不意に、先を行く品井が振り返った。

「あちらが、宿泊所でございます」

そう言うと品井は、右手の先を示した。

見ると、島の窪《くぼ》んだ部分が作る小さな湾状の地形、その入り口付近に、桟橋と同じ白い色の建物が建っている。

なおも近づくにつれて、徐々に建物の詳細が見えてきた。

海上に建つそれは、手前側に一本、奥側に二本、計三本の太い丸柱で支えられた、平屋の大きな建造物だった。

正面には曲面のガラス窓があり、その中央には建物への入り口がある。一方桟橋は建物のさらに向こう側にもまだ続いている。この先には、先刻品井が言っていたとおり、藍堂への入り口があるのだろう。

「宿泊所にご案内します。こちらへ」

そう言うと品井は、その白い建物の入り口へと向かい、慣れた手つきで扉を押し開けると、当然のように中へ入っていった。


宿泊所のエントランスを、強風に押し込まれるようにしてくぐると、曲面ガラスに囲まれた広いホールが見えた。

大きなガラス窓から、太陽の光がホールに射《さ》し込《こ》んでいる。壁も天井も外壁と同じ白で統一され、爽やかで清潔な印象を醸《かも》し出《だ》していた。温室のような構造の割に涼しいのは、空調がしっかりと効いているからだ。海岸からは遠く離れた孤島だが、海底ケーブルで電源はきちんと確保されているのだろう。

「こちらは、食堂兼用のエントランスホールとなっております。お食事はこちらでお願いします」

品井の言葉どおり、ホールには細長のテーブルが何台か並び、白いテーブルクロスが掛けられていた。

ホールの向こう側の壁には、さらに建物の奥に延びる廊下が見えた。その両脇には扉が何枚も見える。あそこが宿泊用の部屋だろうか。

「あっ……あの人」

不意に、百合子が声を上げた。

百合子の視線の先では、先客と思しき二人の男がテーブルを挟んで向かいあわせに腰掛けていた。

こちらを向いているひとりは、水色のカッターシャツを着た男だ。中肉中背で、年齢は三十代半ばくらい。彫りが深く、整った顔つきが遠目にも解るほどハンサムな男だった。

だが百合子は、その男を見ていなかった。

彼女の眼差しはひとえに、その手前にいる背を向けた男に向けられていた。つまり――。

ぼさぼさの髪。皺だらけのよれた白いシャツは、襟から何本もほつれた糸を空中にひらひらとさせた、ぼろきれとでも言うべきもの。しかもその肩が、時折痙攣《けいれん》するようにぴくりぴくりと上下し、どこからどう見ても挙動不審かつ不気味な男――。

俺は、眉を顰めた。

あの、忘れようにも決して忘れ得ない、特徴的なシルエット。

あいつは――。

「先生っ」

百合子が、大声を上げた。

男は、ぴくぴくと震わせていた肩をぴたりと止めると、上半身はその形のまま、ゆっくりと振り返った。

顎一面の無精髭《ぶしょうひげ》。鼻の上に載せた、トレードマークである鼈甲《べっこう》縁の眼鏡と、傷だらけのレンズの奥で光る色素の薄い瞳。俺と同い年の、世界中で放浪を続ける数学者にして、眼球堂、双孔堂、そして五覚堂の殺人事件をいずれも解決へと導いた、まさしく異能の男。つまり――。

「十和田《とわだ》……只人《ただひと》か？」

呟くように言った俺に、くい、と眼鏡のブリッジを中指で上げると、男――十和田は言った。

「おや、宮司司くんに、百合子くん。こんな場所で会うなんて、奇遇だな」

「奇遇じゃねえぞ、おい」

俺は、十和田に詰め寄ると、その襟首をつかんだ。

「何のんきなことを言ってやがる。お前、今の今まで何していたんだ？　あの日を境にいきなり姿を消しやがって……随分と心配したんだぞ」

「心配？　なぜだ」

怪訝そうな目で、十和田が俺を見た。

「僕はいつもどおり、あちこちを歩いていただけだ。心配される覚えなど微塵《みじん》もないが」

「む」

確かに十和田は、放浪の数学者として有名な男だ。若い頃に数学者として頭角を現し、日本の数学界を担《にな》う存在として将来を嘱望されていたにもかかわらず、この男は、十年ほど前に、突如としてすべてを投げ打ち、放浪の旅に出たのだ。

なんの財産も持たずに、鞄《かばん》ひとつで世界中を回る十和田の目的は、いわく──「世界中の数学者たちと共同研究するため」。

その放浪癖は、十和田が眼球堂の殺人事件の解決に関わって以降のここ二年ほどはやや落ち着いていたように見えたが、五覚堂の殺人事件を境に、また住所不定、行き先不案内となってしまっていたのである。

「十和田先生、お久しぶりです、あの、宮司百合子です。名前を憶《おぼ》えていただけて光栄です。その……先生はあれからどちらにいらしたんですか？」

嬉々《きき》として、百合子が訊く。

百合子は、ノンフィクションミステリである『眼球堂の殺人事件』——このセンセーショナルな事件は、当事者であった陸奥藍子《むつあいこ》という人物により小説として出版されていた——を読み、作中で探偵役として活躍していた十和田の大ファンとなっていた。

だから、自他ともに認めるシスターコンプレックスの持ち主である俺としては、率直に言って、あまり十和田と百合子とを引きあわせたくはなかった。よもやこの二人が接近するなど、許していいものだろうか？

だが——その心配は杞憂《きゆう》だった。

「僕がいた場所？」

十和田は、百合子を一瞥《いちべつ》すると、鬱陶しそうに言った。

「それを君に述べることに、どんな意味がある？」

「ええと、それは」

言葉につまった百合子に、なおも十和田は言った。

「君たちがどこにいたとしても、僕の人生にはまったく関係がないように、僕がどこにいたとしても、君たちの人生にはまったく影響しない。ならばその問いはお互いにとって無意味で、僕がそれに答えることもなおさら無意味なのじゃないか」

なんとも、冷淡な応答だった。

消沈し、継ぐべき言葉を失ってしまった百合子の代わりに、俺は言った。

「おい十和田、いくらなんでも、そんな言い方はないだろう」

「そんな言い方とは、どんな言い方だ」

「冷たすぎるだろう。久しぶりに会ったのにそれはない」

「僕と会わなければならない緊急の用件でもあったのか」

「そういうわけじゃないが……こっちは顔のひとつも見たかったし、声も聞きたかったんだよ」

「宮司くん、君がか？」

「俺じゃねえよ。くそっ」

微妙に嚙みあわない会話に苛々した俺は、頭の上で大きく手を横に振った。

「お前のペースには乗せられんぞ……十和田、お前、どうして世間から姿を消した？」

「いつもどおり、あちこちを歩いていただけだ。さっきも言わなかったか？」

「居所を誰にも知らせずにか？　というかお前、ここのところ落ち着いていたと思っていたんだが……。どうした、何か『きっかけ』でもあったのか」

　きっかけ、という部分を、俺は十和田にだけ意図が伝わるよう強調した。すると――。

「…………」

　無表情のまま、十和田は、暫し何も言わずに俺の目を見た後、やがてぼそぼそと呟くように言った。

「……ちょっとした、心境の変化だ」

「心境の変化？　何がどんなふうに変わった」

「それを君に言う必要はない」

　ふい、と十和田は視線を逸《そ》らした。

「宮司くんにも、心構えが変わる経験はあるだろう。それは人生においてままあることだと、君も知っているはずだ」

「ままあること、か。随分曖昧だな。数学者のお前らしくもない」

「…………」

「で？　何がどう変わったんだ」

　同じ問いを投げる。だが十和田は――。

それきり何も答えないまま、顔を背けてしまった。

その態度に、俺は溜息を吐きつつ、確信した。確かに十和田は元々、感情を顕《あら》わにする方ではない。だがそれにしても、この態度はさすがにおかしい。やはり十和田の身には、何かがあったのだ。そしてそれは、おそらくは――。

「おや？　なんだか、変な雲行きですね」

十和田の向こう側にいたハンサムな男が、雰囲気を察したのか、朗らかな口調で言って立ち上がった。

「もしお邪魔でしたら僕は一旦、席を外しましょうか」

「あ、いや、それには及びません」

俺は慌てて頭を振った。

「十和田とは腐れ縁のようなもので、こんなやり取りも今に始まったことではないんです。それにしても、いきなりご迷惑をお掛けしました。私は警察庁の宮司といいますが、……あなたは？」

男は、口元がきらりと光ったと見間違えそうな端正な笑みを浮かべると、一礼をした。

「ははあ、警察の方でしたか。はじめまして。大石誉樹《おおいしたかき》といいます。数学の研究をしております」

確か、今回の講演会で、講演者のひとりとなっていた男だ。

大石は次いで、俺の背後に視線を送った。

「おや、よく見れば、知った顔がちらほらとありますね。小角田先生に、常沢博士もいらっしゃる」

ほっほっと笑う小角田の一方、常沢は大石を無視するように、ただじっと窓の外を見つめていた。

「どうも、大石博士、お初にお目にかかります。脇宇兵と申します」

すっと、脇が慣れた仕草で、大石に名刺を差し出した。

大石は両手で名刺を受け取ると、言った。

「大石です。はじめまして……あ、デイリーXの方なんですね」

「はい」

「実は僕、高校の頃までX県に住んでましてね。デイリーXには小さい頃から馴染《なじ》みがあるんですよ」

「えっ、そうだったんですか。それはなんだか、うれしいなあ」

大石はにこりと笑うと、脇に問うた。

「脇さんも林田さんに招かれたのですか？」

「大石さん……」

「はい。おそらく、本日大石博士がなさる講演を、新聞にも取り上げてくれという意図ではないかと」

「そうですか。でしたら、今日は僕の講演をわざわざ聞きに来ていただいて、本当にありがとうございます。ご存じとは思いますが、リーマン予想は今、大きな転換点にあります。僕はフラクタル的な立場から取り組んでいますが、うまくすればここ数年の間にも解決することができると踏んでいます。もちろん、僕だけでなく、常沢博士も位相幾何学的なアプローチをされていると聞いています。脇さんや小角田先生にも、きっといいニュースを持って帰っていただけると思いますよ」

大石は、弁舌も滑らかに言った。寡黙でほとんど喋《しゃべ》らない常沢とは、見た目も中身も対照的だ。

そんな大石の首筋に、ふと——きらりと光るものが見えた。

それは、細い銀色のチェーンだ。

ネックレスだろうか？　じっと目を細めていると、視線を感じた大石が言った。

「どうかしましたか、宮司さん」

「いえ、なんでも」

口ごもる俺に、大石は口角を上げる。

「あ、……もしかしてこのネックレスですか。男のくせにそんなものをと思われた」

「いえ、そういうわけでは……」

「ははは。いや、誤解されても仕方ありませんよ。でも実はこれ、アクセサリじゃないんですよ」

鷹揚《おうよう》に笑うと、大石は銀の鎖を親指で引き出した。

チェーンの先にきらりと光るのは、小さな銀の十字。

「……十字架《クロス》？」

「ええ。僕、クリスチャンなんですよ」

ははは、という大石の爽やかな笑い声。その声に被せるように、常沢が小さくふんと忌々しげに鼻を鳴らした。

4

「それにしても林田さん、どうされたんでしょうかね」

大石が、左右を見て言った。

「招待主なのに、お姿がどこにもないようですが」

「大石博士は、林田さんにお会いになったことがあるんですか」

百合子の問いに、大石は「いいえ」と首を横に振った。

「講演の打ちあわせをメールでやり取りしただけで、面識はありません。だから今日、初めてお会いできるものとばかり思っていたのですが」

「林田氏がここにいる必要はない」

不意に十和田が、派手な動きで首をごきごきと鳴らしながら、会話に割り込んだ。

「招待状にもあったとおり、林田氏の役割はあくまでも講演会を開くために場所と人間をコーディネートすることだけだ。そもそもこの講演会の趣旨は、お二人の最新の研究成果をミニマムに共有し、リーマン予想解決の手がかりを得ようというもの。だからこそこの少人数なのだし、単なるコーディネータに過ぎない林田氏がわざわざ現地に赴く必要はないだろう」

「それは……なんとも十和田先生らしいご発想ですね」

大石が、苦笑いを――この男は、苦笑すら洗いたてのシーツのように爽やかなのだが――浮かべつつ、言った。

「確かに、林田さんがここにいる必然性はありません。しかし、この講演会の開催責任は、あくまでもコーディネータである彼……いや、もしかしたら彼女なのかもしれませんが、ともあれ林田さんにありますし、普通はその場所にいるものです。それがいないというのは、何らかのトラブルを想像させせます。そこが気がかりですね」

確かに、主催する立場の人間がいないのは不安だ。日本海の荒波に揉まれて、来るべき船が出港できなかった、あるいは出港したのだがたどり着けなかった、そんな事態だってあり得る。

だが、そんな大石の言葉に、品井がしわがれた声であっさりと言った。

「林田さまは、おいでにはなりません」

「え、そうなんですか？」

びっくりしたような表情の大石に、品井はなおも淡々と告げた。

「林田さまご本人から、自分は急用ができたため、島には行けなくなったと連絡がありました。したがいまして、林田さまはおいでにはなりません」

「ええっ？　じゃあ講演会はどうなるんです？」

何かを言いたそうな大石を遮るようにして、脇が素っ頓狂な大声を上げる。

「まさかこのまま中止ってことですか」

「いいえ、中止にはいたしません」

品井は、首を左右に振った。

「林田さまからは、講演会そのものはすでに実施できるようにしているので、これは粛々と行っていただきたい、とのご連絡を受けております」

「そのとおり、講演は可能だ」

十和田が、得心したように言った。

「なぜならば、講演する場所があり、講演者が揃《そろ》い、聴衆もいるからだ。もはやコーディネータである林田氏がいなくても、講演会は十分に成立し得る」

「そういう問題じゃないだろ」

たしなめた俺を無視するように、品井は続けた。

「なお林田さまからは、主催者である藤衛さまに加え、コーディネータである自分も講演会に参加できないことについて、本当に申し訳なく思っている、とのご伝言がありました」

「藤衛……」

何度も登場する男の名前——その都度どきりとさせられることに、忌々しく眉を顰めた、まさにそのとき。

不意に、ホールの扉が開いた。

皆の視線が、一斉に集まる。

しん、と静寂があたりを包み込む。

一瞬、そこにいるのが誰か、誰にも解らなかった。

だが——。

開け放たれた扉の向こう。目眩《めくるめ》く太陽の光に、まるで後光のように背後から照らし出された、彼女。

それは、黒いワンピース。

あるいは一条のほつれもなく、胸の前までしなやかに伸びた、つややかな黒髪。

そして、黒曜石をはめ込んだような、無機質で——まるで底の知れない、黒い瞳。

「か、風が……」

不意に品井が、驚いたような呟きを漏らす。

これまで、ただ淡々とした所作だけを続けてきた彼女が初めて見せた、狼狽《ろうばい》の色。

だがすぐに、一同もまたその狼狽の意味に気づく。

風が——ない。

常に強風の只中にある伽藍島。船上でも、桟橋に降り立ってからも、ここへ来るまでの間も、終始、吹き続けていた、あの東の風。

彼女が開けた扉からも、当然、強風が吹き込んでしかるべきだろう——なのに。

風が、凪《な》いでいた。

静止する、空気。

音も、ない。

扉を通して見えるその向こう。先刻まで頂点で弾ける飛沫《しぶき》とともに、荒々しい波に覆われた海——それが今や、まったくの平穏に包まれているのだ。

それは、まさに、明鏡止水。

「ま、まさか、こんなことが……」

老女は目を真ん丸に見開き、静寂の中でただひとり呟いた。長く島に住む彼女がこれほど驚くのだから、やはり、これは特異な出来事なのだろう。

そして、そんな稀有《けう》な現象を、偶然に——あるいは、もしかすると必然的に——引き連れて現れた、あの女は——。

「……善知鳥《うとう》、神《かみ》」

十和田が、どこか忌々しげに言った。

そう、あの女こそが——善知鳥神。

数多《あまた》の奇怪な建築物を設計し、その最期は多くの才人たちとともに山中の露と消えた、建築学至上主義《アーキテクチユアリズム》の主唱者にして異能の建築家、沼四郎《ぬましろう》。そして、かつてミス日本に選出されたこともある美貌の女性、善知鳥礼亜《れいあ》。この二人の娘にして、沼の設計した建物で発生したあの事件において、何らかの関わりを持っていた——そして、あまりにも謎めいた——女。

「あの人が、善知鳥神なんですか？」

大石と小角田が、ともに驚きの表情を浮かべて言った。数学者であれば、彼女が十五歳でリーマン予想に関する論文を書いた天才であることを知らない者はほとんどいないだろう。だが同時に、彼女の姿を見たことがある者もまた、ほとんどいないのだ。

さしもの常沢も、このときばかりは左目だけを大きく見開き、神をじっと見つめていた。

全員の視線を真っ向から受けつつ、しかし神は、それすらさほどのことでもないのだとばかりに、さらりと言った。

「こんにちは、皆さん」

整った顔立ちに浮かぶのは、年端《としは》もいかない少女のようにいたずらめいた、それでいて酸《す》いも甘《あま》いも嚙み分けた、成熟した女性のように妖艶《ようえん》な、微笑。

「……もしかして、私が最後でしたか?」

「あ、あなたが、もうひとりのお客さま」

そう呟いた品井に、俺は訊く。

「もうひとり? どういうことだ、品井さん」

「い、いえ……実はわたくし、林田さまから『自分は島に行けないが、代わりに招待客がひとり増えた』というご連絡もいただいていたのです」

「その増えた招待客が……善知鳥神だと」

「そうだろうと思います。ですが、その」

吹きつける風に目を細めると、品井はうろたえたように言った。

「わたくし、何かを見間違えていたのでしょうか、先ほど、風が凪いでいたように思えたのですが……」

その言葉とともに、不意に周囲を包む潮の匂いの混じった空気。

風が、戻っている。

狭い視界の向こうで、善知鳥神の着る黒いワンピースがはためいている。

開いた扉の向こうに見えるのも、やはりついさっきまでの荒海だ。ごうごうという海鳴りの音も聞こえる。

さっきの凪《なぎ》は——静寂は——そして明鏡止水は、錯覚か、それとも——。

幻《まぼろし》覚か。

神が、後手で扉を閉める。

ホールの中で渦巻いていた風が止《や》み、ごうごうと耳障《みみざわ》りな音もぴたりと止む。

茫然《ぼうぜん》としているうち、すっと床面を滑るように、神が近づいた。

俺は——俺だけでなく一同は、一歩後ずさった。そうせざるを得ないほど神々《こうごう》しく、排他的な雰囲気を、神はまとっていたからだ。

だが、十和田だけはそのまま、微動だにせず、その威圧的な神のオーラを真っ向から受け止めていた。

十和田の前に立つと、神は透明感のある声で言う。

「こんにちは、十和田さん。何ヵ月ぶり？」

「神くん。君に訊きたいことがある」

だが十和田は、質問には答えず、逆に問い返す。

「それは、ホワイとハウについて？」

「そうだ。ホワイはひとつ、ハウは二つだ」

「ホワイの答えはこうですね。『私も招待されたから』」

「君の居所を知る人物がいたと」

「眼球堂はまだ、あそこにありますから」

「君はまだあの禍々《まがまが》しい建物の所有者なのか」

「もちろん。所有権者ですから。次にハウのひとつ目ですが、それは『ご想像にお任せします』です」

「まあ……そういう答えになるだろう。前日からいたとか、別の船を使ったとか、色々と現実的な手段はいくらでも想定できるからな。では、もうひとつは？」

「知りません。ただの『偶然』では？」

「偶然にしては不可思議だ。たまたまにせよそう都合よく風が止むものか？」

「でも、起こったのは事実」

不意に神は、十和田の顔を鼻がつきそうなほど至近から覗き込んだ。

「いかにわずかでも、ゼロでなければそれはいつか必ず起こり得る」

「猿は聖書を記述しないぞ。現実にはε《イプシロン》は存在しないのと同じだ」

「現実では、ね。でも、だからといって、現実に非現実が起こり得ないとは限らない。そもそも、現実と非現実、その境界線の定義は？」

矢継ぎ早に交わされる言葉。だが十和田は、最後の問いには答えないまま、ふいと無言で顔を横に逸らせた。

そんな十和田に、神はにこりと慈愛に満ちた微笑みを投げかけた。

「現実でも、ゼロとそれ以外は明確に異なる概念です。たとえそれがイプシロンだとしても、それは明らかにゼロではない。だからこそゼロは特別で、かつ恐ろしいもの。十和田さんだって……それはよくご存じでしょう？」

「…………」

結局、十和田がそれきり口を開くことはなかった。

5

午後七時から、簡易な食事を提供する。

午後八時から、「伽堂」において常沢博士による第一講演を一時間ほど、午後十時から、「藍堂」において大石博士による第二講演を一時間ほど行う。いずれも遅い時間となるがご容赦を願う。

その後は、船がくる明日の正午まで自由——品井が今後の予定を簡潔にそう説明したとき、すでに俺のクロノグラフは午後六時過ぎを示していた。大窓の外にも、色濃くなりつつある夕暮れの空と、黒さを増しつつある海面が見える——。

「ねえ、お兄ちゃん」

不意に、百合子が俺を呼ぶ。

「どこに行ったんだろう、あの人」

「あの人って……善知鳥神のことか?」

促されたように、周囲を見回す。

百合子の言うとおり、いつの間にか神の姿は消えていた。先刻突然現れた彼女は、今度は魔法のように消えてしまったようだ。

「いないな。外に出たのかな」

「違うと思う。扉が開けば風が吹き込むから」

「解らんぞ。また、風が凪いだのかもしれないからね」

「それは……」

まさか、という顔をした後、すぐに百合子は真顔になった。それもあるかもしれないと思ったのだろう。

もっとも、そんな偶然が二度も続くとは思えない。「いや、冗談だよ」と笑いながら、俺は続けた。

「善知鳥神はたぶん、自分の部屋に行ったんだろう。さっき品井さんが、部屋の割り当てについて説明していたからね」

――先刻、品井は今後の予定と同時に、すでにこの宿泊所において各人に割り当てる部屋についても説明をした。

※　図3「宿泊所間取り図」参照

品井いわく、部屋は狭いが、バス、トイレは完備しており、掃除も毎日欠かさず行っているので、不都合なく過ごせるだろうということだった。

神の部屋は、廊下の一番奥側にある。彼女は大方、自分の部屋を確かめに行ったのに違いない。

「うーん、そうかなあ」

だが、百合子は首を傾げた。

「そうだよ。ほかに彼女が行く場所があるかい」

図３　宿泊所間取り図

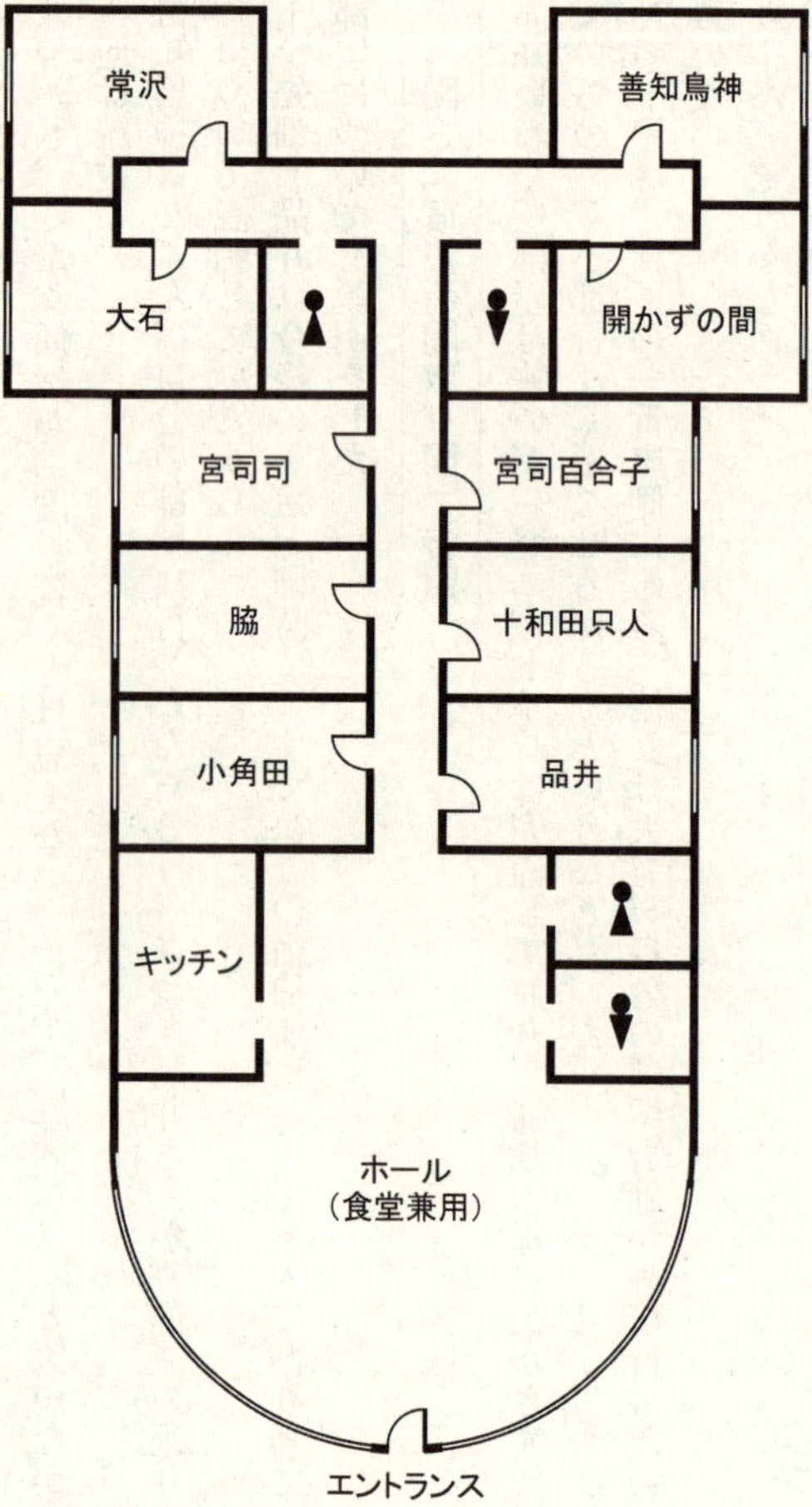

「それは、ないけど……」

暫し眉間に皺を寄せ、物思いに耽《ふけ》るように思案していた百合子だったが、やがて
「あっ」と小さく叫び、俺の顔を見た。

「そういえば、さっきのあれ、お兄ちゃんは何だと思う？」

「あれって何だ」

「言っていたじゃない、品井さんが」

「品井さんが？……『開かずの間』のことか」

「うん」

百合子はこくりと頷いた。

「品井さん、こうも言ってたよね。『……この宿泊所には、使われていないお部屋が一部屋ございます。くれぐれもこのお部屋には立ち入りませんよう、お願いを申し上げます……』」

品井のしわがれた声を真似《まね》する百合子。彼女にあわせて、俺も脇の言葉づかいを真似て応える。

「『それって、開かずの間ってことですかあ？』」

「『左様でございます』」

「『中に何かあるんですか？』」

「『残念ですが、お答えすることはできないのです』……それきり品井さんは何も言わなくなっちゃったけど、これってどういうことなんだろうね？」

開かずの間。中には何があるのか。あるいはどうして開かずの間になったのか。

唸りつつ、俺は答える。

「大方、あの部屋だけまだ片づけていないか、あるいは物置にしている、そんな理由じゃないかな」

「だったら、立ち入り禁止にする必要はないよね」

「とすると、何か見られたら都合の悪いものが中にあるのかもしれないな。何しろここは宗教施設だぞ。見ちゃいけないものが保管されている可能性はある」

「見ちゃいけないもの？　……ご本尊、とか」

「そんな穏やかなものならいいさ。脱税の証拠たる金塊……だとしたら？」

「うわ、それは確かに見ちゃいけないものだね」

「待てよ、もしかすると、もっと恐ろしいものかもしれないぞ？」

「恐ろしいもの、って……？」

ごくりと唾を飲み込む百合子に、俺はわざとおどろおどろしく、胸の前で両手首をぶらりと下げた。

「これ、とか」

「えーっ……」

途端に、百合子はいかにもうさん臭いと言いたげに眉を寄せる。

「幽霊？　ないない。それはないよ」

「いや、解らないぞ？　さっきも言ったように、ここは宗教施設だ、宗教には死者の弔《とむら》いがつきもの。信者たちの怨念がこの部屋に取り憑《つ》き、そこを開かずの間にしたことだってあるかもしれん」

「うーん、馬鹿馬鹿しいとしか言えないな……っていうかお兄ちゃん、それ本気で言ってる？」

「まさか。冗談だよ」

そう、冗談だが——。

肩を竦めつつも、俺はふと思う。

あるいはそれは、幽霊よりもっと恐ろしいものかもしれない。この世には、あの世のモノやコトなどよりもずっと恐ろしい現実が存在しているのだ。パンドラの箱にだって、封印されていたのは疫病や悲嘆、犯罪といった現実の恐怖だった。あの開かずの間にも、そんな現実の悪意が充満しているのかもしれない。だからこそ——。

「まあ、開けるなと言われているんだ。あえて開ける必要もないとは思うがね」

俺はあえて、軽い口調で百合子に言った。

「うーん……そう、だね」

不承不承ながらも、百合子は頷いた。

そんな彼女を見て、俺は心の中で呟く。

——そうだ百合子。君が封印を解く必要はない。君が現実の恐怖に直面する必要なんて微塵もないんだ。パンドラの箱を、君は開けてはならないんだよ。

だからもし、どうしても蓋を開けなければならないときには——。

代わりにそれを、俺が開けてやる。

与えられた部屋は、品井が言っていたとおりの部屋だった。小さな部屋にベッドと作りつけの棚、そして机。あるのはそれだけだが、はめ殺しの窓からは伽藍島と大海原の眺望もあり決して居心地《いごこち》は悪くない。防音もしっかりとしているのだろう、心臓の鼓動音が聞こえるほどの静けさだった。

「あー……」

無意識に、大きなあくびが出た。長旅に疲れていることを改めて自覚する。

ベッドに横になりたい衝動をこらえつつ、一泊に必要なものを納めた鞄——といっても、薄いアタッシェケースで十分足りてしまったが——を、自分の代わりにベッドの上に放り投げると、俺はすぐ、名残惜しさとともに部屋を後にした。

もうすぐ午後七時。夕食の時刻だ。

なんだか慌ただしいなと思いつつ、再びホールに戻ると、すでに俺以外の全員が揃い、白いテーブルについていた。

講演者である常沢、大石。

招待客である小角田、脇、十和田、百合子、そして善知鳥神。

そこに、決して招待されているわけではない俺が加わる。

「お兄ちゃんの席は、そっちだよ」

ちゃっかりと十和田の隣の席を確保していた百合子が、テーブルの端《はし》を指差した。

善知鳥神の隣だ。

じっと窓の外を見つめている彼女の隣に座ると、俺はそっと神に尋ねた。

「さっきは、どこへ行っていた？」

「…………」

神はただ表情に微笑を湛《たた》えたまま、何も答えず、俺を一瞥することさえなかった。

不意に——俺は、ぶるりと身体を震わせる。

空調が効きすぎているのかと思ったが、そうではなかった。この部屋は温度も湿度も適切で、むしろ心地いい。では、なぜ？

その理由は、再度神を見て解った。

彼女のまとう雰囲気。それは、先刻も感じた神々しくかつ排他的で、直視することも能《あた》わない類のもの。

なるほど、肌の粟立《あわだ》ちは、そのせいか――だが。

俺は、ふと気づく。

もしかして俺は、このオーラの持ち主をほかにも知っている――。

「どうぞ」

「わ」

いきなり背後で発せられた言葉に、俺は思わず振り向いた。

「な……なんだ、品井さんか。びっくりさせないでくれ」

「すみません」

気配に乏しい品井は、無表情のままに頭を下げると、手に持っていた大きな盆をテーブルに置いた。

「七時になりましたので、簡易ではございますが、こちらを供させていただきます」

そう言うと品井は、盆の上から赤と緑の大皿二枚を、テーブルの上に置き換えた。

赤い皿の上には、乾パンのような小さなクラッカーが山盛りに、また緑の皿の上には、チェダーチーズをスライスしたものが並んでいる。

「どうぞ、お召し上がりを。お飲み物は後ほどお持ちします」

「……あれえ、もしかしてこれだけ？」

脇が、拍子抜けしたように言った。

「クラッカーとチーズって、まさか食事がこれだけってことはないですよね？」

「いえ、これだけでございます」

「そうなんですか？　あの、ええと、これって夕食でしたよね……」

「夕食でございます」

「なのに、これだけだと」

「はい。これだけでございます」

「うわあ……」

茫然とする脇の隣で、ほっほっほと笑いながら小角田がクラッカーをつまむ。

「なるほど、これは何とも懐かしい味」

「というか、うーん、どちらかといえば味気ない」

苦笑しつつ、大石もクラッカーを齧《かじ》りながら言った。

「でも、チーズと一緒に食べればそれなりにはいけますね」

「ふん。味などどうでもいい」

常沢が、片手で無造作にクラッカーをつかみ取ると、口の中に放り込み、ばりばりと嚙み砕いた。

「食事など、エネルギーになりさえすればそれでいい。そうじゃないか？　十和田君」

「そうですね」

常沢に同意を求められた十和田は、なぜかクラッカーにいくつも開く小さな穴をとおして部屋のあちこちを覗きながら、相槌《あいづち》を打った。

俺もまた、常沢と同じようにクラッカーを鷲《わし》づかみにすると、ついでにチーズも何枚か取り、それらをまとめて口の中に放り込む。

大石の言うとおり、まるで味のしないクラッカーと、逆にやけに塩味のきついチーズだった。同時に食えばあうかと思ったが、それらは逆に反目しあい、より不味《まず》さが際立《きわだ》った。だが、どんなものでも食い物は食い物だ。腹が減っては戦もできないことは、職務を通じてよく知っている。俺は、黙々と口の中のそれを咀嚼《そしゃく》した。

ふと見ると、俺と同じようにがつがつと食っているのは脇だけで、小角田や大石はすでに食べるのをやめていた。エネルギーになりさえすればいいのだと言っていた常沢でさえ、もはや口を動かしてはいない。百合子も口にあわなかったのか、クラッカーを半分齧ったただけでそのままにしていたし、神に至っては初めから何も口にしていない。

そういえば彼らは皆、細身だ。一方、脇は、たるんだ腹を揺らしながら、なおももりもりとクラッカーを口の中に運んでいる。

やはり、食欲と体型は相関関係を持つのか。

俺は、クラッカーに手を伸ばすのをやめると、何かを誤魔化すような大仰な咳払《せきばら》いを、ひとつした。

「しかし、何ともナンセンスな施設だ」

不意に、常沢が口を開いた。

「漁場にもならない無人島を買い取って、こんな不釣り合いに立派な建造物を建てる。これで一体どこにどんな利益が生まれるんだ。まったく、無駄そのものじゃないか。そもそも、これだけのものを作るための費用は、どこの誰から投じられたというのだ」

「もちろん、信者たちでしょうねえ」

そう言った脇に、常沢はぎょろりと目を剝《む》いた。

「そう、信者だ。このBT教団と昇待蘭童とかいうペテン師を有《あ》り難《がた》がったかわいそうな連中だ。彼らが骨身を削る思いで寄進した財産が、こんなつまらないことに使われたんだ。にもかかわらず信者たちは一向に疑いもしない。もっとも、これはBT教団だけの話じゃあない。三大宗教から新興宗教、まことしやかな占い師風情に至るまで、要するに世にはびこる信仰という集金システムに通底する問題だ。まったく、これだから神様という奴《やつ》は油断がならんのだ」

「神を冒瀆《ぼうとく》するのは、いただけませんね」

やんわりと、窘《たしな》めるように大石が口を挟んだ。

「宗教や信仰は、必ずしもそこまで忌避《きひ》するものじゃないと思いますが」

「いや違う。これらはやはり、総じて悪なのだ」

「どうしてですか。なぜ悪だと言い切れるんです」

「なぜか、だと？　解りきったことを」

常沢は、嘲笑するように口の右端だけを曲げた。

「神などいないからじゃないか。存在しないものを根拠にする教義など、偽造された債券と同じ。紙切れ以上の価値はないのだ。だが偽造債券であれ、信じてしまえば損害を被《こうむ》る者が出る。同様に教義のせいで不幸になる者が出る以上、それが悪以外の何だというのかね？」

「うーん、本当にそうでしょうか」

爽やかな微笑を湛えつつも、大石は反論する。

「常沢博士のおっしゃることは三つの点で曖昧ですね。まず教えそのものがすべて信者を不幸にするとは限らない。次に教えによって不幸になることがすべて悪とは限らない。そして、神が存在しないとは限らない」

「はっ、笑止だな」

さらに口元を歪《ゆが》め、常沢は言った。

「それらすべての例外は、神を正当化するための言い訳、詭弁だ。クリスチャンとしては認めがたいかもしれんが、自身の言葉の空虚さは自覚したまえ。例えばひとつ問おう。今君は、証明不可能あるいは事実上不能な例外ばかりを述べた。それこそ、神の不存在を覆い隠すための欺瞞《ぎまん》なのじゃないか」

「いえ、それは逆ですよ」

大石は、しかしなおも余裕のある表情のまま答えた。

「不可能性や不能性があるからこそ、そこに神の御力が働くことの証明となるのです。常沢博士のお立場からは、解らないものは存在しないという理屈になるのでしょう。しかし同様に、解らないからこそ存在し得るというふうにも言えませんか？　そもそも是非が決定し得ない命題だって、この世の中には存在するのですから」

「……連続体仮説か」

「ええ。あるいは選択公理のようなものです。これらは、人間が定《さだ》めた公理系において、人間がその真偽を定め得ないもの。だとすれば、これこそ神の存在を前提とした、神の領域に属する命題なのだとは思いませんか」

「それは……」

口ごもる常沢に、大石は続ける。

「正、誤、不明。いずれにせよ解は常にあり、どこかに存在するのです。当然神は、そのすべてのありかを知っているでしょう。もしかしたら神の本にはそのすべてが記載されているかもしれない。にもかかわらず、人間には決して知り得ない解があるとすれば……その事実こそ、父なる神の存在を担保することになるのではありませんか」

「言いたいことは解るぞ。ああ、解るとも」

常沢は、落ち着いた様子で答える。

「だがやはり、それは詭弁だ。数学が人が人の知に基づき作り上げた人の論理である以上、そこに神の論理が入り込む余地はないのだ。人には知り得ない解があったとしても、そこに神がいるわけではないのだよ」

一拍を置くと、常沢は、左の瞳だけをぎろりと剝いた。

「結局そこにあえて神がいるとする君の論理は妥当しない。そして、だからこそそこに悪がはびこる土壌が生まれるのだ。ただでさえ危険な信仰という行為にその根拠を与えてしまうのだぞ。どうして悪用されないなどと言えるのか」

「ううーん……伝わりませんね」

困ったなあ、とでも言いたげに、大石は常沢の眼光を受け流す。

「どうも常沢博士は、神の存在論と、信仰の有用性とをごっちゃにしているような気がしますね。常沢博士は、神の存在不存在ではなく、まさにこのＢＴ教団のような、信者にとって害悪でしかない妄想を教義とする神が人々に与える影響のほうを危惧しているのでしょう？　だとすれば問題は神ではなく、教祖や教義のほうなのではないでしょうか」

「神も教祖も教義も、同じ妄想の産物だ」

「いえ、違います」

大石は、首を横に振った。

「神は常にひとつです。ただ教祖や教義が異なるだけです。ユダヤもキリストもイスラムも、信奉する神はひとつでしょう？」

「ヤハウェ、アッラーか」

「そう。まさしく神はいつも一柱なのです。しかしその教えや救い主の影響を、信者は大きく受ける。そもそもただ一柱の神さえ信仰しない場合もあるでしょう。ええ、常沢博士が無神論を貫かれることそのものに僕は異論もありません。最終的にはモーセやイエス・キリストもその矛先を向けられるべきものでしょう。しかし今は、もっと非難されるに値する対象があると思うのです」

「それが、ＢＴ教団か」

「ええ。あの教団が信者たちの財産を効率よく吸い上げるシステムとして機能する害悪でしかない組織だったということについては、僕も同意します。そもそもバナッハ－タルスキのパラドクスを引きあいに出すこと自体が好ましくはない。数学を馬鹿にしているでしょう。神の存在云々《うんぬん》は別にして、そこは僕と常沢博士とで協働できる点だと思うのですが」

「………」

常沢は暫し、承服しかねるとでも言いたげに顔を顰《しか》めて黙っていたが、やがて口の端を歪めて言った。

「大石博士。俺は……君のことが嫌いだ」

「知っています」

「口が達者すぎて、話しているといつも煙《けむ》に巻かれたような気分にさせられる。君の所作もいけ好かないし、気がつくと喋らされているのも気に入らない」

「うーん、これればかりは、そういう性格なので……」

困り顔の大石に、常沢は続けて言った。

「だが、その達者で軽薄な言葉の中に時折真実が紛れ込むのだ。君のフラクタルからアプローチするリーマン予想解決プログラムは確かに興味深いし、BT教団が数学を馬鹿にしているというのにも完全に同意する」

バナッハ–タルスキのパラドクス——。

ふと、そのBT教団の名前の元になったパラドクスの名称を無意識に呟いた百合子に、横から十和田が問いかけた。

「百合子くん。君は、そのパラドクスを知っているか」

「はい」

百合子はこくりと頷いた。

「『ある球体を適当に分割し、再び構成すると、元の球体と同じ球体が二つできる』……ポーランドのバナッハとタルスキが発見した結論です」

「そうだ」

十和田もまた、がくんと頷く。

衝撃で十和田の眼鏡が、上唇までずるりと落ちる。

いい加減、フレームの歪みを直せばいいものを——苦笑いを浮かべつつも、俺は十和田と百合子のやり取りに耳をそばだてた。

「この定理は、数学的に正しい論理の手順を踏み、正しく証明されている。にもかかわらず結論が、直観的には理解できない奇妙なものとなってしまう。だからこそこれは、定理《セオレム》ではなく矛盾《パラドクス》というふうに呼ばれるのだが……」

眼鏡を掛け直すと、なおも十和田は百合子に訊いた。

「では、なぜそんな常識からは理解できない結論が生まれるのか……その理由が、君には解るか」

「それは……」

数秒、思案する百合子。

つられて俺も考える。確かに、本当にこれが数学的に正しい論理のプロセスを経て証明されているというのなら、なぜかくもおかしな結論になってしまうのか?

それは——。

「前提が誤りだからよ」

不意に、俺の横から誰かが口を挟んだ。

思わず振り返る。

「う、善知鳥、神……」

反射的にその名を呟く俺をよそに、神は一切の淀《よど》みなく、百合子に言った。

「百合子ちゃん、あなたは『最大の自然数は一である』という命題を信じる?」

「えっ、一番大きな自然数が一、ですか。それは明らかに誤りだと思うんですが」

頭を左右に振った百合子に、神は「そうね」と続けた。

「これは確かに、疑いの余地なく明白な誤りだわ。でも一方で、この結論にはきちんとした証明もあるの。つまり……」

――最大の自然数をMとすると、当然Mは一以上となる。

両辺にMを乗じると、Mの二乗はM以上となる。

Mの二乗も自然数でかつ最大なので、Mの二乗はMと等しい。

Mはもちろんゼロでないので、両辺をMで割ることができる。すると――。

「ね。最大の自然数は一となる」

「ちょ、ちょっと待て」

にこりと微笑む神に、思わず俺は抗弁した。

「証明が間違っているんじゃないか？　一より大きな自然数が存在することくらい、年端のいかない子供にだって解る」

「では、どこに誤りが？」

「そ、それは」

口ごもる俺。確かに簡潔な証明であって、そのプロセスのどこにも間違いはない。

だとすれば、なぜ？

「誤っているのは、前提です」

百合子が、はっきりと答えた。

「前提において最大の自然数をMと置いたことが間違っているんです。だって、自然数は無限に続くんですから。その中で最大のものは存在しません」

「ご名答だ、百合子くん」

ぱんぱんと二度、十和田が手を打った。

「自然数に最大のものが存在する。この誤った命題を前提としたために、最大の自然数が一であるという奇妙な結論が得られてしまったわけだ。そして、こんなふうに誤った命題を前提としてしまったことが原因となって、バナッハ－タルスキのパラドクスもまた、生まれてしまったのだ」

十和田の語尾を、神が引き取る。

「パラドクスの証明過程で『選択公理』を用いた。この誤った前提を使ってしまったことが、パラドクスを生んだ」

「そういうことだ」

十和田が、首を縦に振り同意した。

「その選択公理というのは、どういうものですか」

怖《お》じることなく問う百合子に、神は小さく首を傾げた。

「あら、百合子ちゃんは知らなかった？」

「ええと、はい……勉強不足で」

「そうね。とっくに知っていてもいいことかもね」

神は、ふっと片方の口角をほんの少しだけ上げると、続ける。

「選択公理は、こんなふうに定義されるものよ。すなわち、『空集合を要素に持たない任意の集合族に対して、各集合からひとつずつその要素を選び、新しい集合を作ることができる』」

「そ……それは、こういうことか？」

神のオーラに気圧《けお》されつつ、俺も無理やり会話に加わる。

「フランスとドイツと日本があり、それぞれにフランス人とドイツ人と日本人がいれば、それぞれからひとりずつフランス人とドイツ人と日本人を選び、新しいグループを作れる」

「まさしく、それこそが選択公理だ」

神の代わりに、十和田が答えた。

「そしてこの公理は、正しいとも間違っているとも判断できない」

「は？　なぜだ」

俺は目を眇めた。

「どう考えても正しいだろう？」

「いや、必ずしも正しいとは言い切れないぞ。その理由は……」

十和田が、ふと視線を百合子に向けた。

百合子は、はっとした顔を見せた後、おずおずと答えた。

「その……もしかすると、無限の要素が存在する場合があるからですか」

「つまり？」

「ええと……例えば、集合が無限にある場合、さっきのお兄ちゃんの例を引きあいに出せば、『国が無限にある』場合は、各国からその国の人を選び出していく過程《プロセス》は有限回では終わりません。とすると、事実上、選び出す方法がないことになってしまい、こうした選択をし得るかどうかについて是非を断言することもできなくなってしまう……」

「ふむ」

珍しく感心したような表情で、十和田は神を見た。

一方の神もまた、どこか嬉《うれ》しそうな表情で頷いた。

「なんだなんだ、俺にはさっぱり意味が解らんぞ。国が無限にあるってどういうことだ。地球には二百前後しか国はないはずだが、どうして無限になる？」

「仮定の話だよ、お兄ちゃん」

百合子が補足した。

「でも仮に、無限に国が存在するとすれば、数学の世界では、選択公理が証明できないという不思議なことになってしまう。だからこそ、そんな選択公理を踏まえた論理が、バナッハ-タルスキのパラドクスという不思議なものを生んでしまったってわけ」

「…………」

解ったような、解らないような。

だが俺は解ったとも解らないとも言わず、とりあえず、ふむ、とだけ頷いた——。

テーブルの向こうでは、今も常沢と大石が、ＢＴ教団に対する批判的立場での議論を続けている。

ただ、その一方で、俺は——気づいていた。

そんな二人の横で、当のＢＴ教団の熱心な信者である品井が、何も言わず、そして表情ひとつ変えることなく、しかし彼らの一言一句さえ聞き漏らすまいと、じっと耳を傾けていたのを。

そして、そうこうしている間にも、ホールの窓から見える空の色は急速に明度を失い、この世界を暗澹《あんたん》たる闇の中に隔離しようとしているのを——。

第Ⅱ章

1

一同連れ立って、俺たちは宿泊所を出た。

エントランスをくぐり表に出るとすぐ、うるさいほどの波の音、そして激しい風に煽られる。潮を含む空気は生暖かい上に粘っこく、生理的に不愉快な感触を持っていた。

間もなく午後八時だった。夏の空はこの時間になってもまだ紺色の光を残している。もっとも、あと数分でこれも黒一色となるのだろうが——。

「第一講演は、伽堂にて行います」

そう述べた品井は、宿泊所を出ると迷わず左に歩いていった。先刻俺たちがきた道だ。品井に連れられるようにして、俺たち一行はまた桟橋を進んだ。

ぐるりと左に回る桟橋。やがて現れた分岐点でも船着き場へは戻らず、さらに先へと進んでいく。

こうして、俺たちが伽藍島——相変わらず、どの側面も崖か、苔《こけ》か、草か、あるいはそれらが腐った何かがへばりつく、岩石の塊——を左に回り込むようにして延びる桟橋を、十分ほど歩いていくと、不意に桟橋が斜めに切れて行き止まった。

品井もまた立ち止まり、ゆっくりと、俺たちのほうに振り返る。

「こちらが、伽堂です」

「えっ？　ここ？」

裏返るような声を、脇が上げる。

「行く手は崖ですけど……行き止まりじゃないんですか」

「よく、ご覧ください」

品井は、伽藍島の側面を掌《てのひら》で示した。

そこにあるのは、ただごつごつと無機質な表面を持った岩壁だ。だが——。

「あ」

よく見るとその岩壁に一ヵ所、穴が開いていた。

無数の凹凸を持つ側面の一部。そこが四角く抉《えぐ》り取《と》られているのだ。

高さは二メートル、幅は一メートルもない。穴の奥は真っ暗で、どこまで続くものかも解らないが——。

「ほっほっほ、ここが伽堂の入り口という訳ですね？」

「左様でございます」

飄々と笑う小角田に、品井が相槌を打った。

「解りづらいことこの上ないな」

忌々しげに言いつつも、常沢が一番にその入り口に向かう。

「案内板でも置いておくべきじゃないのか。これじゃあまるで目立たない」

桟橋と入り口とは、十センチほどの隙間がある。その隙間を大股でまたぐと、常沢は中身のない右袖を振りながら、暗闇にずかずかと分け入った。

「皆さまも、どうぞ」

品井の促しに、俺たちはそれぞれ、入り口の奥へと足を踏み入れた。

瞬間、ひんやりとした空気が身体を包み込む。

外のどろりと弛緩した空気とは異なる、ピンと張りつめた空気だ。金属質な冷気が皮膚に貼りつき、無意識にぶるりと震えつつ、俺は行く手を見る。

暗闇を貫くような通路。天井のところどころに豆電球が埋め込まれており、それが最小限の淡い光を放っている。

歩き出しつつ、改めて俺は周囲を見回した。

通路は、天井も壁も床も、真っ黒だった。厳しい自然を想起させるごつごつの岩肌ばかりという伽藍島とは、まったく異なる趣だ。それこそ、皮を残したままの天然木に、鑿《のみ》で深々と穿《うが》たれた、ほぞ穴のような一直線の通路、そんなイメージだ。

踵《かかと》を床に下ろすたび、革靴の底がかつかつと硬い音を立てる。時折靴底が床を滑り、ひやりとさせられる。思わず左手でそっと壁面を触ると、氷のように酷薄な平面があった。御影石《みかげいし》か何かだろうか。よく磨かれた黒い石——この通路はすべて、この真っ黒な材質で作られていた。それにしても——。

これだけのものを掘り込み、作り上げるのに、どれだけの費用を要したことだろう。あるいは、それだけBT教団には財力があったということでもあるのだろうが。

なおも真っ直ぐ続く通路を列をなして歩いていくと、暫くして、唐突に壁に突き当たった。

「おい」

先頭にいた常沢が、眉間に皺を寄せて振り返った。

「行き止まりだぞ。どうなっているんだ」

鋭い眼光を送る左目と、ぼんやりと空中を見つめたままの、虚《うつ》ろな義眼——右目。

最後尾から、品井が俺たちの横をすり抜け常沢の傍に歩み出た。

「右の壁を押してください」

「右の壁？」

「はい。押し開けてください。扉がございます」

眉を顰めつつ、常沢は言われたとおりに右壁面を肩で押す。

「おおっ」

きいと小さく軋《きし》む音とともに、壁面にすっとコの字形の切れ込みが入り、そのまま壁が奥へと開いた。

その奥から、やけに生暖かい空気が漏れ出し、俺たちを包み込む。どうやら扉の向こうにはさらに空間があるようだ。

「行き止まりじゃなかったんだな」

「はい。右側には伽堂の、左側には付室《ふしつ》の入り口がございます」

「付室？」

「伽堂を操作するための部屋です。……今はとりあえず、伽堂のほうへお進みを」

「…………」

操作――？　そんな訝しげな顔をしつつも、常沢は口を真一文字に結ぶと、さらにその奥へと、俺たちを先導するように歩を進めた。

中に入るとすぐ、むわっと立ち込めるような潮の匂いが俺の鼻を突き上げた。

顔を顰めつつも、しかし俺は天を仰いだ――いや、仰がされた。

「おお……」

無意識に感嘆の声を漏らしつつ、俺は、心の中で呟いた。

何なんだ、ここは——一体？

扉の向こうには、予想外の空間があった。

それは、確かに「部屋」だった。

だが——そのスケールが、常識からは大きく外れていた。

目算で、奥行き約三十メートル、幅約三十メートル。そして高さも約三十メートル。そんな極端に大きな空間が、目の前に広がっていたのだ。

つまり、巨大空間。柱はどこにもなく、見えるのは、床と、四面の壁と、そして天井だけの、まさに「巨大な立方体の内側」だった。

これだけでも現実感を失うほどに異様だが、さらに異様なのは、その「色」だった。

まず、床。これは一面を炭よりも濃い漆黒で塗られていた。

そして天井。はるか上方に広がる正方形の天井は薄暗く、ここからでは詳細を窺《うかが》い知ることができないが、少なくとも一面を床と同じ黒色で塗られていることだけは見て取れた。

俺は思う——これはまるで、宇宙に向けてぽっかりと開けられた正方形の孔だと。

だが——。

それよりも奇妙なのは、この壁だ。

四面の壁は、床から三メートルほど上まで、そして天井から三メートルほど下までは、天井や床と同じく漆黒に塗られているのだが、その間がまったく異なる色あいを見せていたのだ。

そこにあるのは、朱色だった。

濃い色彩の朱——じっと見ているだけで、目がちかちかとしてくる。そんな色が、四面の壁のほとんどを埋め尽くしているのだ。朱と黒との境目にも、いくつもの照明が埋め込まれ、その朱色をさらに照らし、際立たせる役割を果たしていた。

再び、俺は思う。この、朱に満ちた巨大立方体空間。

これが、伽堂、なのか。だとすれば——。

「な、何なんだ、ここは……」

今度は、口に出して言った。

ここは、こは、は、は——と空間に響く自分の声。その言い知れぬ不気味さに、俺は思わずよろけ、たたらを踏んだ。

口の中に酸っぱいものを感じつつ、ふと見ると、俺と同じようにこの空間の力と朱色の圧に打ちのめされた一同もまた、自分を見失ったかのようにふらついている。

平然としているのは、品井と十和田、そして、まるで自分だけは別世界にいるかのような、泰然自若とした雰囲気の中に佇《たたず》む、神だけだ。

「……ここが、伽堂か」

天井を見上げながら、常沢が言った。

「これはまた、なんとも禍々しい。数に祈りを捧げる場所か何かは知らないが、少なくともBT教団と昇待蘭童の悪趣味が随所に表れた、実にいかがわしい場所だといえよう。だが……」

玉のような汗を額に滲ませつつ、常沢はにやりと不敵に口角を上げた。

「俺の講演場所として、ある意味では相応《ふさわ》しい」

「常沢さま、どうぞこちらへ」

品井が、常沢を部屋の中央へと誘導した。

促された彼は、肩で風を切るようにその場所へと歩み寄った。

「ここが舞台か？」

「はい」

小さく頷くと、品井は「暫しお待ちを」と言い、なぜか今入ってきたばかりの伽堂から出て行ってしまう。

「……？　品井さん、どこへ行ったんでしょうね」

怪訝そうに扉を見つめる脇。

だが彼の疑問は、ほどなくして氷解した。

不意に、床の下から、ごごっ、と何かが擦れあうような鈍《にぶ》い音がした。

「うおっ」

常沢が腰を落とすと同時に、彼が立つ床を目がけてスポットライトが当たる。

朱色の堂、その中央に浮かび上がる常沢の姿、そして八方へ伸びる影――。

何事かと思いつつ見ているうち、常沢の身体がじわじわと上へ移動していく。

「なんだ、どうしたんだ」

「ほほっ、どうやら床が少しずつせり上がっているようですね。そこをごらんなさい」

小角田が指差す場所に、目を凝らす。

常沢が立っている場所の周囲。そこが半径二メートルほどの円形にせり出し、常沢の身体ごとじわじわと上がっていた。

「なるほど……『せり舞台』か」

せり舞台とは、舞台の一部をくり抜き、そこに昇降装置を施した仕掛《しか》けだ。常沢はまさにその仕掛けの上に立ち、下からせり上げられていたのだ。

大石が、興味深げに言った。

「昇待蘭童は、時に信者に囲まれ説法を行い、時に彼らの前で恭《うやうや》しく祈りを捧げたといいます。これは、そのときに用いられた舞台なのでしょうね」

そう言う間にも、せり舞台は上がり続け、いつの間にか腰の高さを超えていた。

しかしよく見ると、せり舞台の中央、常沢がいるその前の床から、さっきまではなかった一本の黒く細い棒が伸び上がっている。

あれは、何だ？

「なかなか面白い意匠じゃないか」

ふと、十和田が呟いた。

「円形にせり上がる舞台を、方形の空間が包み込んでいる。円と正方形。シンプルだが、なかなか興味深いデザインだ。言うなればこれは……」

「『天円地方』」

神が、十和田の言葉を引き取った。

「古代中国の思想ね。星の運行はすべて円運動で表される。だから天は円が支配するものと考えた。そして、もしそうであるならば、天とは相反する地は、円とは本質的に異なり、かつ極めて安定した形、すなわち方形であるはずだ、とも」

相槌を打つように、十和田も頷いた。

「天を円、地を方とみなす。この思想は中国文化圏の建築に多く見られる。しかし、それはあくまでも一般的な話であり、ここ伽堂においては必ずしも妥当しない」

「つまり？」

「この円と方形は、むしろ超越数が代数的数であるかどうかという古典的な問題を示《し》唆《さ》するものなのかもしれない」

「『円積問題』ね。正方形と同積の円を定規とコンパスのみで作図し得るか、すなわち円周率を代数方程式の解とし得るか。数を奉ずる昇待蘭童は、ここにも数学のモチーフを用いた」

「そして、もうひとつ理由がある」

「と、いうと？」

「とぼけるな、神くん。その理由こそ、君が一番よく知っていることじゃないか」

ふん、と十和田は忌々しげに鼻から息を吐いた。

「この伽藍島は、君の父親である沼四郎が設計したものだ。そして沼建築にはいくつかの顕著な特徴があることで知られている。例えば異形ともいえる意匠を用いることと。例えば軀《く》体《たい》に回転部を持つこと。中でも、数学的モチーフを自身の建築にしばしば応用することは、もっとも有名な沼建築の特徴だ。現に、ここにその一例があるように」

「よく、ご存じですね」

ふふ、と意味深な微笑みを神は浮かべた。

「もっとも、今おっしゃった言葉のうちには、ひとつ重大な誤りがあるけれど」

重大な誤り？　俺は眉を顰めたが、しかし十和田は何も答えない――。

――せり舞台に、暫し中腰で左手を床についていた常沢だったが、高さが二メートルを超えたあたりで舞台が止まると、漸《ようや》く彼は、目前の黒い棒につかまり、静かに立ち上がった。

そして、嘲笑《あざわら》うような表情を浮かべながら言った。

「ふむ、これはなんともいい眺めだ」

その声が、大音量で伽堂中に響き渡る。

一瞬驚くが、すぐにそれがスピーカーからの音声であると気づいた。常沢の目の前に現れた棒は、先端にマイクを取りつけたマイクスタンドだったのだ。

「巨大な立方空間に浮かぶ円柱の舞台。響き渡る俺の声。まるで、宇宙の中心に坐《ざ》する神の気分だ」

くくと喉で笑う常沢。その声は、おどろおどろしい残響を伴いつつ、伽堂中にわんわんと響き渡った。

ふと常沢は、朱色の壁の下端のあたりに、左目だけを細めた。

「それにしても、これは何とも奇妙な現象《グラデーション》だな」

「舞台は上がりましたか」

突然、背後で品井が言った。

うわっ、と派手に驚く脇。時折気配を消すこの老女の挙動は、先が読めず、いちいち不気味だ。

「な、なんだ、品井さんかあ。びっくりさせるなあ。一体どこにいらしたんです？」

大仰に胸を押さえる脇に、品井は淡々と答えた。

「付室でございます」

「付室？　あー、そういえばさっき、そんなことを言っていたような……左側の部屋だっけ」

「はい。付室には、せり舞台を動かすための操作盤があるのです」

「で、品井さんは、それを動かしてきたと」

「左様でございます」

一礼の後、品井は、居住まいを正すと改めて皆に告げた。

「それでは……ただいま、ちょうど午後八時となりましたので、常沢さまに第一の講演をお願いしたく存じます」

クロノグラフを確かめる。確かに、八時ちょうどをほんの数秒過ぎたところだった。

ぱちぱち、と大石が緩慢《かんまん》に手を打った。

それにつられるように、一同がぱちぱちと拍手を送ると、舞台の上で、一身にスポットライトを浴びつつ、常沢は顔を顰めた。

「この俺に、世紀のペテン師昇待蘭童と同様、神の気分に浸りつつ何を話せというのかね。だがまあ、いいだろう。せっかく頂戴した機会だ。俺は一切の神を信じないが、数学にまだ見ぬ秘密があることは信じている。リーマン予想の裏に世界の神秘が隠されていることを信じている。それならば、俺の研究成果、位相幾何学においてリーマン予想がいかに敷衍《ふえん》され、またいかに興味深い振る舞いを見せるものか、ご紹介しようじゃないか」

そして、ごほ、と濁った咳払いをひとつ。

それから中身のない右袖を翻《ひるがえ》すように胸を張ると、常沢は、言葉を紡《つむ》ぎ出した
――。


数学――それは、過去の俺がまったく興味を持たない分野だった。

高校まではそれなりに勉強した。だが大学に入ってからは一切触れもせず、それは警察庁に勤めるようになっても同じだった。

だからといって、不便があるわけでもなかった。

仕事の上で数学を使う機会はそう多くない。せいぜい累積値や平均値、増減率を求

めるくらいで、時には標準偏差を出すといったような統計学の知識を使うこともあったものの、それとて高校までの数学知識だけで何とかなった。おそらく、数学を勉強していたかいなかったかにかかわらず、それは、俺の人生に大した影響を及ぼすものではなかったのだ。

数学。

それは無味乾燥で四角四面な学問。

大して興味もなかった、数と理屈の世界。

なのに――。

十和田只人という男と知りあって以降、そして、眼球堂の事件を間接的に知り、双孔堂と五覚堂の事件には直接関わって以降、この学問は、俺が好むと好まざるとにかかわらず、やたらと身近な場所に居座っている。

そして今も、目の前で朗々と吐き出される常沢の言葉に、俺は、どうしたわけかじっと耳を傾けている。

位相幾何学におけるリーマン予想の展開――そんな主題を持つ、常沢の講演。

「Σαを有限個までに制限すれば、この関数f(x)に対する式の微分は、xが増大するときに無視できるほど速く減少する項《こう》を除いてどうなるか。すなわち……」

――滔々《とうとう》と語られる講演の内容を、率直に言えば、俺はほとんど理解できていない。その歪んだ口元から滑らかに流れ出る常沢の言葉は、まるで宇宙語、よくて哲学の講義のようにしか聞こえない。

だが——それでも。

一方で常沢の講演に、耳を傾けてしまう俺がいる。

その内容を、理解できないならば理解できないなりに、咀嚼しようとしている自分がいるのだ。

やがて常沢は、ゼータと呼ばれる関数の性質について言及を始めた。

ゼータ関数。

この、すべての自然数を基礎としてつくられる関数は、零点と呼ばれる点を無限に持つのだという。

この点列がいかなる規則性を持ち並ぶのかは、いまだ判然とはしていない。だが、その並びを追うことで推定できる事実のひとつとして、点列はクリティカルラインと呼ばれる一本の直線から決して外れることなく並んでいるということが解る。

とはいえ、点列は常に一定の間隔を持っているわけではない。それらは時には狭く、時には広い間隔を置いて、一見すると不規則に並んでいるのだ。

だが、この並びこそが、ある数学における基礎的概念と、深い関係を持つ。

すなわち——素数。

この事実が意味することは、自然数からつくられるゼータ関数が、素数とも何らかの関係を持つということだ。

自然数と、素数。

この似て非なる二つの概念を結んでいるのが、ゼータ関数であり、リーマン予想なのである——。

へえ、そうなのか。それはよかったな——。かつての俺ならば、そんな適当な相槌ひとつで済ませた話だろう。なのに今、俺はどうして、こんなにも常沢の言葉に惹《ひ》きつけられているのだろうか？

——気がつけば、時刻が午後九時を回っていた。

締めくくりに、常沢は高らかに述べた。

「……以上の成果を推し進めることにより、リーマン予想は、遠くない未来に解かれると確信している。解くのはもちろん、この俺だ。成果が得られた暁には、今度こそいかがわしい神などが存在しない大学の清冽《せいれつ》な講堂で、ご披露をしよう。……以上だ。ご清聴、誠に感謝する」

講演は終わり、同時に、拍手が起こった。

講演前の疎らな拍手とは異なる、常沢の研究を讃《たた》える、敬意に満ちた拍手だった。

俺もまた、ほとんど無意識に手を叩いていた。

「くっ……僕も負けてはいられないですね」

大石が、爽やかさの中にも悔しさをにじませる。

数学を生業《なりわい》とする大石にとっては、触発されるものがあったのだろう。それほどに、常沢の講演は素晴らしかった。まったくの素人《しろうと》であるはずの俺すら感動しているくらいなのだ――リーマン予想は確かに、位相幾何学を通じて解決されつつあるのだ、と。

「ふむ……崇《あが》められる神の気分とは、まさしくこんなものなのかね」

拍手を受け、常沢は、まんざらでもなさそうに目を細めた。

だが、拍手が収まると、常沢はマイクスタンドに左肩で寄り掛かり、つらそうに言った。

「喋りっ放しはさすがに疲れた。そろそろ舞台を下げてほしいんだが……品井さんはどうした？」

「あ、今、付室に行きました」

脇が答えた。

だが、そのままいつまで経っても、せり舞台が下がる気配がない。

「……む？　なぜ動かない？」

常沢が怪訝そうに言ったまさにそのとき、品井が伽堂に戻ってきた。

「申し訳ありません」

「どうかしたのか」

「機械に不具合があるようで、すぐにせり舞台が動かせません。パネル裏の配線を確認しますので、もう少しだけお待ちいただけますか」

頭を下げた品井に、舞台上の常沢が苛立ったように言う。

「なんだ。俺はまだ下りられないのか」

「すぐに修繕しますので、暫しお待ちを」

「故障ならば、仕方がないな」

苦笑しながら、常沢は皮肉っぽく口の端を曲げた。

「だがもし神が存在するのならば、すぐに故障も直るだろう。何しろここはＢＴ教団の祈りの場なのだから。よかろう、気長に待とうじゃないか」

「…………」

無言の品井をよそに、常沢は、壇上から俺たち全員の顔を順繰りに見下ろした。

「下りられたら俺もすぐに行く。君らは遠慮なく、先に宿泊所に戻っていてくれ。いずれにせよ……俺の役目はすでに終わっているのだからな……」

その言葉を聞きつつ、俺はふと、思う。

気のせいだろうか？　そんな常沢の表情が、やけに意味深なものに見えたのは。

常沢と品井を残し伽堂を出ると、俺たちは先刻の通路をそのまま逆戻りして、再び島の外の桟橋へと出た。

真っ暗な夜空だった。月はなく、そのお陰か都心で見るよりもはるかに多くの星が、天を貫く天の川とともに浮かんでいた。

水平線はおろか、海面もとうに見えなくなっていた。桟橋のすぐ側にあるはずの伽藍島そのものも、暗黒の中にぼんやりと見えるだけだ。両脇に取りつけられた、足元を照らす明かりのおかげで、白い桟橋だけが見えていた。

底知れない闇の中に浮かび上がる、純白の一本橋——何とも幻想的で夢のような光景だ。だがこれはもちろん夢ではない。はるか下方では、ざんざんと激しく波が打ちつける音が轟き、この桟橋が紛れもなく現実に存在するものだと思い知らせた。

神が、すっと俺たちの先に出た。

当たり前のように音もなく歩く彼女——その後をやはり当然のごとく十和田がついていくと、俺たちは無言のまま、なし崩し的に二人の後にしたがった。

一切の会話もないまま、俺たちは島を右に湾曲する桟橋を歩いていく。桟橋はそのまま、暗闇にぼんやりと浮かび上がる宿泊所へと一本道に続いていった。

「はあ、疲れたあ」

宿泊所に戻るなり、脇が、勢いよく椅子に座ると、大きく伸びをした。

子供っぽい所作だ。だがそうしたくなる脇の気持ちもよく解った。何しろ、ずっと立ちっ放しで講演を聞いたのだ。身体もそれなりに疲労していた。

大石が、苦笑いを浮かべて言った。

「すみません。お疲れでしょうが、まだ道のりは半ばです。もう少々おつき合いくださいね」

「あ、いや、決してそういうつもりでは」

しどろもどろに答える脇。小角田がすかさずフォローを入れる。

「実は私も疲れているんですよ。しかし大石博士、あなたの講演は、きっとこの疲れを忘れさせてくれるほどのものと期待してもいるんです。どうです？　できますか？」

「もちろん。全力でお応えしましょう」

きらり、と大石は白い歯を見せて微笑んだ。

さすが、大石はいつでも爽やかだ――そう思いつつ、俺は――。

「あれ？　……彼女は、どこへ行った？」

ふと気づく。面々の中に、神が――善知鳥神が、いない。

忙《せわ》しなく左右を見回していると、椅子に浅く腰掛けたままの十和田が、つまらなそうに言った。

「神くんならば、さっき部屋に戻ったぞ」

「部屋に？　何しに？」

「解らない。解り得ない」

訊く俺に、十和田はぶっきらぼうに答えた。

「まあ、そりゃそうだが……しかし十和田、お前は見ていたのか？　彼女が席を立つのを」

「見ていたわけじゃないぞ。見えただけだ」

鼈甲縁の眼鏡のブリッジを押し上げると、十和田は堂々と言った。

同じことだ――俺はやれやれとばかりに、両掌を上に向けた。

だが神が部屋に戻ったのは事実であるようだ。一体彼女は、何をしに戻ったのか。

「……ねえ、お兄ちゃん」

不意に百合子が、俺を呼んだ。

「どうした？　百合子」

「見て、あれを」

大窓の外をじっと見つめながら、百合子は言った。その視線を追い駆けるようにして、俺もそのガラスの向こうに目をやる。

窓の外に、くっきりと浮かぶ一本橋が見える。暗闇を切り裂くように左右に延びる、白い通路。あれはホールから、藍堂側に延びる桟橋だ。

桟橋の下には、通路を支える鉄骨が、宿泊所からの光に照らされて、ぼんやりと錆びた骨組みを見せている。

「橋脚か。あれがどうかしたのか」

「お兄ちゃん、あの桟橋から下に降りることができる？」

唐突な質問。下に降りられるかだって？　いきなり何を訊くのだろう。面喰《めんくら》う俺に、百合子はなおも問いを投げた。

「逆でもいいよ。海面から橋脚を上って桟橋に上がることができると思う？」

「うーん……」

とりあえず、俺は腕を組み思案した。

「まあ……無理だろうね。桟橋は、橋脚よりも幅広だ。もし桟橋から上り下りしようとするならば、桟橋の縁を回り込み、その下面にぶらさがって橋脚の鉄骨まで移動しなきゃならないが、道具もなしに、それはちょっとできないだろうな」

「やっぱり、そうだよね」

そう答えると、それきり百合子は黙り込む。

「なあ百合子、それがどうかしたのか」

怪訝に思う俺に、百合子は窓の外から俺へと緩やかに視線を移すと、呟くように言った。

「あのね、お兄ちゃん。私、何かね……嫌な予感がするの」

「嫌な、予感？」

眉根を寄せる俺に、百合子は「うん」と首を縦に振った。

「お兄ちゃんには……解らない？」

「何がだ」

「さっきから、何か、変な感じがするの」

「変な感じ？……どういうことだ」

だが百合子は、首をただ左右に振った。

「ごめんね、お兄ちゃん。私、自分でも、うまく言えないんだけど」

「…………」

その瞬間――ふわり、と空気が動いた。

振り向くと、ホールの入り口が開いていた。夜になっても止むことを知らない東の風が、ホールの中へと押し入ってくる。その入り口に立っていたのは――。

品井だった。

品井はすぐホールの扉を閉めると、俺たちのところに、す、す、と歩み寄った。

「ただいま、戻りました」

「おや……品井さん？」

小角田が、品井に訊く。

「常沢博士はどうされました。まだ伽堂におられるのですか」

「常沢さまですか？」

首を傾げつつ、きょとんとしたように品井は答えた。

「こちらにはおられないのですか」

「おられるも何も、まだ戻っていませんよ」

「……はて」

品井は、怪訝そうに片目を細めた。

「常沢さまは、先に伽堂を出られたと思っていたのですが」

「あれ、伽堂に博士はいなかったのですか？」

「はい」

尋ねる脇に、品井は小さく頷いた。

「わたくしは、付室で操作盤の配線を修繕し、せり舞台を下げる操作をいたしました。それからすぐに伽堂に戻ったところ、舞台は下がっていましたが、常沢さまは、すでにどこにもおられなかったのです。それで、常沢さまは先に宿泊所に戻られたのだと、そういうふうに思っていたのですが……」

「ふうむ……栈橋で、常沢博士に会うことは？」

「ありませんでした」

「とすると常沢博士は、まだ栈橋のどこかを歩いているっていうことなのかなあ？」

脇が唸りつつ腕を組んだ。

「……ねえ、お兄ちゃん」

再び百合子が、袖を引いて、そっと俺を呼んだ。

「お兄ちゃんは、常沢博士がどこにいると思う？」

「常沢さんがか？」

「うん」

俺は、一拍を置いて答えた。

「伽堂にいない、戻ってきてもいないとなれば……まだ栈橋にいるんだろう。あの博士、一匹狼《いっぴきおおかみ》のようだから、独りどこかで夜の風にでも当たっているんじゃないかな。船着き場あたりで」

「それはないと思うよ、お兄ちゃん」

百合子は、首を横に振った。

「覚えてる？　船着き場のほうに分岐する桟橋に、まったく明かりがなかったこと」

「ああ、そういえばそうだったか」

百合子が言うとおり、さっき戻ってくるときには、船着き場に分岐する桟橋には明かりがなかった——というより、俺は分岐に気づいていなかった。あの桟橋は一本道だと勘違いしていたのだ。

「真っ暗な分岐道に、常沢博士があえて進むとは思えない。何しろ、桟橋の下は荒れた海なんだもの。ただでさえ風が強いのだし、足元が見えなければ、そんな危険なことはしないはず」

「確かにそうだな。だとしたら常沢さんは、藍堂のほうに向かったってことか」

「それもないと思う。だって」

神妙な顔つきで、百合子は大窓の外に浮かぶ桟橋を見た。

「さっきから私、ずっとあの桟橋を見ているんだけれど、常沢博士は通っていないの。常沢博士は藍堂には行っていないんだよ」

「品井さんも、桟橋を歩いてくる間に常沢さんには会わなかったと言っていたよな。待てよ、ということは……」

——と、いうことは？　ごくり、と唾を飲み込んだ、そのとき。

ふわり、と黒い影が、突然音もなくホールに舞った。

それは——善知鳥神だった。

今までどこにいたものか。彼女はしかし、悠然と落ち着き払った微笑を口元に湛えたまま全員を一瞥すると、おもむろに言った。

「そろそろ、第二講演の時間ね」

俺は、反射的にクロノグラフに目をやった。神の言葉どおり、時刻は、いつの間にか午後九時五十分を指している。

品井が、呼応するように言った。

「左様でございます。では皆さまを、藍堂にご案内いたしましょう」

その言葉に促されるように、俺たちは席を立った。

常沢はどこにいるのか？　その疑問は、突如現れた神に飲み込まれたように、俺の頭の中から消えていた。

2

ぞろぞろと、第二講演が行われる藍堂に向かうべく、皆は品井を先頭に宿泊所を出ていった。

それを後ろから見ているうち、いつの間にか、ホールには俺と神だけが残っていた。

ガラス窓の向こうで、皆が桟橋の右へと歩いていくのがはっきりと見えた。俺もまた、遅れを取るまいと足を入り口のほうへ向けた、そのとき。

「宮司さん？」

神が、背後から俺を呼び止めた。

その声に、金縛りにあったように、俺も足を止める。

「なんだ」

振り返ることなく——振り返るのが恐ろしいように思えて——背中越しに答えた俺に、神は言った。

「ゼロでない正の実数をゼロで割ると、解は？」

「……数学の問題か？　生憎《あいにく》と俺は、数学にはまったく興味がないんだが」

——嘘だった。

本当に興味のない者が、どうしてさっきの講演を聞き続けられるのか。認めたくはないが、どれだけ数学を忌避したところで、俺もやはり、かつて数学者だった両親の血を引いているということなのだろうか。

内心を見透かしたかのように、再び神が言った。

「解は？」

柔和で簡潔だが、有無を言わさない問い。

観念すると、俺はほっと溜息を吐き、なおも背を向けたままで述べた。

「解は……無限大か」

「なぜ？」

「ある正の実数を一より小さな数で割れば、答えは元の数よりも大きくなる。割る数を小さくすればするほど、解はより大きくなる。とすれば、割る数がゼロになるならば、解は無限大になる」

「割る数をゼロに近づけて推測したのね。でもその論法には、誤りがある」

「誤り？　どこがだ？」

俺は、眉根を寄せつつ振り向く。

その視線の先には、神がいた。

神は落ち着いた笑みとともに言った。

「割る数が負だったら、どう？　つまり負の領域においてゼロに近づけたら？」

「む……」

俺は、思わず口ごもる。

自分の間違いに気づいたからだ。彼女が言うように、ある正数を負数で割れば、答えも負になる。つまり、解は負の無限大になる。

「じゃあ……解は無限大か、負の無限大かのいずれかか」

「正解は、『そのどちらでもない』よ」

神は、わずかに首を傾げた。

「ゼロで割るという行為は定義できない。なぜなら解を確定できないから。数学の世界で、これは禁忌《タブー》。だからこそゼロは特別な数とされている」

さらさらと、肩口から滑らかに流れ落ちる神の黒髪。その重力を可視化したような動きに思わず見とれつつ、俺は答える。

「あんたが言いたいのは、それだけか」

それだけなら、もう行かなければならないんだが——強がりながらも、逃げ出すかのように踵《きびす》を返しかけた俺に、神はなおも続ける。

「ゼロはこの世にひとつしか存在せず、かつその他のすべてを定義不能にする能力を持っている。例えば相対論はもともと『物事の関係はすべて相対的である』という定義から導かれた。相対的に定義するということは、物事を絶対的な尺度《しゃくど》の上に置かないということ。どうして絶対的な評価をしないのか。それは、絶対的評価を行うとき、そこには必ず絶対性の出発点となる点が存在してしまうから。その存在が他者を定義不能にしてしまう、原点が」

滔々と、語る神。

俺は、無意識にごくりと唾を飲み込むと、神のペースに飲み込まれないように、あえて抗うように言った。

「で、その話が今、俺たちと何の関係がある？」

「……解らない？」

神が、口角を上げた。

「今、世界は相対論から絶対論の世界に引き戻されようとしている。宮司司さん、あなただって、皮膚を一枚隔てたすぐそこで、世界が変化しようとしていることに対して、無関係ではいられないでしょう。いえ、むしろ、積極的に関係を持とうとするはずよ。なぜなら……」

──百合子ちゃんが、いるから。

「…………」

一体この女は、何をどこまで知っているのか。

無言で睨みつける俺に、神はなおも続ける。

「原点は、すべてを混沌に引き戻す。確定された存在も不確定の海へと計量してしまう特異点であり、近傍にある者、挑もうとする者を、すべて定義不能にしてしまう。でも、だからこそ、ゼロで構成された原点はもっとも自由な点でもある。自然数も、整数も、有理数も、無理数も、実数も、超越数も、複素数も、あらゆる算術の檻《おり》に閉じ込められた数は、原点によって解放される。なぜなら、原点こそが世界の秘密を手中に収めているから」

「その原点とは、もしかして……」

俺は、小さく息を継いだ。

「藤衛か」

「そうよ」

神は、あっさりと認めた。

「あなただってとうに解っているはずよ。原点は、あなたや、私や、百合子ちゃんや、十和田さん、すべての点に対して絶対的に作用し、算術の檻に閉じ込めようとしている。だから……」

神は不意に、真剣な眼差しで俺を見つめた。

「必要なものがある。原点に打ち勝つために」

「必要な、もの……」

それは、何だ。

そう訊こうとした瞬間、ふっ——と室内の温度が下がった——気がした。

心が凍りつくような嫌な感覚。無意識に粟立つ腕をさする俺に、神は言った。

「それを手に入れるために、私は手段を選ばない」

俺を気圧す——神の言葉。

暫しの無言を挟み、俺は訊いた。

「善知鳥神。あんたはさっき『原点こそが世界の秘密を手中に収めている』と言った。教えてくれ。原点は、一体どんな秘密を握っているんだ？」

「…………」

今度は、神が口を閉ざす。

そのまま、数秒——じっと底知れない黒い瞳で俺を見つめると、それから、彼女は言った。

「リーマンの定理よ」

リーマンの——定理？

呆然とする俺の頰《ほほ》を一陣の風が撫でると、神は、まるでそれまでの出来事など何もなかったかのように、言った。

「宮司さん。あなたにひとつ、お礼を言わなきゃいけないことがあるわ」

「……なんだ？」

「百合子ちゃんのこと。本当にありがとう」

「何の、ことだ」

だが、俺の問いに神は答えないまま――。

「さあ、行きましょう。今もゼロを恐れることなくリーマンの定理に挑もうとする人たちが、私たちを待っている」

それだけを言うと、神は、ホールの入り口を、まるですり抜けるように出て行った。

閉まる扉を見ながら、俺は思う。

そうか、ここでまた、あれが現れるのか。

あの――リーマン予想が。

痛いほどの静けさに包まれた。だが俺はなおも呆然としつつ、ただ思考する。

リーマン予想。

この数学史上最大の難問は、一体どこまで俺たちにまとわりついてくるのか。

例えば、伽藍島の講演。

二人の講演者による演目は、いずれも、リーマン予想に関するものだ。

あるいは、ほかならぬ善知鳥神も、十五歳で革新的な論文を書き著した天才だが、その論文のテーマもまた、リーマン予想だった。

そして、俺たちが遭遇した、あの事件。

あのとき集められていた者たち、そして俺の両親がかつて研究していたものも

——そう、だとすれば。

——。

だが、だとすると——。

俺は、首を横に何度も強く振ると、堂々巡りを続ける思考を、自分の頬を両手で叩いて追い出す。

仮に、このリーマン予想が、俺たちに何かの関係を持つものだったとしても、リーマン予想はただの予想であり、数学上のひとつの概念にすぎない。

俺たちに具体的な危害を及ぼす怪物などではなく、それは、ただの抽象的な論理を示す文字列にすぎないのだ。

であれば、それをことさらに恐れるのも、ただ滑稽なだけのこと。

だから——。

気を取り直すと、俺は扉を開けてホールを出た。

そして、桟橋を右に進み、はるか前を行く神と、百合子たちの後を追った。

生暖かい潮風が、俺の身体を、桟橋の向こうにある奈落に落とそうと吹きつける。

それに逆らい、爪先を一歩一歩、意識して前に進めながら——俺は漸く、そのことに気がついた。

リーマンの定理。

――定理。

彼女はなぜ、予想ではなく定理と言ったのだろう?

3

右に湾曲する桟橋を進むと、やがて右側に伽藍島の側面が現れ、ほどなくして桟橋そのものがまた行き止まった。

その先端には品井がひとり、こちらを向いて立っていた。おそらく俺を待っていたのだろう。彼女は俺の姿に気づくと、向かって右をしわだらけの指で示した。

「藍堂は、こちらでございます」

指示された壁面には、伽堂への入り口と同様、岩場に穿たれた長方形の入り口があった。

言われるがまま、俺たちは中へと入っていった。

先刻のそれと同じく、通路は全面を黒い御影石で覆われていた。なるほど、藍堂は伽堂と同じ造りをしているのだなと思うが、こちらの通路は短く、すぐ突き当たりに至った。

突き当たり――ということは。

俺は通路の右壁面を押す。案の定、その壁は奥へと開いた。

だが——。

そこにあるのは大空間——ではなく、三畳ほどの広さの、天井高も二メートルほどしかない狭苦しい小部屋《こべや》だった。

灰色のモルタルが塗られた、天井と壁。その壁面に沿うようにスチールの机がひとつと、パイプ椅子が置いてある。部屋の隅には、マイクスタンドらしきものが何本か束ねられ、無造作に立てかけてあった。

机の向こうの壁にはパネルがあり、その中央に大きな丸いボタンが四つ、埋め込まれるようにして並んでいた。

ここが、藍堂？

特筆すべき点もない、やけに殺風景な部屋だ。伽堂とは随分趣を違えているが——。

「違います、宮司さま」

俺の後ろから、品井が言った。

「そちらは付室でございます。藍堂へは、左側からお入りください」

「左側？　ああ、逆なのか」

俺は気づいた。伽堂と藍堂とは、造りが左右対称になっているのだ。

誤魔化すように頭を掻きつつ、後手に扉を閉めると、俺は再び通路の逆方向の壁を押し、その中へと入っていった。

藍堂に入った瞬間、俺はまたさっきの伽堂とは別の意味で驚いた。

形状としては、伽堂と同じだ。

すなわち奥行き約三十メートル、幅約三十メートル、天井高約三十メートルの、巨大な立方空間。床と天井は、いずれも炭よりも濃い漆黒で塗られ、天井は薄暗く詳細は窺えないが、四面の壁が、床から三メートルほど、天井から三メートルほどまで黒く塗られ、その境目にあるスポットライトで部屋が照らされている。

まったく伽堂と同様の大空間。だが——。

俺は、慄然とした。

見え方が、しかし先刻の伽堂とは明らかに異なっていたからだ。つまり——。

緑。

そう、そこは、緑色の世界だったのだ。

伽堂では朱色に彩《いろど》られていた四面。それが、この藍堂においては、緑色に塗られていたのである。

ふと鼻を突く、濃厚な海の匂い。それに誘発されたのだろうか、足元がぐらつき、世界があやふやになるような感覚が俺を襲った。

酷《ひど》くふらつきながら、俺は――自問する。

ここは、一体、何なんだ。

先刻の朱に染まった伽堂。

そして今、この緑の藍堂。

入り口が左右逆になっているということ以外には、ほぼ同じ構造を持つにもかかわらず、しかしまったく異なる色彩をあらわにした、二つの巨大空間。

BT教団の教主である昇待蘭童はなぜ、こんなものを作ろうとしたのか。あるいは建築家沼四郎は、何を考えてこんな建物を設計したというのか。

「……大丈夫？　お兄ちゃん」

百合子が、俺を気遣う。

俺は、額ににじむ冷や汗を袖口で拭いながら、引きつった顔で言った。

「あ、ああ。平気だ」

だが――不愉快だった。ここはどうして、こんなにも的確に、かつ遠慮なしに、俺の嫌なところに触れてくるのか？

俺は、エレベータが苦手だ。閉塞した空間。隔離され、区別され、閉ざされる感覚。停滞した空気の匂い。そして、暗闇。無音。そのどれもが、俺の不安を掻き立てる。

そして、この巨大空間だ。

ここはもちろん、エレベータとはまったく異なっている。閉ざされてはいるが閉塞はしておらず、むしろ開放感さえある。だが——。

隔離され、区別されているという点では、本質的には変わらない。

だからこそ、この場所は無遠慮に触れてくるのだ。俺の心に穿たれた、強いトラウマに——。

「ははは、なるほど、常沢博士は赤、そして僕が緑というわけですね」

爽やかな笑みとともに、大石が、ポケットに手を入れたまま、部屋の中央に歩み寄った。

「個々の性格を踏まえたパーソナルカラーとしても、適切であるように思えます。

……ところで、この舞台もせり上がるんですか」

「左様でございます」

そちらで少々お待ちください、と言うと、品井が藍堂を出て行った。先刻と同じように、付室でせり舞台を操作するためだろう。

「しかし、何ともくらくらする部屋ですねえ」

小角田が、脇に話しかけた。

「色のせいでしょうか」

「そうでしょうね。さっきは赤、今度は緑ですから」

脇が、子供のように目をこすった。

「どっちもはっきりとした色ですからねえ、やたらと目が疲れますよ」

「確かに。あるいは、面積効果のせいかもしれませんな」

「面積効果？」

問い返す脇に、小角田は目尻を下げて「ほっほ」と笑った。

「錯覚の一種ですよ。明るい色や鮮やかな色は、小さな面積よりも、大きな面積で見た方が、明るさ、鮮やかさが一層際立って見えるのです。逆に、暗い色も、面積が大きくなるほど暗さが増して見える。こういうふうに、明るさや色味、イメージが変化して見える現象のことを、色の面積効果と呼んでいるのです」

「へえ、なるほどですねえ。ひとつかしこくなりました」

脇は、再度緑の壁に目を細めた。

「ですけど、考えてみれば僕、今までこんなに大面積の朱色や緑色なんて一度も見たことがありません。こんなの、初めてですよ。なんとなく気分が悪いのも、経験したことのない錯覚をしているからでしょうかね」

「おそらくそうでしょうな。……ところで脇さん、目はいいほうですか？」

「え？　僕ですか？　いや、昔はよかったんですけれどね、今は一・〇しかありません」

「一・〇あれば、十分よいほうだと言ってもいいでしょうね」

「小角田先生は？」

「私ですか？　そうですねえ、あまりいいほうだとは言えませんねえ。年のせいでしょうか、最近とみに衰えました。もともと近眼だったんですが、そこに乱視が入って、今や老眼もですよ」

年は取りたくないものですねえ、と小角田は盛大に溜息を吐いた。

「でも小角田先生、別に眼鏡とか掛けてらっしゃらないですよね。大丈夫なんですか？」

「ほっほっほ、実は私、コンタクトなんですよ」

「ええっ、コンタクト？　小角田先生が？」

「意外でしたか？」

飄々と、小角田は三角形の白髭《しらひげ》を何度も撫でた。

「意外と便利なものですよ、コンタクトというのも。ほっほっほ」

「確かにそうでしょうけど、いやあ、小角田先生にコンタクトレンズのイメージはないなあ」

確かに、仙人然とした風体の小角田が、ちまちまとコンタクトレンズをはめている姿は、想像すると少々滑稽でもある。

「……それにしても遅いですね、品井さん」

大石が、部屋の中央で首を傾げた。

「舞台が上がる気配もないし、一体どうしたのでしょうか」

大石がそう言った、まさにその瞬間、藍堂の扉が開き、品井が戻ってきた。

「お待たせして、申し訳ありません」

品井は皆の前にくるなり、深々と頭を下げた。

「どうやら、また機械の調子が悪うございまして……藍堂のせり舞台が動かないのです」

「そうなんですか」

「なので、またパネル裏の配線を直してまいりますので、今しばらくお待ちを」

「あ、いいですよ品井さん」

大石が、高そうな腕時計に目をやりながら、また出て行こうとする品井を右手を上げて制した。

「もう時間です。そんなにスタートを遅らせるわけにもいかないですし、このまま始めてしまいましょう」

「しかし、それでは……」

何かを言いたそうな品井に、大石はきらりと歯を光らせつつ、「何も問題はないですよ」と言った。

「別に壇上でなくても、身ひとつあれば講演はできます。人を見下ろすのも好みではないし、わざわざせり舞台を上げてもらう必要はありません」

「……左様でございましたら」

品井は大石に深々と一礼をした。

「不手際《ふてぎわ》ばかりで申し訳ありません。しかし、せめてマイクだけは持ってまいりましょう。長い時間地声だけでお話しになるのも大変でしょうから」

そう言うと品井は、藍堂から出て、またすぐに戻ってきた。

手には、長い棒が握られていた。先刻、付室にあったマイクスタンドだ。

大石の傍に歩み寄った品井が、その棒を床に突き刺し、ねじ込むようにくるくると回すと、その先端がちょうど大石の口元の高さになった。「あ、あ」という大石の声が、藍堂に大きく響いた。

「……うん、拾っていますね」

ありがとう、と品井に礼を述べると、大石は俺たちに向き直った。

「さて、ちょっとしたトラブルもありましたが、これで準備万端です。それでは、始めさせて……いや、まだ常沢博士がいらっしゃらないのでしたね」

一方の講演者が不在の中で進めるわけにもいかない。

どうしましょうか、と問うような視線を向けた大石に、老女は、一瞬目を細めてから淡々と答えた。

「おそらく、お疲れになり休まれているのでしょう。ご無理を申し上げないほうがよろしいのではないかと」

「うーん、しかし」

「ご予定の午後十時は、すでに過ぎております」

きっぱりと言い切った品井。そんな態度に、大石は気圧されたように、解りました、と頷いた。

「本当なら常沢博士にこそ聞いていてもらいたかったのですが……仕方がありません。時間とのことですから、講演を始めさせていただきます」

まばらな拍手を受けつつ、大石は、ひとつ咳払いを挟むと、一転、それまでの爽やかな笑顔をぴしりと引き締め、すぐさま数学の世界へと俺たちを導いた――。

大石の講演は、聴衆の理解など意にも介さず、強引に押し入るごとく論を前へと進める常沢のそれとは、まるで異なっていた。

軽妙な調子で紡ぎ出される論旨は、平易で、しかし極めて明解だった。それは、数学を専門としていない俺をも端《はな》から興味深く惹きつけた。

「回転の性質というものを考えます」

大石は時折、俺たち聴衆の表情をしっかりと確かめるようにぐるりと見回すと、次いでにこりと微笑み、問いを投げた。

「二次元における回転。そして三次元における回転。この二つにはある決定的な差異があるのですが、解りますか？」

大石の視線が、百合子に注がれる。

百合子は一瞬、はっと驚いたような顔を見せたが、すぐに淀みなく答えた。

「二次元では可換ですが、三次元では非可換になります」

「具体的には？」

「ええと……二種類の回転を行う操作Aと操作Bについて、二次元ではAの後Bを行っても、Bの後Aを行っても、結果は同じですが、三次元では必ずしも同じとはならないということです」

「そのとおりです」

大石は、一同に向き直ると、両手を広げて言った。

「例えばサイコロを例に取りましょう。サイコロを二回、軸がそれぞれ異なるようにして回転させると、最後に出ている目はその回転順序により違うということが解るはずです。これが非可換性です。さて、ここで、このような性質をフラクタルの世界に関して考えるとき、いかなることが起こるかを考えてみましょう。つまり……」

大石が専門とするのは、自己相似性《フラクタル》。それが世界のあらゆる場所で身近に存在するものだということを、俺は五覚堂の事件の際に学んだ。

同様に、常沢が専門としている位相幾何学の世界は、もっと抽象的で、ある意味では人々を置いてけぼりにする学問であるということを、双孔堂の事件から学んだ。

だから——俺は得心する。この二つの学問分野のイメージは、それぞれの学問分野を専門とする二人の博士のそれと、そっくりじゃないかと。

常沢の、人々の理解をあえて後に置き去りにするような講演は、まさに具体的な数や図形といったものを切り落とし、抽象的な世界を論ずる位相幾何学そのものだ。一方で、大石の人々を巻き込みその一部としようとするかのような講演も、まさに自己相似性、すなわちフラクタルそのものだ。

この一致は、はたして偶然なのか、それとも——。

そう思う間にも、大石の講演はスムーズに先へと進んでいった。それは徐々に高度なものになっていくと同時に、どこか神々しさをも伴い始めた。

すなわち——フラクタルが世界に顕現するときには、不規則としか思えない奇妙な振る舞いを見せることがある。だがその性質は、一部分においてリーマン予想の零点の性質と近似を見せるものでもある。

だとすれば——。

リーマン予想にも、自己相似的構造が内包されているのではないか？

「……以上のことより解るのは、不規則な零点の構造が、マンデルブロ集合やジュリア集合などに見る感覚的に不規則な形式とその根底において符合するということです。裏を返せば、これはフラクタルの構造がその奥底にリーマン予想の解を隠しているということを示唆するものでもあります」

大石は、意図的に抑えているのだろう、低い声色で続けた。

「『リーマン予想は、遠くない未来に解かれると確信している』……これは先ほど述べられた常沢博士の言葉です。この言葉を引きあいに出すまでもなく、僕もまたそうであると確信しています。フラクタルはおそらく、リーマン予想の核にある固く結ばれた結び目を解きほぐす鍵となっている。僕の研究こそが、やがてその鍵を見つけ出し、リーマン予想を定理とするための一連の基礎を与えるものと確信しているのです。この点、遠くない未来に、きっと興味深いご報告をすることができるだろうということを最後にお約束して……僕の講演を終わります。ありがとうございました」

静かに一礼する、大石。

同時にまた、大きな拍手が沸き起こる。

それは、大石の講演が常沢のものと同様に素晴らしいものであったということの証左だった。

やがて拍手が収まると、十和田が大石の立つ部屋の中央へ、ひょこひょこと肩を上下させながら歩み寄った。

「大石くん、素晴らしい講演だった。そんな君に是非とも問いたいことがあるのだが、いいか」

「なんでしょうか」

「君はフラクタルに関し、その構造の奥底にはリーマン予想を解く鍵が隠れていると言った」

「言いましたね」

汗ばんだ額を拭い、さらりと爽やかに髪を掻き上げる大石に、十和田は言う。

「それは、原子核のもつエネルギー準位と零点との関係、すなわちモンゴメリとダイソンが発見したあの事実にも、フラクタルの概念が大きく影響をしている、という理解でいいのか？」

「まさしく、そのとおりです」

ぐいと顔を近づけた十和田に、大石は頷く。

「フラクタルは自然界における乱雑さの発生機序の一部となると考えられます。この点、モンゴメリとダイソンは自然界にある原子核と零点の共通性を、半ば伝説的な出会いの場において見出《みいだ》したわけですが、それはある意味では当然のことだったのかもしれません。何しろ、自然現象の源泉には常にフラクタルがあるのですから」

「フラクタル、自然、そして零点の振る舞いは、すべて相関した関係にあると」

「少なくとも、別個独立ではないでしょう」

「なるほど。とするとだ……」

十和田と大石。二人の議論が熱を帯び始める。

その内容は、当初の比較的解りやすい言葉を用いたものから、徐々に専門的に、そして俺の理解を超えたものへとシフトしていく――。

長い溜息を吐くと、俺は肩の力を抜いた。

腿《もも》のつけ根と膝の裏がじんわりと痛んだ。同年代より鍛えているつもりだが、さすがに長時間立ちっ放しでいるのは酷だ。

「宮司くん。帰っていいぞ」

突然、十和田が命ずるように言った。

「僕はまだ大石くんに問うべきことがある。君たちは遠慮せず、先に宿泊所に戻っていたまえ。疲れているんだろう？」

いや、大丈夫だ――と言おうとしたが、困憊《こんぱい》した表情の百合子が横にいる。

さらに、視界の端にも、すうっと藍堂の出口へ向かう神が映る。

百合子も疲れているし、神の姿を失してはならない。ならば――。

「お言葉に甘えるぞ」

片手を上げると、俺は神の後を追った。

そして――俺もまた藍堂から出ていこうとした、その瞬間。

背後で議論を続けるふたりの言葉の中から、俺は大石のある台詞を聞き取った。

「……ええ、私のほうが、より神に近い場所にいると思いますよ。無神論者の常沢博士よりは」

――私のほうが、より神に近い場所にいる。

俺には――やけにその文言が耳に残った。

藍堂から桟橋へと出ると、神の姿は、すでに暗闇に白く浮かぶ桟橋のはるか先にあった。

静かな所作なのに、なぜあんなに歩くのが速いんだ？　訝りつつも、俺は神の後を追った。

結局俺が追いつくことはなく、神は、左に湾曲する桟橋を強風などまるで意に介することなく進んだ後、そのまま宿泊所へと入っていってしまった。

すぐに俺も、宿泊所の入り口の扉を開け中に入るが、すでに神の姿は廊下の突き当たりにあり、自分の部屋へと戻るつもりだろうか、右に曲がるところだった。

肩で息をしながら神の姿を見送っているうち、俺の背後でまた扉が開く。

「はやいよ、お兄ちゃん」

百合子は、大きく息をしながら怪訝そうな顔を俺に向けた。

「そんなに急がなくったっていいじゃない」

「ああ……すまない」

「何かあったの？」

「それは……」

——神を追った。

と、俺はなぜか素直に言えず、はぐらかす。

「いや……なんとなく」

「なんとなくって？」

「あー、うん」

咳払いをして誤魔化しているうちに、百合子の後から、小角田と脇も戻ってきた。

「大石博士と十和田さん、お二人があまりに白熱しているので、僕らも先に戻ってきてしまいました」

「真っ向から議論で戦うというのも、第一線にいる学者の醍醐味《だいごみ》ですねえ。ほっほっほ」

百合子の疑惑の視線から逃れるようにして、俺は尋ねた。

「ところで、品井さんは？」

「ほっほっ、藍堂の付室に残られましたよ」

小角田が答えた。

「せり舞台が動かないことを、かなり気にされていたようですね」

「ああ、故障していたっていう」

「どうにかしておきたいと考えたのでしょうねえ。管理人さんですから」

「加えて、信者でもありますしね」

脇も横から口を挟んだ。

「BT教団の信者なら、施設を直したいというのも、当然のことでしょう」

確かにな、と俺は頷いた。

品井にとって、BT教団の所有物であるこの施設を守るということは、そのままBT教団への信仰につながるもの。施設の故障を放置することは、そのまま不信心へとつながる不名誉なのだ。

「それにしても、もう十一時を回っていますよ。長い講演会でしたねえ……」

首の骨を鳴らしつつしみじみと言う脇に、小角田も答えた。

「しかし、濃密でしたね。時間があっという間に過ぎました」

「まったく、そのとおりでしたね」

「常沢博士と大石博士、お二人のプログラムに沿えば、あのリーマン予想もすぐに解決できるのではないか。そう思わせられるほど実りある講演でしたねえ」

ほっほっほ、と小角田が髭を弄《いじ》りつつ言った。

ふと、百合子が俺に訊く。

「そういえばお兄ちゃん、もうこんな時間だけれど、常沢博士は？」

「常沢さん？」

俺は周囲を見回して言った。

「ああ、確かに。まだ姿が見えないな」

行方が解らなくなっていた常沢は、結局、大石が講演をしている間にその姿を見せることはなかった。

あるいは、体調を崩して自分の部屋に戻っているのだろうか。それとも――。

また不意に、扉が開く。

入ってきたのは、十和田だった。

ひょこひょこと飛び跳ねるように身体を揺らしながらホールへと入ってきた十和田は、無言のまま椅子に腰を落とすと、眼鏡をくいと押し上げた。

「もう、大石さんとの議論は終わったのか？」

問う俺に、十和田はぶっきらぼうに答えた。

「終わった。実に有意義だった」

「で、大石さんは？」

「まだ残っている。品井さんもだ」

拒絶する雰囲気を醸し出す十和田。俺はそのまま、質問をやめた。

そして、十五分ほどして——。

大石が戻らないまま、ホールに品井が戻った。

大石博士はどうした——と問う一同に、品井は首を傾げながら、またも驚くべきことを言った。

「大石さまですか？　大石さまは、先に藍堂を出られたと思っていたのですが」

淡々とした表情の中にも、納得ができないといったふうに、品井は目を細めた。

そんな品井に、先刻と同じように脇が尋ねる。

「ということは、ええと、もう藍堂には大石博士はいないってことですか？」

「はい」

品井は小さく、頷いた。

聞けば彼女は、藍堂から桟橋を通り、ここへ戻るまでの間、大石の姿を見ていないという。

一方の俺たちも、このホールから見える桟橋の上を大石が歩いていたのは、見てはいない。

と、すると——。

「まさか、常沢博士だけじゃなく、大石博士までいなくなったってこと……？」

そんな百合子の言葉は、俺の心の中の呟きと、見事に同調していた。

4

「そんな馬鹿な」

脇が甲高い声で叫んだ。

「ちょっと待ってくださいよ。確かに常沢博士のお姿はずっとお見かけしませんが、この上大石博士もいなくなったってことですか？　そんなこと、あるわけが……ああ、解った。きっとお二人とも、いつの間にか自分の部屋に戻っているのでは？」

いや——それは、違う。

大石がこっそり部屋に戻れたわけはない。常沢はともかく、大石が部屋に戻るための動線は、絶対にこのホールを通過するのだ。

つまり、俺たちが居座ることによって、動線はずっと塞がれているのである。

「では、お二人ともすでに自室におられると？」

髭を撫でつつ訊く小角田に、まるで自信なげに、脇が答えた。

「まあ……そうではないか、と」

「常沢博士と大石博士が部屋にいるかどうか。確かめれば真偽はすぐに解るぞ」

十和田が素早く立ち上がる。

「問いが正しいか、それとも誤っているか。この問題に限っては、実際に見てみるのが早道だ。だから、宮司くん」

俺の顔を、十和田がちらりと見た。

「君も来るんだ」

「はあ？　俺もか」

「そうだ。一緒に確かめるんだ」

唐突な指名に戸惑いつつも、俺は腰を上げると、すでに廊下を歩き出していた十和田の後を追った。

そして――。

鍵の掛かった開かずの間を除き、宿泊所を隅々まで探索した俺たちは、やがてひとつの結論を得た。

「いなかったよ。常沢さんも大石さんも、どこにもいなかった」

ホールへと戻ると、俺は皆——百合子、脇、小角田、品井と、そして、探索の最中に自分から部屋を出てきた神に、首を左右に振った。

「お二人とも、宿泊所《ここ》にはいない……？」

脇が、怪訝そうに大きく首を傾げた。

「し、しかし……だとするとですよ、消去法で考えれば、お二人は外にいるということになりませんか」

その言葉の意味は明白だ。大石と常沢は、この伽藍島の桟橋のどこかか、伽堂か、藍堂か、そのいずれかにいるのだ。あるいは——。

ふと過る嫌な想像を打ち消すように頭を横に振ると、俺はあえて大きく声を張る。

「皆で二人を探しに行こう」

反対する者はいなかった。

宿泊所を出ると、俺たちはまず桟橋を右へと曲がった。

そして右へ湾曲する桟橋を、俺たち七人は足元を確認しながらゆっくりと進んだ。

俺と品井を先頭に、その後に十和田と脇と小角田、殿《しんがり》には、やや距離を置いて、百合子と、神。

最後尾の二人は何を話しているのだろうか——気になりつつも、俺は桟橋と、その下に誰かいないか目を凝らす。あるいは、二人が桟橋から落ちた可能性もあるからだ。特に常沢は隻眼隻腕、ましてやこの強風だ。万が一ということは十分にある。だが、暗闇に紛れた桟橋の下は、数十メートルおきにある橋脚の上方を除き、ほとんど何も見て取ることはできず、したがって二人に事故があったかどうかも確認はできなかった。

やがて桟橋は行き止まり、ぽっかりと口を開けた狭い藍堂への入り口が見えた。

「入るぞ」

俺は、先陣を切ってその中に足を踏み入れる。

予期していたとおり、ほどなくして通路が突き当たる。

まず右側の壁面を押し開け、付室を覗く。

「……いないな」

三畳ほどの殺風景な部屋。机とパイプ椅子、四つの丸ボタンにマイクスタンドを束ねたもの。あるのはそれだけだ。

誰もいないことを確認すると、俺はすぐ付室を出て、反対側の壁を押した。

藍堂。

目前に広がる緑色の巨大空間は、解っていても思わず息を飲む威容を、先刻と変わらずそこで示し続けていた。

島の中にくり抜かれた、巨大空間。足元のさらに下に存在するのだろう固い地盤を通して感じられる冷気が、俺の背筋を這《は》い上がる。

藍堂にあるのは、中央のマイクスタンドただ一本のみだった。それ以外には、一時間前に大石が講演を行っていた気配すら残ってはいない。

つまり——何もなく、誰もいなかった。

念のため手分けをして藍堂の隅々まで確認したが、結論は変わらなかった。

「ここにもいないか。とすると、伽堂か」

そう言いつつも、俺は意識せず心の中で呟いた。

伽堂にいれば——いいのだが。

緑の藍堂を後にして、桟橋を左回りに進む。

全員、なぜか無口だった。隣を歩く品井はそもそも必要以上のことを喋らないが、背後からの会話も聞こえてはこない。あるいは、吹きつける風の音に紛れ、聞こえなくなっているだけかもしれないが――。

左手に宿泊所を見つつ――栈橋からガラス窓越しに覗けるホールには、もちろん人の気配はない――さらに進むと、栈橋は分岐へとたどり着いた。

湾曲する明るい栈橋から、まったく明かりの灯《とも》っていない栈橋が、そっと枝分かれしていた。

追いついた脇が、海鳴りの音が響く暗闇の向こうに目を細めた。

「もしかして、この先にいるんじゃないですか？」

俺もまた、船着き場の方向に目を凝らす。

月のない夜。ほとんど光もなく、その方向に栈橋が延びているのか、水平線の位置がどこなのかさえあやふやだ。

もちろん俺は、この先は下りになっていて、さらに向こうには船着き場があると知っている。だが、それでも危険であることには変わりない。

「行ってみますか？」

「やめとこう。危険すぎる」

脇の問いかけに、俺は首を横に振った。

「でも、二人がいるかもですよ？」

「いや、おそらくいないよ。この先は暗くてあまりにも危険だ。危険をおしてあえて行く必要性がないからな」

「懐中電灯を使ったのかもですよ。明かりがあれば、とりあえず桟橋は踏み外しませんし、あらかじめ懐中電灯を持ち込んでいたのかも」

「それはないな」

俺は首を横に振った。

「常沢さんと大石さんは懐中電灯を持っていない。たとえ持っていても使ってはいない」

「なんでわかるんです？」

訝しげに訊き返す脇に、俺はその理由を答えた。

「明かりを灯せば、その光が見えるはずだろう。だが、今は暗いままだ」

「あ、なるほど」

ぽんと手を打つが、すぐに脇は反論する。

「でも、今は明かりを消しているだけかもしれませんよ？」

「そうかもしれないな。だがそうだとすると、わざわざ船着き場まで行って、そこであえて懐中電灯を消したということになる。なぜそんなことを？」

「うーむ、そう言われると」

腕を組んで唸る脇に、俺は言った。

「彼らにはそうする理由がない。少なくとも、危険を冒してまでそうする理由がね。そうだろう？　百合子」

——百合子？

問おうと振り向いた俺は、すぐその異変に気づいた。

百合子が、いない。

百合子だけではない。神もいない。

ずっと、俺たちの後を無言でついてきた百合子と神——二人の姿が、ない。

「どうした、宮司くん」

無意味に左右の肩を交互に上げ下げする不気味な十和田に、俺は言った。

「百合子はどこに行った？　あと、善知鳥神もだ。二人はお前の後ろにずっといただろう？　いつからいなくなった？」

「さあ。僕の背中には目はついていないからな」

十和田は、つまらなそうに肩を竦めた。

だが俺にとっては、まったくつまらない話ではない。

「おい、どこに行ったんだ、百合子は？　どうしていなくなった？　まさか……」

俺が、目を離したから——百合子は。

「あ、宮司さん。あれ」

愕然《がくぜん》とする俺の横で、不意に脇が栈橋の向こうを指差した。

脇が示す、その延長線上。

右に湾曲する栈橋が、伽藍島の陰へと消えるあたり。

そこに、二つの人影が動いていた。

ひとつは、半袖のブラウスにジーンズの見慣れた人影。もうひとつは、背景の黒に溶け込むような、禍々しい黒のワンピース。

百合子と、神だった。

神を先に、その後を百合子がついていくようにして、二人はわざと時間をかけているような緩慢さで栈橋を歩き、やがて、俺たちのところまでたどり着いた。

「百合子っ」

俺は、百合子に駆け寄った。

心ここにあらずといった表情の百合子は、心なしか青い顔で、呆然としたように俺を見た。

「……お兄ちゃん？」

「どうした、何かあったのか？」

「ううん……別に、何も」

ふるふると、百合子は首を横に振った。

すぐに俺は、神を詰問《きつもん》した。

「どうして遅れた」

「あなたが先に行くからよ」

黒髪を靡《なび》かせながら、あくまで飄然《ひょうぜん》と神は答えた。

「百合子に何をした？」

「何もしていないわ。あえて言うなら、私たちはただ、話していただけ」

そう言うと、にこりと神は微笑んだ。

反論や口答えを一切許さない、超然とした表情――俺は、思わず目線を逸らせてしまった。

逸らしてはいけない。解っているのだが、直視できなかったのだ。結局俺は、そのまま神から逃げるように、身体ごと背けてしまった。

背後で、神はなおも言った。

「それより宮司さん。今は、伽堂を調べるのでしょう」

「…………」

結局、神の言葉に操られるかのように、俺たちは再び、栈橋を進んでいった――。

左に湾曲する栈橋が終わり、その先に、島の岩場を抉る伽堂への入り口が見えた。

俺たちは、無言でその中へと入った。

長い、通路――その突き当たりで、俺はあえて左壁を押した。

壁と同化していた扉がわずかな抵抗とともに開き、その向こうにある小部屋が覗き見える――付室だ。

伽堂の付室は、藍堂のそれと――左右逆であることを除いては――まったく同じ構造をしていた。

机も椅子も同じ。壁に取りつけられたボタンも四つ。品井が言ったとおり、ここは藍堂の付室同様、伽堂のせり舞台を操作するための部屋なのだ。

扉を閉めると、俺は一度、深呼吸をした。

宿泊所も確認した。藍堂とその付室も確認した。桟橋を歩いてくる過程には誰もいなかった。もちろん、伽堂の付室も。とすれば――。

残るは、伽堂のみ。

俺は、ちらりと周囲の人々の表情を窺った。

無表情の品井に、困ったような顔の脇。神妙な表情の小角田に、不安げな百合子。われ関せずといった様子でせわしなく身体を動かしている十和田と、そして――。

静かに微笑む、神。

「……開けるぞ」

俺は、そっと零《こぼ》すようにそう言うと、右側の壁を押した。
途端に、噎《む》せるような匂いとともに、その光景が目に入った。

一辺三十メートルの巨大な立方体空間。
天井と床は漆黒で、四方の壁面は朱に。
そして今、中央には、一本の棒が立つ。
それは、鋼の棒――マイクスタンドだ。
部屋のど真ん中で天を衝《つ》く、スタンド。
それはまるで、伽堂を貫きとおす、針。
そして針は、今や空間と同じ色を纏う。
すなわち――朱色。
鮮烈な、血の色を。
だから――。
「あ、あれは……」
人々は、それ以上の言葉を発せずにいた。
あまりにも恐ろしく悍《おぞ》ましい、その光景。
警察庁機関の人間として、いくつもの個別の事件に関わり、凄惨な現場も見てきた俺でさえ、それはあまりにも酷い、目を覆いたくなるものだった。

つまり——。

マイクスタンドは、二つの「物体」を貫いていた。

その「物体」は、かつて自ら考え動いていたもの。

俺の眼前で、雄弁に「数学」を披露していたもの。

ほんの数時間前まで、確かに「人間」だったもの。

マイクスタンドの根元まで、身体を無残に貫かれたそれらは、周囲にどす黒い液体をまき散らしながら、虚ろな眼球で伽堂の虚空《こくう》をじっと見つめ、そして——。

死んでいた。

常沢浄博士。そして大石誉樹博士。

それぞれの分野からリーマン予想の神秘に肉薄していた二つの叡智《えいち》は、今はもはやただの肉塊となり果てていたのだ。

ただただ、息を飲む人々。俺も一切の言葉を失う。

だが、俺はふと気づく。これは、何かに似ている。

枝先に貫かれた犠牲者。

あるいは、不憫《ふびん》な獲物。

見たことのある、形式。

図４　はやにえ

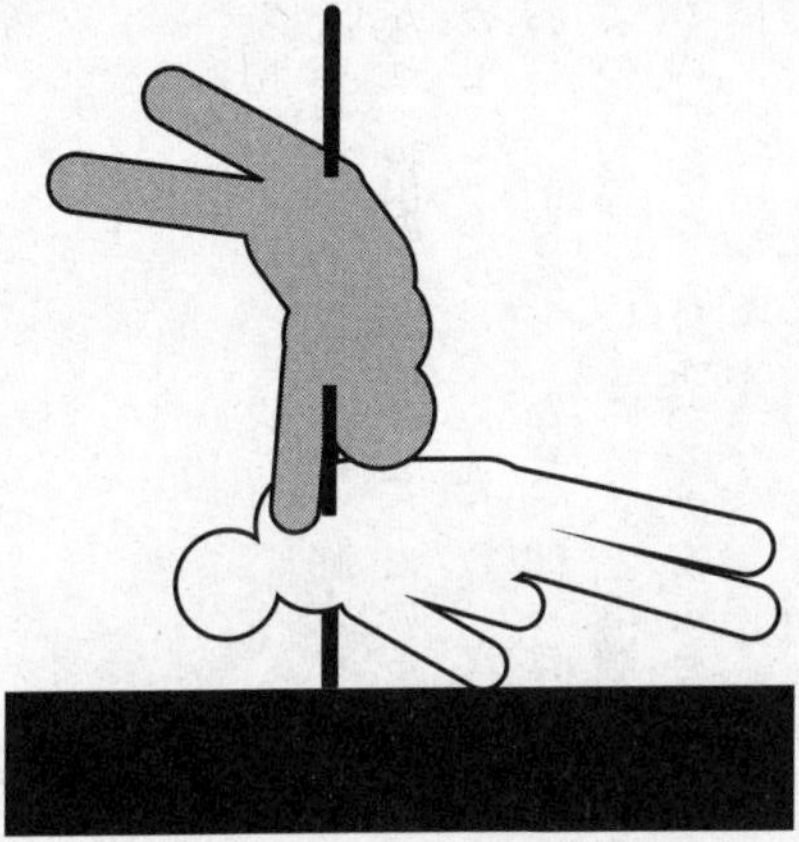

すなわち、これは——。
「……は、はやにえだ」
漸く脇が呆然と呟いた。
その言葉に、得心する。
そう、確かにこれは百舌《もず》のはやにえだ。
常沢と大石、二体の無残なはやにえだ。
呆然としつつ俺はクロノグラフを見る。
針はまるで嘘の如《ごと》く零時を示していた。

※　図４「はやにえ」参照

第Ⅲ章

1

驚愕《きょうがく》。

次いで湧《わ》き上がるのは、膨大な「なぜ」だ。

「なぜ」常沢と大石はここにいるのか。

「なぜ」こんなはやにえになっているのか。

いや、そもそも「なぜ」彼らは死んでいるのか。

その「なぜ」にくらくらと脳髄が揺れる。

ぐらぐらと、身体がその安定を失いかける。

——どすん。

不意に、背後で大きな音がした。

振り向くと、上半身ははやにえを指差した格好のまま、脇が、無様に尻餅をついていた。

腰が抜けたのだろう。「信じられない、これは夢に違いない」とでも言いたげに、脇は目を丸くしたまま、震える指先をはやにえに突きつけ、固まっていた。

そんな脇の姿を目の当たりにすることで、むしろ俺は、はっと我に返った。

そうだ――「なぜ」を知りたければ、まず冷静さを取り戻せ。

丹田《たんでん》に力を込めると、俺は顔は動かさずに、この場にいる全員に素早く目線を走らせた。

俺を除いて六人――彼らの様子は、どうだ？

まず、百合子。妹はこの凄惨な現場に驚愕の表情を見せていた。だが、そこには怯《おび》えの色はなく、むしろ気丈に前を向き、何かを見定めてやろうとでも言いたげな強い眼差しを見せていた。

俺はほっと胸を撫で下ろした。おそらく百合子は大丈夫だ。もちろんこんな現場に遭遇させたくはなかったが、俺が思う以上に、百合子は強いのだ。

視線をずらす。

脇。この剽軽《ひょうきん》な新聞記者は、いまだ腰を抜かしたまま、酸素を求める金魚のような表情で口を開閉していた。何かを言いたいのだろう、だが声が出ない、出せないといった雰囲気だった。

小角田。常に飄々とした、仙人然とした老人も、しかしこの状況には、さすがにあの特徴的な笑い声を上げることもできず、神妙な顔つきで立ち尽くしていた。

品井。BT教団の施設の守り人《もびと》である老婆もまた、はやにえから視線を逸らさず、その場に佇んでいた。その相変らずの無表情から多くを読み取ることはできないが、さも大したことではないと言いたげな口元には、いまだ恬淡《てんたん》さが見えた。

そして——。

十和田と、神。

白いシャツの十和田と、黒いワンピースの神。性別、性格、容貌、すべてにおいて対照的な存在であるこの二人は、今もなお、いつもと変わらず、ひょこひょこと奇妙な動きを見せ、あるいは悠然と微笑んでいた。

だから——直観的に、俺は悟った。

これは偶然の事象ではない。

そして、事故でもない。だとすれば——。

何らかの故意、悪意の産物であると。

百合子を除く彼ら五人の中に、真相を知っている者がいるに違いない、と——。

——だから。

「皆、現場《あそこ》には近寄らないでくれ」

俺は、一同の前を塞ぐように立つと、両手を広げて大声で告げた。

「見て解ると思うが、今、尋常じゃないことが起こっている。これは偶然でも事故でもない、明らかな『事件』だ。したがって、これから先は俺がこの場を仕切る。これでも俺は警察官のはしくれだからな。だから、くれぐれも俺の指示にはしたがってほしい。いいな？」

諾否を問いつつ、あえてその答えは待たず、俺は先を続けた。

「まずは皆、この場で動かず、暫《しばら》くの間待っていてくれ。あまりいい気分はしないかもしれないが……」

「どうして？」

神が、むしろ楽しげな表情で、首を傾げた。

「どうして動いてはいけないの？」

「現場保存のためだ」

俺は、端的に答える。

現場保存のため——それは一部本当で、一部方便だった。

もしも現場を保存しようとするのならば、わざわざこの場に彼らをとどめておかず、退去させるべきである。

つまり、本当の理由は、現場保存ではない。

本当の理由は——彼らをここから逃《の》がさないため。

「…………」

神は、表情を変えずに、俺の目を見続けた。

おそらく、俺の意図くらいすでに察しているのだろう。

いたたまれなくなった俺は、誤魔化すようにわざと大声で言った。

「ほんの十分ほどで構わない。時間が欲しいんだ。その間に現場をできるだけ調べてしまうから……」

逃げるように視線を神から逸らすと、そのまま十和田と百合子を見た。

十和田か——それとも百合子か。

本来は十和田が適任だろう。だが——今日に限ってはなぜか、俺の気が乗らない。

結局、暫し逡巡《しゅんじゅん》した後、漸く俺は指名した。

「来てくれ、百合子」

百合子は、一瞬はっと驚いたような表情をしたが、すぐに意図を察して俺の傍に駆け寄った。

「私は何をすればいい？」

「現場の状況をよく観察しておいてくれ。もちろん俺も見落としがないようにするが、目があればあっただけ、手がかりは多く見つけられる」

「解った」

聡明《そうめい》な妹は、自分が助手役を任されたということをすでに十分理解していた。

「とはいえ、こんな酷い現場だ。気分が悪くなったらすぐに言うんだ」

「……解った」

気丈に、百合子は首を縦に振る。

俺は、後ろを振り向くと、ジャケットのポケットにいつも丸めて入れている白手袋を取り出した。そして、わざと時間をかけて両手に嵌《は》めながら、静かに呼吸を整える。

事件を前にして、これは、心を落ち着ける儀式――。

やがて俺は、おもむろに顔を上げると、その現場と対峙した。

背後にいる百合子を守るように両手を広げると、俺は、一歩一歩、少しずつ現場《そこ》に近づいていった。

そして、すぐ数メートルの場所までくると、足元まで流れる血溜まりを避けて足場を確保しつつ、百合子とともに、眼前に展開される惨劇の跡を、真正面から観察した。

中央に立つマイクスタンド。それは俺の口元あたりまでの高さを持つ鋼の棒だった。

マイクスタンドは、せり舞台とともに飛び出る仕組みとなっていた。だが今は、せり舞台が床下に収まっている状態であるにもかかわらず、マイクスタンドはそのままだ。マイクスタンドの根元がどうなっているかは、はやにえのうちのひとつに邪魔され見えない。ただ、それとは別に、すぐ横、血に塗れた床の一ヵ所に小さな穴が開いているのを見つけた。穴の内側には螺旋状の溝が刻まれている。おそらくマイクスタンドを嵌め込んで立てるための穴だろうと、俺は推測した。

そして、マイクスタンドには、二つの死体が、折り重なるようにしてはやにえとされていた。

上の死体は——常沢だった。

頭を下にして、彼は右の鎖骨から左の腰の付近までを貫かれていた。白い腰骨が、はみ出た腸と溢れ出る血液とともに、裂けた皮膚の中で露出していた。

一腕と二脚も、すべてあらぬ方向に曲がっていた。関節ではない箇所がくの字を描いている。まるで、巨人が常沢の身体を握りつぶした、そんな印象を持たせる凄惨な死体だった。

ふと——生臭い血の臭いが鼻を突く。

反射的に胃からこみ上げてくるものを顔を顰めてこらえつつ、俺は視線を下に移した。

下の死体は——大石だった。

大の字に仰向けになり、胸の中央、まさに心臓のある箇所を貫かれた大石は、灰色の瞳で中空を虚ろに見つめながら、絶命していた。

爽やかな笑顔も今はなく、飛び散った血液だけが無残な斑《まだら》模様を作っていた。もはや、ただおぞましいだけの物体となり果てた死体——首から垂れ下がるネックレスの先できらきらと輝く銀の十字架が、やけに美しく揺れていた。

逆さまに刺さる常沢。仰向けに刺さる大石。

それら無慈悲に掲げられた二体のはやにえ。

どこからどう見ても、これは事故ではない。

人為的な行いの結果であるのは、明らかだ。

やはり、これは——ただの事件では、ない。

これは——殺人事件。

故意の人殺しなのだ。だけれども——。

一体、どうやったんだ？

「お兄ちゃん、ここ、見て」

百合子が、青い顔をしつつも、大石の頭部を指差した。

「大石博士の額、陥没してる」

百合子の言葉に、俺はその部分に目を凝らす。

上を向いたままの大石の額――そこが、百合子の言葉どおり、確かに陥没していた。

「これって、もしかして殴られた痕かな」

「……かもしれないな」

犯人は、大石を殴って気絶させたか、あるいはそのまま殺したか。だが――。

もしそうだとすると、その後犯人は、大石をマイクスタンドに突き刺した上で、さらにその上から、常沢をも突き刺したということになる――しかも常沢の身体を、天地逆にした上で。

こんなことが、はたして犯人にできるのだろうか？

そもそも、なぜ、いつ、こんなことをしたのか？

精々《せいぜい》解るのは、この二人の死亡推定時刻が、血の乾き具合から見て数時間前から直前までの間だろうということくらいだった。もっとも、それは二人がいなくなった時刻を考えれば当然のことで、何ら手がかりにはならない。せめてどちらが先に死亡したか確かめられればいいのだが、そこまでの法医学的弁別は俺にはできない。

結局、それ以上の手がかりを得ることもできず、数多の疑問にも一切答えることができないまま、俺と百合子は、その現場から離れた。

大きな溜息を吐きつつ一同のところに戻る俺に、脇が訊いた。

「あ、あの死体は、本物なんですか？」

おろおろとした声だ。怯えているのだ。だが、それも当然のことだ。新聞記者としてさまざまな事件を取材してきた彼であっても、生の殺人事件現場など初めてなのだから。

「まさかあれ、本当に、常沢博士と大石博士なんですか？」

「ああ……そうだ」

俺は、小さく頷いた。

「確かめたよ。常沢さんと大石さんに間違いない」

「てことは、まさか、お二人ともお亡《な》くなりに？」

あんな状態になってしまっているのだ。どう考えても生きているはずがないことは見て解る。だが、それを改めて訊いてしまうほど動転する気持ちも――よく解った。

俺は、努《つと》めて落ち着いた声色を作って頷いた。

「残念ながらな」

う、う、と絞り出すような声と一緒に、脇が息を吐いた。隣にいる小角田も苦しげに顔を歪め、あの品井ですらも、顔を背けていた。

この期に及んでも平静でいられるのは、十和田と、こんな場面においても超然とし続けている善知鳥神の二人だけ――。

――それにしても。

再度振り向くと、俺はマイクスタンドを支えに、まるで二輪の牡丹が咲き誇るがごとき常沢と大石を見やりつつ、再び、心の中で呟いた。

あのはやにえを、犯人は一体、どうやって作り上げたのだろう――？


結局、俺たちは一旦、伽堂を引き上げることにした。

時刻は深夜に及んでいたし、はやにえが放つ臭い――生臭く饐えた死の臭い――に、皆が耐えられなくなっていたからだ。

宿泊所へ向かう道中、誰一人として会話をする者はいなかった。誰もが――いや、微笑む神と無関心を貫く十和田を除いて――消沈した面持ちで、煌々《こうこう》と明かりの灯る宿泊所へと逃げ帰るように戻っていった。

ホールに着くなり、俺は怒鳴るようにして品井に訊いた。

「品井さん、電話はどこだ？　どこにある？」

「電話、ですか？」

上目づかいで、品井が答えた。

「何を、なさるおつもりですか」

「何って、決まっているだろう。署に連絡するんだよ」

死体が二つ。尋常ならざる事件。

どう考えてもこの状態は俺ひとりの手には余る。明らかに組織としての捜査が必要であり、そのためには、一刻も早く連絡する必要があった。

最初は携帯電話で連絡しようとしたが、できなかった。電波が繋がらないのだ。陸地から離れているせいか、それとも湾の切り立つ崖の形状が、電波を阻《はば》むからか。いずれにせよ携帯電話はただの箱と化していた。

だから電話を借りようとしたのだが――。

「残念ながら、ご期待には沿えません」

品井は、静かに首を左右に振った。

「どういうことだ」

「電話はないのです」

「は？　電話が……ない？」

目を瞬く俺に、品井はごく当然のように「はい」と頷いた。

「この伽藍島に電話はございません。必要性がございませんので」

「必要性がない、って……」

思わず継ぐべき言葉を失う俺に、品井はただ淡々と続けた。

「この島には現在、わたくしひとりしか住んではおりません。わたくしには家族もありませんし、親類縁者とも縁を切っております。電話があっても、使う場面がないのです。電話線を引くのも手間ですから、だったら電話機など端からなくてもよいということです」

類縁のない品井には、電話など不要だ、ということか——。

「待ってください、品井さん」

半ば呆れる俺の横で、百合子が疑わしげな声を上げた。

「確認します。この伽藍島に、本当に電話はないんですか？」

「左様でございます」

ゆるゆると頭を垂れる品井。だがそんな品井に、なおも百合子は訊いた。

「電話もないのに、どうして品井さんはコーディネータである林田さんからの連絡を受けられたんですか？」

「あっ、確かにそうだ」

百合子の言葉に、俺も思い出す。

俺たちがこの島に到着し、宿泊所にいる十和田と大石と合流した際、確か品井はこう言っていた。

——林田さまご本人から、自分は急用ができたため、島には行けなくなったと連絡がありました。したがいまして、林田さまはおいでにはなりません。

「品井さん、あんた矛盾しているぞ」

俺は品井につめ寄った。だが――。

「……………」

品井は、うろたえることもなく、俺と百合子の顔をいちいち確かめるように交互に見やってから、答えた。

「お疑いかもしれませんが、ここに電話がないのは本当のことでございます」

「じゃあ、どうやって連絡を受けたんだ？」

「手紙でございます」

「……手紙？」

俺と百合子が、同時に問い返した。

一拍の間を置き、改めて百合子が品井に尋ねた。

「品井さん、この孤島にも、手紙は届くんですか？」

「左様です」

品井は、小さく頷いた。

「皆さまがお越しになった際にお乗りになっていた船は、ひと月に二回、この島に食料や生活用品を届けに来ています。そのときに、この島あての手紙があれば、一緒に持ってきていただくこととなっているのです」

「その手紙が届いたのは、いつですか？」

「ちょうど十日前のことでございます」

ふうむ、と俺は唸った。

船とは——キャリア四十年の船頭が操っていた、あの船のことだろう。

確かに、考えても見れば、こんな孤島で老女がひとり自給自足できるわけがない。定期的に生活資材を運ぶ船があるのは当然だ。もちろん、その船に手紙を運んでもらうこともできるだろう。

だが——。

「もう一度確認するが、それは本当か？　あんたのところに林田某《なにがし》から手紙があったというのは、嘘じゃないのだな？」

虚偽の回答は許さない、低音にそんな意図を含ませつつ問う俺に、しかし品井は、怯《ひる》むことなく「ええ」と答えた。

「嘘などついておりません。お疑いになるのなら、直接お確かめになりますか？」

「……あるのか？　手紙の現物が」

「もちろんでございます」

「見せてくれるか」

「……少々お待ちを」

そう言うと品井は、ホールから自分の部屋へと戻り、それから一分ほどでまたすぐにホールに戻ってきた。

「こちらでございます」

品井が差し出したのは、すでに開封された一通の白い封書。裏には林田呂人と、妙に角ばった字体で署名が記されていた。

中を検めると、便箋が何枚か入っており、署名と同じく特徴のある字体で、概略、次のように書かれていた。

——申し訳ないのですが、のっぴきならない用事ができたため、私は当日伽藍島には行けなくなってしまいました。

しかし、コーディネータである私がいないという理由だけで、今さら講演会を中止することもできません。

そこで、品井さんにはご負担をお掛けするのですが、どうか島に来た方々を予定どおりに受け入れていただきたいのです。講演会そのものは、彼らにより、つつがなく行われるはずです。

また、前述したとおり私は行くことが叶いませんが、代わりに招待客をもうひとり増やしております。どうかご対応をお願いします。

以上、突然予定を変更して申し訳ありませんが、くれぐれもよろしく頼みます。林田呂人拝――。

「……お解りいただけましたか？」

俺は、元どおり丁寧に手紙を封筒の中に戻すと、長々と息を吐いてから、「ああ」と呟くように言った。

「よく解った。品井さんのことを疑ってすまなかった」

「いいえ。致し方のないことでございます」

極力感情を排した口調で、品井が頭を下げた。

そして俺は――それきり、継ぐべき言葉を失った。

手紙による連絡。ここにはやはり電話はない。

そして携帯電話もつながらない。

とすると、この状況を管轄署に知らせるには、再び船が来るという明くる正午を待つしかない、ということになる。

今の時刻は――間もなく午前一時。

船が来るまであと十一時間もある。

こんなにも長い時間、事件と俺たちは、世間から知られることなく、隔離されたままとなるのか――。

「うーむ……」

俺は無意識に、まるで呻《うめ》くような長い唸り声を発していた——。

それから、自分の部屋に戻ろうとする者は誰もいなかった。すさまじい現場を見せられて、とてもひとりきりになれるものではないのだろう。そもそも部屋に戻ったところで何もすることがない。部屋には何もないのだし、寝ようとしたところで、寝つけるわけもないのだ。

かといって——ここにいて会話をする者も、なかった。ショックで言葉を失っているのか、あるいは考えることがあまりにも多すぎて、言葉にすることもできないのか——。

いずれにせよ俺たちは、互いの不安を互いの存在で紛らわすべく、ホールにたむろしていた。

俺自身もまた、テーブルの前に腰を下ろすと、何をするでもなく、窓外の景色——と言っても、何も見えない暗闇に白い桟橋が浮かんでいるだけだが——をただぼんやりと眺めていた。

隣には、百合子が俺とくっつくようにして座っていた。ことさら傍にいろと言ったわけではないが、彼女も漠然とした不安を覚えていたのだろう。俺としても、殺人事件が起こっている現状で、あまり彼女に傍を離れてほしくはなかったから、それはそれでありがたかった。

不意に、テーブルを挟んだ俺の向かいに、誰かが腰掛けた。

「……宮司くん」

特徴的な話し方。聞きなれた声色。それが誰かは改めて確かめるまでもない。

視線を窓の外に向けたまま、俺はぞんざいに答えた。

「なんだよ」

「元気か」

「そう見えるか？」

吐《は》き捨《す》てるように答えた俺に、その普段は極めて挙動不審な男は、「ふむ」と頷くと、長広舌をつっかえもせずに振るった。

「確かに元気には見えないな。だがそうは見えないからといって実際に活力を失っているとは限らない。志気旺盛に見えても、その内実はもはや限界だということもあるように、外見と内心が必ずしも一致しないのは人間の重要な性質のひとつであって、だからこそ本音と建て前といった慣習も成立する。であればこそ、実際にいかなる状態にあるかは、当該本人に訊いてみなければ解らないことだが、さて、この点宮司くんは」

面倒くさい奴だ。眉根を揉みつつ、俺は十和田のいる方向に身体を向けた。

「はっきり言うよ、俺は元気じゃない」

「なぜだ？」

「なぜって、お前……」

普通解るだろう――。

とは言わず、呆れたような溜息だけを返した俺に、十和田は言った。

「殺人事件があったからか」

「解っているなら、あえて訊くな」

「訊いてみなければ解らない」

「そう言うと思ったよ」

「なかなか興味深い事件だった」

「興味深い？　まあ……そういう言い方もあるっちゃあるか」

確かに、あんな現場に俺は遭遇したことがない。したがって、なぜという意味でも、どうやってという意味でも興味深く、例えば犯罪学者たちにとっては垂涎《すいぜん》の的になる事例《ケース》には違いない。もっとも、俺としては、これは興味深いというよりも、どちらかといえば、「不可解」という単語がぴたりと当てはまるのだが――。

「で、宮司くん。君はどう思う」

「どうって、そりゃあお前、何も解らんさ」

唐突に訊く十和田に、俺は両掌を上に向けて肩を竦めた。

「あの事件……まあ、事故じゃないことは状況から見て明白だから、お前が言うとおり殺人事件だと断定してしまうが……あれを誰がやったのかも、どうやってやったのかも、なぜやったのかも、何ひとつ解らない」

「違う、違う」

十和田は、頭を強く左右に振ると、はずみで鼻先に落ちた眼鏡のブリッジを押し上げつつ言った。

「僕がどう思うかと訊いたのは、そのことじゃない」

「は？　事件のことじゃないのか」

「そうだ」

がくり、と十和田は首を縦に振った。ぼきりと盛大に首の骨が鳴る音を聞きながら、俺は仏頂面で問い返した。

「じゃあ、何のことだよ」

「解らないか？　僕が訊いたのは、常沢博士と大石博士のことだ」

「博士たちが？」

目を細めた俺に、十和田はもう一度「そうだ」と頷いた。

「まさしく二人の博士がどこにいたかということについてだ。宮司くん、君はどう思う？」

「もしかして十和田……お前は事件が起こる前のことを言っているのか？」

「僕はさっきからそのことしか言っていないぞ」

十和田は、心外だとでも言いたげに鼻から息を吐いた。

「いいか、第一の講演者である常沢博士は、伽堂における講演が終わった後で姿を消した。午後九時の話だ」

「そうだったな。どこにいるか解らないまま、うやむやに次の講演を始めてしまったが……」

「その後、常沢博士は宿泊所には来ず、桟橋を渡る姿も目撃はされなかった。あのとき百合子くんも言っていただろう。『ずっとあの桟橋を見ているんだけれど、常沢博士は通っていないの。常沢博士は藍堂には行っていないんだよ』」

「お前、俺たちの会話を盗み聞きしていたのか」

「盗み聞きとは失敬だな。たまたま耳に入ったので、よく聞いてみただけだ」

「世間じゃそれを盗み聞きというのだ」

その会話を盗み聞きしていた百合子が、横でくすりと笑った。

呆れる俺を無視して、十和田は続ける。

「以上の事から考えるに、少なくともこの時点までは、常沢博士は伽堂ないしはこの宿泊所よりも伽堂側の桟橋のいずれかにいた、ということになる」

「まあ、そうなるな」

「その後、僕たちは藍堂に移動し、大石博士の講演を聞いた」

「講演が終わって、宿泊所に帰った……確か午後十一時をかなり回っていたな」

「僕が後から宿泊所に戻ったのは、さらにもう少し後だ。さて……」

息継ぎを挟んで、十和田は言った。

「このとき、二人の博士はこの伽藍島のどこにいたことになるのだろうか？　まず大石博士だが、彼は藍堂ないしはこの宿泊所よりも藍堂側の桟橋のいずれかにいた、ということになる。さらに常沢博士、彼は僕らとすれ違わなかったのだから、やはり従前同様、伽堂ないしはこの宿泊所よりも伽堂側の桟橋のいずれかにいた、ということになる」

この点は、十和田の言うとおりだ。

ある意味で、この伽藍島の構造は、ほぼ一本道、一次元になっていると考えていい。

なぜなら、両端にある伽堂と藍堂の二つの堂を、桟橋が結ぶ形になっているからだ。そのちょうど中央に宿泊所があり、この宿泊所からは桟橋を監視できる。だから一本道だというわけだ。

もちろん、桟橋は立体的な構造物だから、物理的には桟橋から下りることも考えられる。また船着き場へ行く平面上の分岐もある。だが、桟橋は高い位置にあるし、ロープを結ぶ手すりもないことや、下は荒海でまず飛び降りられないことからすると、前者の可能性は消える。また船着き場への分岐は、夜となってしまえば明かりもなく、あまりにも暗すぎるということを考えれば、後者の可能性も消える。

かくして、伽堂と藍堂、二つの端点がただひとつのルートでつながっているという構造――それはまさに、一本のひものようなものとなる。

このひもの上に、俺たちと、常沢、大石のそれぞれが乗っている。伽堂側から順に、常沢、俺たち、大石だ。もし仮にこの順序が入れ替わるとすれば、言うまでもなく俺たちは必ず誰かとすれ違う。それが、一本のひもの上に乗る者にとっての、不可避の性質だからだ。

だが、俺たちは誰ともすれ違わなかった。

とすれば、常沢、俺たち、大石の順序は、今も維持されていることになる。

十和田の言うとおり、この宿泊所に俺たちがいる限り、この場所よりも伽堂側に常沢がいて、藍堂側に大石がいなければならないのだ。

だが——。

「だとすると、どうして大石さんは伽堂にいた？」

「そう、そこだ」

俺の語尾に被せるように、十和田が続けた。

「二人の死体はどちらも伽堂で見つかった。大石博士は、伽堂にいたんだ。だが僕らは、大石博士が藍堂で講演を行って以降、博士とは一度もすれ違っていない。当然の帰結として、大石博士はこの宿泊所よりも藍堂側にいなければならないことになるのだが、事実はそうはなっていない。前提から導かれる結論が実情とあわないんだ。宮司くん……この大きな矛盾《パラドクス》を、君なら一体どう解釈する？」

「それは……」

もちろん、すぐには答えられない。

一直線上において並ぶ三つの点の順序を、各点がすれ違うことなく入れ替える方法など、俺には想像もつかないのだから。

だが俺は、ふと世の中には実に奇妙な数学定理が存在していることを思い出す。バナッハ－タルスキのパラドクスだ。小角田が説明をしてくれたように、このパラドクスではひとつの球が二つになる。どう考えてもそんなことはあり得ないのだが、数学上は正しいのだという。こんなことがあり得るのなら、三つの点の順序をすれ違わせることなく入れ替える方法も、もしかすると——存在するのかもしれない。

もっとも、そんな方法など少なくとも今の俺は知らない。知らない以上、そんな方法は解らないとしか言いようがないのだ。とはいえ——。

方法は解らなくとも、理解する方法がないわけではない。

「……なあ、十和田」

暫し黙考した後、俺はおもむろに席を立った。

「頼みがある」

「なんだ」

「ちょっと、俺と一緒に来てくれないか。……ああ、百合子もおいで」

百合子を手招く俺を、十和田は怪訝そうな表情で見つめた。

「いきなりどうしたんだ、宮司くん。どこかに行くのか」

「ああ」

俺は小さく頷くと、十和田の目を見つめて言った。

「二つの堂をもう一度調べてみたくなった。伽堂と藍堂をね」

2

はさみうちの原理、というものがある。

大学以降、数学とその周辺の理系的学問にはほとんど親しんでこなかった俺だが、数学におけるこの原理だけは、高校時代に習った記憶があり、名称からして印象的なのでよく覚えていた。

ある関数Aは、常にそれとは別の関数Bと関数Cの間にある。また関数Bと関数Cはそれぞれ、同一の極限値Xを持つ。このとき、関数Aの極限値もXになる。なぜならAがBとCにはさみうちにされているのなら、BとCが一ヵ所に集まるとき、Aも同じ場所に集まるからだ――はさみうちの原理とは、つまりこういうものである。平たく言えば、二人の警察官がいて、その間にはいつも囚人がはさまれているとすれば、警察官が監獄に入るときには、囚人も必然的にその監獄に入ることになるということだ。

なぜ、このような原理が成立するのか。

それは、先刻の思考と同様、一直線上に並ぶ三つの点の順序が入れ替わるということがないからだ。Aは必ずBとCの間にある。そう定義した以上、順序が変われば定義に反してしまう。数学で言えば、はさみうちの原理とは、AとB、AとCの大小関係が変わらず、AがBとCにはさみうちにされている状況が維持されるときに成立するものだ、ということになる。

要するに、数学的には、位置関係とは絶対のものなのだ。

一方、今問題となっている、常沢と大石に俺たちがはさまれているという位置関係についても、これは決して変わらないものだと考えるべきだろうか。つまり、はさみうちの原理のように、俺たちはいつも、二人の博士にはさまれていなければならないと厳格に解釈すべきものなのだろうか。

答えは——否だ。

なぜなら、はさみうちの原理とは、あくまでも「数学的」な原理でしかないからだ。この世は数学「でも」できているが、数学「だけで」できてはいない。ならば、数学を超えた現実的な解釈において、もしかすると、はさみうちの原理は覆《くつがえ》り、AとBとCの位置関係が入れ替わった結果、囚人が警察の捕縛をすり抜け、監獄行きを免《まぬが》れるということもあるかもしれない。

いや、「かもしれない」ではない。その方法は現に「ある」。

例えば——。

「俺は、どこかに抜け穴があるんじゃないかと疑っている」

藍堂へ向かう途上、相変わらず風が吹き続ける桟橋を進みながら、俺は十和田と百合子に、その着想を示した。

「抜け穴ってどういうこと？　お兄ちゃん」

歩きながら百合子は首を傾げた。その後ろを、ひょこひょこと飛び跳ねるようにしてついてくる十和田が、怪訝そうに言った。

「端点を結び、閉じた輪《ループ》にする。すなわち常沢博士と大石博士を隣接させるということか」

「んー、まあ、そういうことだな」

俺は適当に頷いた。十和田は数学的に解釈しているようだが、言っていることから察するに、発想としてはたぶん同じことを考えていると思われたからだ。

暫し思案してから、ぴんときたのだろう、百合子も「あ、そうか」と顔を上げた。

「伽堂と藍堂、二つの堂をつなぐ抜け穴があれば、大石博士がなぜ伽堂にいたのかは説明できる」

「そうだ」

俺は、首を縦に振った。

「不可能なことを目の当たりにしているのだとすれば、それは不可能なことが起こったのではなくて、実はそれが可能だったとするのが、素直な考え方だ。藍堂にいたはずの大石さんが、なぜ俺たちとすれ違うことなく伽堂に移動し得たのか。それは、すれ違わず移動できる方法があったからだ」

百合子も、俺に続く。

「すれ違わずに移動する方法は二つある。ひとつは、島の表面を移動するという方法。でも、島の切り立った崖をよじ登って移動するのは難しい」

「しかも夜ならなおさらだ。とすれば可能性はもうひとつの方法に絞られる。つまり」

「『伽堂と藍堂をつなぐ抜け穴があるはずだ』」

「ああ」

俺は再び、大きく頷いた。

伽堂と藍堂。昇待蘭童が瞬間移動を見せたという二つの巨大空間。かつて信者たちが調べた際に、その二室間の抜け穴はなかったというが、本当は、やはりあったのだ。そう考えれば、昇待蘭童の瞬間移動も、大石の移動も容易に説明がつくのだから。

「面白い着想だ」

十和田が、かくんと首を縦に振る。

「だが、そんなものが存在していた記憶はないし、存在できる場所にも心当たりはない。君の言う抜け穴はどこに存在していたんだ？」

「それをこれから暴きに行くんだよ」

俺は、意気揚々と鼻から息を吐いた。

「抜け穴さえ見つかれば、大石さんの移動に関する不可解さは解ける。不可解さがなくなれば、誰があんなむごいことをした犯人かも、絞り込みができるはずだからな」

「ふうむ。狙いは解った……だが」

十和田は深く唸りつつ、一言だけ、呟くように言う。

「はたして……そう、うまくいくだろうかね」


桟橋から藍堂の入り口、そして通路を奥へと進んでいく。

歩きながら、俺はその壁と天井を、くまなく触り、押し、叩いてみた。動いたりへこんだりする部分はないか。あるいは変わった音はしないか。要するに、そこに抜け穴などがありはしないか。

だが、通路には別に怪しげな点は何ひとつ見当たらない。

突き当たりまで行くと、まず右の壁を押し、付室へと入った。

部屋にあるのは、机とパイプ椅子、マイクスタンドの束、そして四つの丸いボタンが並ぶパネルだ。

通路と同じようにして、壁、天井、床までをくまなく調べるが――。

やはり、奇妙な点はなかった。

「ううむ……だとすると、藍堂本体か？」

抜け穴があるとすれば、大仰な堂本体ではなく小ぶりな付室のほうに違いないと当たりをつけていた俺は、若干肩すかしを食らいつつも、藍堂へと移動する。

先刻と変わらず、そこに緑色の威容を示し続けている藍堂。

このやたらとだだっ広い空間を、俺は隅から順に確かめていく。

壁は陥没しないか。床がへこみはしないか。

だが、黒い床は、中央にある円形のせり舞台を除いては、その境目すら解らないほどにきっちりとタイルが張られており、どこかがめくれるということはなかった。壁も同じく、抜け穴のきっかけとなるような引っ掛かりはなく、滑らかでのっぺりとした表面を、どこまでも張り巡らせている。

時間をかけて調べた俺は、やがてひとつの結論にたどり着く。すなわち――。

抜け穴は、ない。

そんな馬鹿な。大石博士が移動するためには、それは絶対に必要なもののはず。それがないなどということは、あり得ない。

困惑しつつ、ふと横を見た俺は――。

「十和田……お前、何やってるんだ？」

思わず脱力した。

十和田はなぜか、へばりつく爬虫類《はちゅうるい》のような格好で、壁をよじ登ろうとしていたからだ。

「見て解らないか？　登れるかどうか、確かめているんだ」

「確かめているんだ、って、お前なあ……」

頭を掻きむしりつつ、俺は溜息を吐く。

「つるつるの壁だぞ。登れるわけないだろう」

「いや、何事もやってみないと解らないぞ。試行錯誤はときとしてよき解決策を生むものだからな」

ぴょんぴょんと飛び上がり、壁の上方にへばりつこうとする十和田。だが、その上にある緑色の部分にすら届くはずもなく、ただずるずると、滑らかな壁を落ちていくだけだった。

「おかしいぞ。登山家がすいすい登っているのを、見たんだが」

「お前が試行錯誤もできる性格だとは思っていなかったよ。だがな、十和田。お前はクライミングができる登山家とは違うんだよ……」

眉根を揉みつつ、再び俺ははるか上方にある藍堂の黒い天井を見上げると、ふうむと唸った。

「それにしても……」

見当たらないんだよなあ、どこにも——。

一体どこにある抜け穴を介して、大石は藍堂から伽堂へと移動したのだろう？

「お兄ちゃん」

首を傾げる俺に、百合子が言った。

「まだ見ていないところがあるよ。もしかしたら、抜け穴があるのは、そこかも」

「見てないって、どこだ？」

俺は、百合子に身体を向けた。

だがそのとき、同時にあることに気づいた。

「ちょっと待て……十和田はどうした？」

ついさっきまで、そこにいたはずの十和田。

あの、挙動不審な男が、唐突にいなくなっていたのだ。

「あれ？　十和田先生？」

百合子もきょろきょろと周囲を見回す。だがやはり、姿は見当たらない。

まさか——。

「十和田？　……おうい、十和田、冗談はやめろ。お前、どこにいるんだ？」

大声を上げた、そのとき。

かかっ——。

小さな機械音。その直後、足元が不穏な振動を始めたのだ。

「わわっ」

何事か、と反射的に腰を落として周囲を窺った俺は、藍堂に、少しずつある変化が起きていることに気がつく。

「お兄ちゃん、見て、あれ」

百合子に促され、前方を見る。

藍堂の中央。

そこに、半径およそ二メートルの、円形のくぼみができていた。

そのくぼみの内側はじわじわと下がり続け、こうして見ている間にも少しずつ深さを増している。

「せ……せり舞台か?」

いや、違う——これは「逆せり」だ。

今は、逆に床の下へと引っ込んでいるのだ。

呆然と見ていると、その舞台はなおも深さを増し、くぼみと言うよりももはや穴とでも言うべきものになった。そして、底の深さが二メートルを超えたぐらいのところで、小さな身震いのような振動とともに、漸く床の動きは止まった——と思う間もなく、今度は床面の左右から、穴の上部を覆うようにして蓋が現れ、徐々に、せり舞台が下がってできたその円筒形の空間をふさいでいった。

こうして、一分後——。

穴が完全にふさがれると、そこはつい先刻と同じ、黒い床へと戻っていた。

「ほう、左のボタンは、せり舞台を引っ込めるためのものだったか」

背後の声に振り返ると、十和田がいた。

「だとすれば、ほかのボタンはいかなる操作をするためのものだろうか」

ふうむなるほど、これは実に興味深いなるほど、と首を何度も縦に振る十和田。

暫し呆然としていた俺だったが、ややあってから、はっと我に返ると、すぐさま十和田を問いつめた。

「おい十和田、お前今何したんだ？」

十和田はしかし、つめ寄る俺に、面倒くさそうに表情を歪めた。

「何をしたかだって？　決まっているじゃないか。何度もボタンを押したんだよ」

「ボタンって、どこのボタンだ」

「付室のだ。……なんだか妙だな、宮司くん、君はどうしてそんな当たり前のことを僕に訊く？　ボタンなど、ほかのどの部屋にもなかっただろう」

「いや、解ってる。そんなことはとっくに解ってるんだよ」

怪訝そうな十和田に、俺は片手を宙で振りつつ、なおもつめ寄った。

「俺がお前に言いたいのはな、なんで勝手に付室に行ったのかということ、そしてなぜ勝手にボタンを押したのかってことだ」

「なぜ付室に行き、ボタンを押したか。そう訊きたかったのか？　ならばそう問うべきだ。君がさっき僕に訊いたのは、明らかにそういう趣旨の問いではなかったと思うが」

「ああもう、だ、か、ら、ニュアンスを読め、ニュアンスを」

「ニュアンスは読むものじゃない。汲《く》むものだ」

「き、貴様という奴は……」

苛《いら》つきだけを催《もよお》す、不毛なやり取り――。

気を紛らわすために、俺は一度、大きく深呼吸をする。

怒るな。何を言っても無駄だ。こいつは知りあってから一貫して、こういう奴だったじゃないか――心の中で自分自身にそう言い聞かせつつ、俺は、改めて落ち着いた口調で言った。

「……付室はせり舞台を操作するための部屋だ、と品井さんは言っていたな。お前が押したボタンも、せり舞台を操作するためのものだったのか」

「そのようだ」

　十和田はがくんと頷く。激しい動きにもかかわらず、十和田の眼鏡は、かろうじてその場所にとどまった。

「一番左のボタンは、せり舞台を引っ込ませ床を出すためのものだった。僕としては、試しにほかのボタンも押してみるべきだと考えている」

「ボタンの機能を確かめる、ということか？」

「そうだ」

またもがくんと頷く。今度はさすがに、眼鏡が鼻先にずり落ちた。

「で、俺にそれをやれと？」

「嫌なのか？」

「…………」

自分で始めたことだろう、なぜ自分でやらないのか――。

だが、どうせ何を言ってもこいつは聞かないのだ。やれやれと肩を竦めつつ、俺は、十和田の提案にしたがい、付室と藍堂との間を何度も往復して、それぞれのボタンの機能を確かめた。

その結果、解ったことは――。

一番左のボタンは、せり舞台を引っ込め、床を張り出させるためのものであること。

左から二つ目のボタンは、せり舞台を引っ込めるが、床は張り出さない状態に——つまり、半径二メートル、深さ二メートルの穴が開いた状態にするものであること。

右から二つ目のボタンは、せり舞台を通常の状態に——つまり、周囲の床と同じ高さに戻すものであること。

そして——。

「……一番右のボタンは、舞台をせり出させると同時にマイクスタンドを自動で出すためのもの、か……」

真剣な面持ちで呟く百合子に、俺は付け加える。

「ボタンは複数押したとしても、ひとつしか反応しない。さらに、もうひとつ大事なことがある。それは……」

左から二つ目のボタンを押した際、つまりせり舞台を引っ込めたとき。

俺は少々危険だと解りつつ、せり舞台の中に入り、その内側を確かめた。念のため、そのまま床を張り出させて、蓋がされた状態にもした。その結果、何が解ったか。

それは、せり舞台の内側、壁と床には一切の隙間がないということ。つまり——。

「せり舞台の内側に、抜け穴はない」

「つまり……藍堂に、抜け穴は存在していない」

「そう、だな……」

百合子の結論に、俺は、静かに頷いた。

――その後俺たちは、藍堂を出ると、その足で伽堂にも赴き、藍堂と同じように、伽堂とその付室を事細かに調べた。

二つの死体があるのでさすがに舞台を動かすことはできなかったが、できる範囲で調べた結果、伽堂にもやはり、抜け穴となるようなものはないということが解った。

つまり――。

抜け穴は存在しない。

伽堂にも、藍堂にも。

それが、結論だった。

予測を裏切る答え――おそらくは苦虫を噛み潰したような表情をしていただろう俺に、十和田が、やけに気軽な口調で言った。

「抜け穴は見つからなかったな。やはり、そううまくはいかなかったというわけだ」

心から癪《しゃく》に障《さわ》る一言に、俺は、これまでの人生における最大の殺意を、この鼈甲縁の眼鏡の男に対して覚えたのだった――。

3

伽堂から、桟橋に出た。

白い板に足を踏み出すと、途端に身体が煽られる。

吹きつける強風——だが、もはやよろけることはない。俺の身体が、ここでは常に同じ方角からの強風があるという環境に十分に適応したからだ。

そう。人間の適応能力は実に優れている——俺はふと、特殊な眼鏡を掛けた実験の話を思い出した。その眼鏡は、内側にレンズと鏡面を組み合わせた機構を持ち、掛けると上下が逆に見える仕組みになっているのだ。被験者はこの眼鏡を掛けて日常生活を送らされるのだが、当然、最初はほとんど行動ができない。上下が逆に見えるせいで、脳が混乱し、身体が思うように動かせなくなるのだ。

だが、半日もすると脳が慣れ、簡単な行動を起こせる。

さらに二、三日経つと、歩いたり、物を取ったり、それを口に運んで食べたりもできるようになる。そうして一週間ほど経過する頃には、もはや被験者はなんの支障もなく日常生活を送るようになるのだ。

これこそ、人間の脳の適応能力がいかに優れているかということを示す実験のひとつである。

上下逆に見えるという過酷な環境にさえ、脳は適応してしまう。異常な状況においても、その事実を頭が、つまり大脳と小脳が理解しさえすれば、人間は容易に適応するのだ。そう考えてみれば、常に一方向から力がかかることくらいならすぐに慣れてしまうのは、ある意味では当然のことだ。この島において、若くない品井がまるで強い風など存在しないかのように歩くことができる理由も、今さらながら理解ができた。

——というようなことを漠然と考えていた俺の横を、十和田がすっと追い抜いた。ひょこひょこと、十和田は宿泊所に向かって桟橋を歩いていく。相変わらず奇妙な歩き方だが、その動きは驚くほど速い。十和田は振り返るでも、俺たちのことを気に掛けるでもなく、自分勝手に先へと進んでいってしまう。

「どうしたの？　お兄ちゃん」

横から、俺を不思議そうに百合子が覗き込んだ。

「こんなところで立ち止まって。十和田先生、先に行っちゃうよ？」

俺の肩よりも下の位置で、百合子が可愛《かわい》らしく首を傾げた。

「あ、ああ」

誤魔化すように、俺はクロノグラフの時刻を確かめた。暗がりの中、蛍光塗料が光る長針と短針だけが、ぼうっと浮かび上がっている。

丑三つ時もとうに過ぎてしまったか――。

そんなことを思いつつクロノグラフのボタンを押すと、俺は、ようやく百合子に答えた。

「少し……確かめたいことがあってね」

「確かめたいこと？」

まだ何かあるのと言いたげな百合子に、俺は先手を取って言った。

「大したことじゃないよ。すぐ戻るから、宿泊所に先に戻っていてくれ。ほら、まだ十和田もあそこにいるし」

そう言うと、俺は先を行く十和田を指差した。その後ろ姿は小さいが、まだ追いつくことはできる。

「ほら、追いかけな」

作り笑顔で、百合子を促す。

「ああ、うん……」

だが、なぜか百合子は、気乗りしない声色で曖昧に頷いた。

「……どうした？　十和田と話をしたいんじゃないのか。今までサインを貰《もら》うことすらできなかったんだ。二人きりで話ができるチャンスは、もうこないぞ」

「うん。解ってる。……でも」

百合子は、首を横に振った。

「やめとく。私、今はお兄ちゃんと一緒にいる」

「俺と？」

「うん」

お兄ちゃんと一緒にいる。

なんと、胸に沁《し》みる台詞だろう。

妹のために生きてきた俺からすれば、すべてが報われる一言だ。だが――。

だからこそ、逆に訝しい。

「どうしたんだ百合子。君らしくないぞ。十和田にご執心だったじゃないか」

「止めてよ、そんな言い方」

百合子は、嫌そうに眉間に皺を寄せた。

「確かに私は十和田先生のことを尊敬しているし、恋愛的な意味ではなく大好きだけど、だからって、そんな盲目的なファンだってわけでもないんだよ」

恋愛的な意味ではなく、という点に、密かに安堵《あんど》しつつ、俺はさらに訊いた。

「だとしても、二人きりで話せるこんな機会は逃すべきじゃないんじゃないのか」

「うん、解ってる。自分でもそう思う……でもね」

百合子の眼差しが、ふと、ほんの少しだけ憂いを帯びた。

「なんだか、違う気がするの」

「違う？　何がだ」

「……解らない」

百合子は、首を左右に振った。

「でもね、確かに何かが違う気がするの。十和田先生は、私の知っている十和田先生とは違う……十和田先生が十和田先生じゃない、そんなふうに見える」

「……ああ」

そういえば――。

この島にきた際に、十和田は百合子に対してやけにそっけない態度を取った。俺からすればいつもの十和田だが、百合子の中で理想化されている十和田と比べれば、それはとても冷淡なものに見えただろう。

百合子は、十和田に疎外感を覚えているのだ。

腑《ふ》に落ちた俺は、百合子に優しく言った。

「虫の居所が悪かったのかもしれないな。あの十和田だって、結局はただの人間なんだからな。そういうこともあるさ」

だから、もうファンから足を洗ってもいいんだぞ。そういうニュアンスを暗に言葉に込めた俺に、百合子は――。

「……うん、そうね。そうかもね」

そう言って、俺に笑顔を向けた。

「私の勘違いかもしれない。でも……やっぱり、私、今はお兄ちゃんといるね」

「百合子……」

わずかに口の端に笑みを湛えた、彼女の笑顔。

俺が二十年以上かけて守りとおしてきた、妹。

その笑顔に俺は、ふと、今さらながら気づく。

そういえばあの事件も、島で起きたのだった。

この伽藍島よりずっと過酷な、絶海の孤島で――。


――百合子を守って生きていく。

そう俺が、誓ったのは、二十二年前のことだ。

あの、事件。

あの、孤島で起こった、事件。

あの、多くの人間が、命を落とした、事件。

当時、日本や世界の名だたる一流数学者たちが、人類の夢の解決のため、世界の秘密の解明のため、太平洋に浮かぶ絶海の孤島に集い、そして命を散らしたあの事件は、日本数学界で天皇と呼ばれ、崇拝にも似た尊敬を一身に浴びていたあの大数学者、藤衛が起こしたものと言われていた。

言われていた――というのは、すでに現在、藤衛は死刑囚ではないからだ。一旦は主犯として逮捕され、裁判の結果死刑判決を受けて、長く拘置所で暮らしていた藤だったが、先日の、再審請求からの電撃的無罪判決という一連の流れの後、今では冤罪《えんざい》の憂《う》き目《め》に遭った被害者として、死刑判決以後失っていた名声のすべてを回復していたのである。

だが――。

世間が藤衛の無罪を受け入れた今もなお、俺は、あの男が主犯だと考えていた。

それが、本人に面会し調書を読んだ上での、俺の結論だった。

だからこそ俺は、藤衛こそが、あの事件に巻き込まれた俺の両親の仇なのだと、今も考えているのだ。

そう、あの孤島には――俺の父と母もいたのだ。

そして、当時はまだ高校生だった俺もまた、あの場所にいた。

何があったかは、解らない。解りようがない。

俺は終始、崩れた施設の内側に閉じ込められていたし、そもそもあのとき、俺はまだ知識も、知恵も、力もない、あまりにも何も知らない子供だったからだ。

だから俺は——後悔していた。

あのとき、もっと俺に、知識があれば。

知恵があれば。

あるいは、力があれば。

だから——俺は、警察官になった。もうあんな事件で気の毒な犠牲者を出さないために。俺のような境遇の者を生まないために。そして、幸運にも命を失わなかった百合子を、底知れない悪意から守り抜くために。

そして——。

十和田只人。

将来を嘱望されていた数学者であったにもかかわらず、十二年前に突如世界中に旅に出た、放浪の数学者。ここのところは比較的落ち着いていたものの、五覚堂の事件以降は、また完全に行方をくらましてしまっていた、この男。

春、初めて事件の調書を読んだ俺は、ひどく驚いた。なぜなら十和田もまた、事件のあったあの島にいたと解ったからだ。

俺と同い年の高校生。当時すでに、数学に関しては天賦の才を発揮していたという。そんな十和田があの場所になぜいたのか。それは、藤衛が島に人々を集めていた理由からすれば、必ずしも不自然な話ではない。だが――。

十和田はなぜ、放浪の旅に出たのだろうか。

十和田はなぜ、また行方をくらましたのか。

十和田は、藤衛といかなる関係を持つのか。

いずれにせよ、やはりキーマンとなるのは――藤衛だ。

この伽藍島の講演会の主催者は、藤衛。常沢や大石、十和田たちを、コーディネータである林田を介して呼びつけたのは、ほかでもないあの男なのだ。かつて、あの島に、人々を集めたように。

だと、すれば。

藤衛は一体、何を企《たくら》んでいるのか。

そして十和田は、一体何を考えているのか。

「……お兄ちゃん？」

百合子が、心配そうな表情で、また俺の顔を覗き込んだ。

「どうしたの？　急に黙り込んで」

「ああ、いや……何でもない」

強く頭を振る俺に、百合子は一拍を置いて訊いた。

「ところで、何？」

「何がだ？」

「さっきお兄ちゃん、確かめたいことがあるって言ってたじゃない。それって、何？」

「ああ……それか」

俺は、クロノグラフを百合子に見せると、苦笑いを浮かべつつ答えた。

「十和田の歩く速さを確かめたかったんだ。あいつ、滅茶苦茶《めちゃくちゃ》歩くのが速いから、どのくらいの速さで歩くのか計測してやろうと思ってね。……もっとも」

クロノグラフの右上にある、ストップウォッチの操作ボタンを押し、針を止めた。

「もう、あいつ、姿も見えなくなってしまったけれどね」

「なんだ、そんなことか」

百合子も、ほっとしたような笑みを浮かべた。

俺は、ややあってから、百合子を促す。

「戻ろうか。宿泊所に」

「……うん」

──俺たち兄妹《きょうだい》は、桟橋を進む。

百合子を桟橋の中央に、俺はその左で、妹を守るようにして歩く。

桟橋を踏みしめるその一歩さえ、なんだか惜しい。

こんな、携帯の電波さえ、届かない島で。

凄惨な殺人事件が発生した、不穏な島で。

企みが、隅々まで行きわたる、この島で。

にもかかわらず、俺は——。

妹と二人、ゆっくりと歩いている。

だから——。

俺は、願っていた。

この瞬間だけは、もう少し長く続いてほしい。

彼女がたとえ、俺とは血を分けていないとしても。

4

だが、どれだけ緩慢に歩いても、その時間は確実に、そしてあっという間に過ぎ去ってしまう。

宿泊所へと戻ると、ホールには脇と小角田、そして先に戻ったと思しき十和田が、テーブルを挟み、神妙な顔で話していた。

神は不在だ。時刻はすでに午前三時。部屋に戻って眠ってでもいるのだろうか。加えて、品井の姿も見当たらないが——。

「いかがでしたか？」

俺の姿を見つけると、小角田が髭を揺らしながら振り向いた。

「現場で何か、見つけられましたか。そう、例えば抜け穴ですとか」

「気づいていたんですね、小角田さんも」

「少し考えれば解ることですからね」

ほっほ——と小角田は、事件前ほどではないにせよ、軽妙な素振りで笑った。

俺は、親指で十和田を指し示しつつ、小声で問うた。

「十和田《コイツ》からは聞いてないんですか」

「ええ。お話しにはなりませんねえ」

「そうなんですよ宮司さん。聞いてくださいよ。十和田先生、さっきから全然、喋ってくれないんですよ」

困ったように、脇も横から口を挟んだ。

「『それは僕が話すべきことじゃない』って、そればかりなんです」

「けちな奴だなあ……」

「けちだと？」

小声で言ったつもりだったが、地獄耳には聞こえたらしい。十和田が俺を横目で見つつ、言った。

「心外だな。僕は別にエネルギーを惜しんでいるわけじゃないぞ。ただ、君の指示にしたがっているだけだ」

「俺の指示？　何か指示したか」

「ああ。君は言っただろう。『くれぐれも俺の指示にはしたがってほしい』と。だから僕は、余計なことを言わないでいるのだが」

確かに、事件が露見したときにそう言った覚えはあるが――。

「その割にはお前、自分勝手な行動をしていたんじゃないか？」

「何のことだ」

「藍堂で許可も得ず付室に行ったり、勝手にボタンを押したり……あれでも、俺の指示にきちんとしたがっていると？」

「もちろんだとも」

十和田は、かくんと首を縦に振った。

「宮司くん、君は具体的に『部屋を出るな』『ボタンを押すな』と言っていない。であれば、指示違反とはならない」

「その理屈で言えば、俺だって別段、『伽堂と藍堂で見たものの話をするな』とは言っていないぞ？」

「まさしく、そう言われていないからこそ、僕がどう行動するか、その自由は僕に帰属するのではないか？」

「くっ……」

――あれこれ詭弁ばかりを弄する奴め。

だが、これ以上論争したところで、堂々巡りか、水掛け論にしかならないだろう。

とりあえずこの件に関しては、十和田は、俺から皆に話すべきことだと思っていた、それだけのことだ――と自分を納得させると、俺は改めてテーブルの前に腰かけ、漸く、小角田の問いに対する答えを述べた。

「話を戻しましょう……さっき、十和田《コイツ》と妹と俺の三人で伽堂と藍堂を確認したのですが、小角田さんが考えているような抜け穴と呼べるようなものは、一切、見つかりませんでした」

「では、桟橋に誰か人は？」

脇が横から、身を乗り出す。

普段は愛嬌のある顔に、今は不安げな皺を刻む男に、俺は首を横に振った。

「いや、誰も」

「桟橋を下りられた可能性は？」

「どうだろうな。仮に脇君だったら、どうやって下りる？　いや、そもそも下りようと試みるか？」

「解らないし、試みませんね」

「ならば、その可能性は限りなくゼロだな」

肩を竦めた脇に、俺は断言した。

「うーむ……だとすると大石博士は、どうやって移動したんでしょうね……」

唸りつつ、脇が呟くように、数時間前に起きた事件をなぞり始めた。

「確か八時から九時まで、常沢博士が講演をなさったのは、伽堂でした」

「朱色の堂だな」

「その後で僕らはすぐ宿泊所に戻りました。常沢博士は戻られませんでしたから、つまり博士はずーっと宿泊所よりも伽堂側にいた、ってことですよね」

「そうなるな」

「で、十時から十一時までは、大石博士が藍堂で講演をなさいました。緑の堂です。僕らが宿泊所に戻ったのはその後ですが、大石博士は結局戻られませんでした。大石博士もずーっと、宿泊所よりも藍堂側にいた、ってことになります」

「常沢さんとは反対側だな」

「それから宿泊所にお二人がいないことを確かめた後で島中を探して、漸く伽堂で、なんていうか、例の……死体を、見つけたわけです。午前、零時に」

あの奇妙な血みどろの現場を思い出したのだろう。顔を顰めつつ、脇はなおも続けた。

「でも……結局僕らはお二人の博士とは一回もお会いしませんでした。とすると、大石博士は、藍堂から伽堂へといつの間にか移動したってことになります。つまり……瞬間移動したというか……」

「瞬間移動か」

「はい」

「馬鹿馬鹿しいな」

「そうですか？　僕はそうは思いません。いえ、思えません」

脇は身を乗り出した。

「だって、ここはあのBT教団の根城なんですよ？　あの教主昇待蘭童が、堂から堂へ、瞬間移動を見せたと言われる、いわくつきの施設なんですよ？　だったら……」

「大石博士が瞬間移動したっていうことも、あながち馬鹿馬鹿しいことだとは言えない……というわけですね？」

脇の語尾を、小角田が引き取った。

「ちょっと、小角田さんまで悪乗りするのはやめてくださいよ」

たしなめる俺に、小角田はほっほと小気味よく笑った。

「なるほど確かにこれは悪乗りかもしれませんね。宮司さんのおっしゃるとおり、瞬間移動なんて、よくよく考えてみなくたって馬鹿げているのです。……しかし」

一瞬、小角田が真顔になる。

「実際のところ、本当にそんな現象が存在しないと言えるのかと問われれば、どう答えますか？　確実に否定できる根拠もないのではありませんか？　だからこそ超常現象は、『常』識を『超』越した『奇跡』だと言われるのではありませんか？」

「む……」

小角田の言葉に、俺は返す言葉につかえた。

超常現象――もちろんそれが、客観的には単なるトリックであることは論を俟《ま》たない。しかしながら、多くの宗教団体がそれを利用して信者たちを誑《たぶら》かしてきたように、ある人々にとって、それは主観的にそれが魔法だと思えば魔法、奇跡だと信じれば奇跡、そして超常現象だと思えば超常現象になり得るのだ。主観において魔法や、奇跡や、超常現象を承認する余地があるならば、それは確実にその隙間を埋めようとするのだ。

そして、その根底にあるのは、魔法や、奇跡や、超常現象が「ないとはいえない」という事実である。

嘘のような出来事がある。けれども事実は目の前にあり、それを否定する根拠はない。だとすれば——これは、何か。

奇跡。あるいは、超常現象だ。そうに違いない。

繰り返すが、何とも馬鹿馬鹿しい理屈だ。だが、この理屈は、だからこそいつの時代も人間の心を惑わせてきたのだ。

「しかし、先生」

百合子が、小角田に問うた。

「常沢博士は、昇待蘭童が見せたという瞬間移動を、双子トリックだとおっしゃいました」

「そのようですね。しかしそれは、彼がきちんと確かめた事実ですか？　単なる推測ではありませんか？」

「そう……かもしれません。でも」

百合子は、首を左右に振りつつも、抗弁した。

「……そう、それが双子トリックだとは確かめられないまでも、私もそれは、明らかに手品の類だったんじゃないかと思うんですが」

確かに、あるいはこれが双子トリックではなかったとしても、常沢か大石、もしくは犯人のいずれかが、かつて昇待蘭童がこの伽藍堂で行ったという瞬間移動の真相——すなわち手品のタネを知っていたとは、考えられないだろうか？

だが——小角田はやんわりと問い返す。

「そう考える根拠は？」

「ええと、それは……」

「そう、それも推測なのです。何々だったのではないかと思う。想像する。妄想する。その主張には希望的観測はあれど根拠はない。だとすればやはり、そのあやふやな主張の陰に、超常現象や奇跡と呼ばれるまやかしが入り込む余地はある」

飄々と、小角田は答えた。

それにしても——。

「ところで、私が妙に昇待蘭童の肩を持つ。もしかして、そんなふうに考えてはいませんか？」

小角田の言葉に、俺はどきりとする。

まさに、そう考えていたからだ。

絶句する俺に、小角田は続けて言った。

「確かに私は今、昇待蘭童を贔屓《ひいき》した物言いをしています。論理を重んずる数学を生業としておきながら、私は論理を超越した事実を認めようとしているのです。あの瞬間移動が、手品か、トリックの類である。そう理性では考えていても、心の中では、その奇跡を事実として受け入れようとしているのです。いや、きっと受け入れたいのでしょう」

「それは……あなたの奥さんがBT教団の信者だったから、ですか」

俺の問いに、小角田はややあってから頷いた。

「それも、あります。家内は昇待蘭童の奇跡について嬉しそうに語ることが多々ありましたから。でも、それだけなら単なる与太話として受け流すことができたはずです。私が、昇待蘭童の奇跡を受け入れているのには、もうひとつ、大きな理由があるのです」

「それは？」

小角田は、神妙な表情で髭を一度撫でてから、ぽつりと零すように言った。

「私は、昇待蘭童に会ったことがあるのです」

5

「引きあわせたのは、ほかでもない家内です」

小角田は、遠くを見るような目で昔語りを始める。

「熱烈なBT教団の信者だった家内は、配偶者である私をどうしても入信させたかったのでしょう。『先生とお話しできる時間を取ったから、実際にお会いになってくれませんか』……そんな家内の懇願に折れ、実際に昇待蘭童と会ったのは、この島とは別の、教団が持つ施設の一室でした。信州の山奥にある立派なビルディングの地下、あの薄暗く、一面を黒いビロードで覆った部屋に通された私は、そこで昇待蘭童と会ったのです」

「昇待蘭童とは、どんな人物だったのですか？」

「頭には頭巾を被り、足先まですっぽりと白いポンチョのような服装で包んでいました。信者には普通の格好を見せることもあったそうですが、非信者には、それが正装なのだそうです。頭巾の頭頂部は天を向いて尖《とが》り、目の部分にだけ小さな穴が開いていました。ＫＫＫ《クー・クラックス・クラン》というのを知っていますか」

「もちろん。あのアメリカの怪しい連中ですね」

クー・クラックス・クラン。白人至上主義を標榜《ひょうぼう》する秘密結社だ。構成員は白装束に身を包み、頭部全体にすっぽりと白い三角頭巾を被る。ある種の悪魔崇拝的な印象を与える格好だ。

小角田は「そうです」と頷き、続けた。

「昇待蘭童の装束は、まさにあの雰囲気を彷彿《ほうふつ》させるものでした。しかし、頭巾や装束のせいで、昇待蘭童がどんな風貌の人物であるかはまったく解りませんでした。かろうじて解ったのは二つ、体格が小柄であることと、まるで氷の上にでもいるかのように滑らかに歩くということだけでした。昇待蘭童は、部屋で私と二人きりになると、私に向かって言ったのです。『ようこそ、ＢＴ教団へ。心から君を歓迎しよう』」

興味深げに、脇が身を乗り出した。

「その声は、どんなふうでしたか？　男でしたか？　それとも女？」

「変声機を介していましたので、どちらかとは判定できませんでした。しかし、あの言葉づかいからすると……おそらくは男だったように思います」

一拍を置いて、小角田は続ける。

「昇待蘭童はまず、ＢＴ教団の教義について、私に滔々と述べました。ＢＴ教団は、決して怪しげな宗教団体などではない。独自の数秘術に基づく教えがあり、世界平和のためにこれを説いているのだと。すなわち……」

――この世界はすべて数学的論理でできている。

論理の聖性から世界は創造され、その聖性が物質世界を作り上げた。この過程は素数と算術により構成され、そこに神が宿っている。

そして私、昇待蘭童は、数学的論理を支配している。

だからこそ、物質世界をも自由にできる。

バナッハ－タルスキのパラドクスの応用は、その単なる一例にしかすぎないのだ。

「……ああ、これは『カバラ』だなと私は思いました」

「カバラ？　何ですか、それは」

首を傾げた脇に、小角田は説明した。

「ユダヤの口伝律法《トーラー》に源流を持つ、神秘主義のひとつですよ。進化した数秘術といってもいいかもしれません。この世は一冊の書物とみなされる。すべてが書き込まれたこの書を解読すれば、世界のすべてを理解することができる。この書は二十二のヘブライ文字で書かれており、したがって、それぞれの文字が宇宙の原理を表している……と、そのようなことをカバラでは説きます。BT教団の教義もこれに近いものなのではないか。私は直観的にそう思ったのです」

――この世は一冊の書物とみなされる。

ふと――思う。

俺は、この思想に近いものを持っている男を知っている。

今は鼈甲縁の眼鏡を外し、その傷だらけのレンズを、いかにもつまらなそうな顔で拭いている男を――。

「……教義を数学的神秘とからめて滔々と説く昇待蘭童でしたが、しかし一方で、私は徐々に冷めた目で昇待蘭童を見るようになっていました」

小角田は、なおも言葉を継いだ。

「私は数学者です。数学は確かに神秘的な側面を見せることがありますが、それでも本質は単なる論理。人間が探求したロジックの集成体にしかすぎず、それが世界をどうこうするものではないということをよく知っています。ましてや数学が奇跡を起こすなんて馬鹿げたこと。だから私は、頃合いを見て昇待蘭童に言ったのです。『待ってください。それらは単なるまやかしではありませんか。あなたは、数学という学問の持つ単純かつ難解なイメージを、数秘術を介して神秘性へとすり替え、それを基にして信者をだましているのでしょう』

数学を用いたまやかしを、数学者である小角田に説く。考えてみれば、釈迦《しゃか》に説法以上に滑稽な行為ではある。

「ですが……そんな私に、昇待蘭童はにやりと口角を上げると……ええ、今にして思えば不思議なのですが、頭巾越しにもそんな表情が確かに伝わってきたのですが……確かににやりと笑うと、あの昇待蘭童は、こう言ったのです」

——あなたはこの十年、ある数学の予想の解決に取り組み続けていますね。

しかし、その予想において、あなたはある重大な問題に直面している。この問題は難解で、だから予想はいつまでも前に進まず、いまだ解決を見てはいない。

そこで——私から、前に進むためのヒントを与えましょう。それは——。

「私は、本当に驚いたのです。そのとき昇待蘭童が口にしたのは、確かに、あのとき私が……いえ、私を含めた数学者たちが知恵を絞って取り組んでいた難問を解決に導く、重要なヒントそのものだったのですから」

「昇待蘭童が数学問題の解決のヒントを口にしたってことですか？」

「そうです。昇待蘭童は確かに言ったのです。当時の数学者たちの誰もが思いつかなかった、実にエレガントな解法を……」

暫しの沈黙。小角田はややあってから、言った。

「驚愕しながら、私はその部屋を後にしました。部屋を出た私は『どうだった？』と尋ねる家内を無視して、すぐメモ帳にそのヒントを書きつけ、証明を起こしました。その証明は、ほんの一週間後には、論文として学会で明らかにされます。そして今では、この証明にはこんな名前がついています。……『小角田の定理』と」

しかし——と、小角田は視線を下げた。

「今だから告白します。『小角田の定理』は、本来そう呼ばれるべきものではない。これは、あの昇待蘭童のヒントなくしては解決できなかった。正しくは『昇待の定理』と呼ばれるべきものなのです。そして、だからこそ私は今に至るまで……そして、昇待蘭童が失踪し、BT教団が瓦解《がかい》し、家内も亡くなり、当時のことを知っている者がほとんどいなくなった今もなお……昇待蘭童に対し、それが稀代《きたい》のペテン師であったのだと納得しつつも、その一方で、こんな思いをいつまでも拭い去れずにいるのです。すなわち……」

小角田は、数秒を置いて言った。

「昇待蘭童は、本物の聖人だったのではないかと」

しん——と一同は静まり返った。

たった今、小角田が述べた言葉。

昇待蘭童は、本物の聖人だったのではないか。

すなわち、昇待蘭童は、BT教団というカバラにも似た数秘術を宗旨とする、神に近い存在だったのではないかという、数学者小角田の告白。

そのことに、俺を含めた一同は、思わず息を飲み、そして言葉を失ったのである。

だが——。

「だとしたら、それが解なのじゃないかしら?」

ややあってから、不意に静寂が破られた。

軽妙、それでいて怜悧《れいり》な刃物を思わせる一言。神の言葉だった。

「どういう意味だ」

反射的に問い返した俺に、不敵な笑みを浮かべつつ、彼女は答えた。

「あなた方が、あなた方の論理《ロジック》でそう結論づけられたのなら、それが解よ。恐れずに解を信じればいいでしょう」

その口調は、どこか楽しそうだった。まるで、息を飲み言葉を失い、つまり翻弄される俺たちの様子そのものが可笑《おか》しいのだと言わんばかりに――。

俺はむっとした。だが俺が一言反論しようとした、そのとき。

「話がずれているぞ」

十和田が、無遠慮に割り込んだ。首をぽきぽきと左右に鳴らしつつ、十和田はつまらなそうな顔で言った。

「僕らが知りたい論理《ロジック》はそこにはない。そもそも昇待蘭童は初めからここにはいない。小角田先生だって、言及したいのは、昇待蘭童のことではないでしょう」

「まさしく、十和田さんのおっしゃるとおりです」

ほっほっほ――と、いつもの飄々とした表情で、小角田は言った。

「昇待蘭童が私に数学的な示唆を与えたというのは、たまたまかもしれません。あるいは台詞を聞き間違えたのか、別の意味で言ったことを、私が一方的に勘違いしただけなのかもしれません。ただ、いずれにせよ、それと昇待蘭童が実際に瞬間移動をしたかどうかということとはまったくの別問題です。そう……十和田さんがおっしゃったとおり、私が言いたいことは、ほかにあるのです」

「どんなことですか」

促す俺に、小角田は言った。

「昇待蘭童には、私ですら引き込まれそうになるほどのカリスマがありました。BT教団の信者は、そのカリスマを盲信していたのです。だからこそ、こんな島に巨大な施設を作ることもできた……さらに言えばこのカリスマは、昇待蘭童がいなくなった後も完全に失われたわけではありません」

「それって」

百合子が、はっと気づいたように小角田に問う。

「小角田先生は、もしかして品井さんのことをおっしゃっているんですか？」

「ほっほっほ……」

是とも非とも答えないまま、ただ小角田は飄々と笑った。だがその態度こそ、雄弁に語っていた。その答えは、是であると。

つまり――。

「小角田さんは、品井さんが犯人だと考えているんですね」

問う俺に、小角田はややあってから答えた。

「どうでしょう……断定はできません。この場に品井さんがいない以上、欠席裁判をするのは不適切でしょう。しかし、よく考えてみれば、この殺人事件に関して、品井さんには動機がある……思い当たりませんか？」

「そう言われれば……」

脇が、腕を組んだ。

「講演の前、常沢博士は無神論の立場から、大石博士もクリスチャンの立場から、BT教団を強く批判されていたのを思い出します。あの場には品井さんもいましたけれど、もしかしたらあの批判は、BT教団の信者である品井さんには、批判ではなく侮辱と聞こえたかもしれませんね」

そう、こんな台詞があった。

――このBT教団と昇待蘭童とかいうペテン師。

――BT教団のような、信者にとって害悪でしかない妄想を教義とする神。

それぞれ、常沢と大石の言葉だ。そしていつもその傍には、表情ひとつ変えずに侍《はべ》り、しかし彼らの一言一句さえ漏らすまいとじっと耳を傾ける、BT教団の熱心な信者である品井の姿があったのだ。しかも――。

「品井さんには行動の不可解さもあったな」

俺は、言った。

「常沢さんの伽堂における講演後。そして大石さんの藍堂における講演後。いずれも宿泊所に最後に戻ってきたのは品井さんだった。そして、いずれの場合も、品井さんはこう言っていた」

――常沢さまは、先に伽堂を出られたと思っていたのですが。

──大石さまは、先に藍堂を出られたと思っていたのですが。

「最後まで伽堂、藍堂に残っていたのは品井さんにほかならない。だから、彼女の『先に出た』という証言を証明する人間もいないわけだ。つまり……」

品井が、怪しい。

俺がそう言わずとも、皆がその考えに思い至ったということは、それぞれが交わす目配せから容易に理解できた。

「あ、あの……品井さんは今、どうしていらっしゃるんでしょう」

ふと思い出したように、百合子が誰にともなく訊いた。

その問いに、ややあってから脇が答えた。

「……まだ戻ってきていませんね」

「戻ってきていない？　どういうことだ」

俺は、眉を顰める。

「部屋で寝ているんじゃないのか。てっきりそういうふうに思っていたが」

「いえ、違います」

脇は、首を横に振った。

「宮司さんたちが出て行った後で、品井さんもおひとりで宿泊所から出て行ったんです。それきりまだ帰ってきてはおらず……」

「そんなはずはない。俺たちは品井さんとすれ違っていないんだぞ？　彼女が出て行ったのは、俺たちが伽堂と藍堂、どっちにいたときのことだ？」

「すみません、窓の外は見ていなくて……でも、品井さんが出て行かれたのは、十和田先生が戻る少し前のことでしたから、おそらく藍堂方面にいるのではないかと。そうだ……思い出したぞ。品井さんは出て行く直前、唐突にBT教団の教義について滔々と話し始めたんですよ。それで僕らが啞然《あぜん》としていると、今度は急に『そうだ、見てこなければ。島を見てこなければ』と言って、出て行って」

——島を見てこなければ。

不可解だ。品井はなぜ、いきなりそんな行動を取ったのか。

目を細める俺に、小角田が言った。

「確かにあれは唐突でしたねえ。私も随分とびっくりさせられました。しかも、出て行ったきり今に至るまで帰ってこないんですから……」

妙、ですねえ——と、小角田は呟いた。

——確かに、妙だ。

品井はマスコミの用語でいうところの「重要参考人」であり、警察用語でいうところの「被疑者」、すなわち犯人としてそれらしい動機が認められる人物だ。

そんな彼女の、唐突で不可解な行動。さらには、出て行ったままいまだ帰ってきていないという事実。

一体、何をしているのか？

なぜ帰ってこないのか？　あるいは——。

万が一ということが、あるのではないか？

「……いかん」

俺は、勢いよく腰を上げると、一同に向かって言った。

「考えるよりも行動だ。皆、探すぞ。品井さんを」

6

俺たち五人は、宿泊所を出ると迷うことなく藍堂へと向かった。

品井が宿泊所から出て行ったのは、俺たちが伽堂に行っている間の出来事であるらしい。だが、少なくとも伽堂から宿泊所への道のりには、品井はいなかった。

だとすれば、あの老女はどこにいるのか？

言うまでもない。藍堂だ。

——右に曲がる栈橋を走り、藍堂へとたどり着く。

入り口からの狭い通路を進み、その突き当たりから右の付室、左の藍堂本体に入るとすぐ、あるはずの品井の姿を探した。だが――。

品井は――いなかった。

「……どういうことだ？」

俺は、首を傾げた。

出て行ったという品井。いるとすれば間違いなく、ここであるはずなのだが――。

不意に、誰かが俺の肩をぽんと叩く。

「ここにはいないようだな、宮司くん」

十和田だった。振り向く俺に、十和田は続けて言った。

「僕は宿泊所に戻ってもいいか？　考え事の続きをしたいんだが」

その問いには答えず、逆に俺は鼈甲縁の眼鏡のブリッジを押し上げている十和田に尋ねた。

「あの老女、どこに消えた？」

「さあ」

十和田は、ややうんざりとしたように答えた。

「だがこの島には伽堂と藍堂、そして宿泊所がある。宿泊所にはおらず、藍堂にもいない。とすれば、残る場所《あそこ》がどこかは明らかだ」

「伽堂か？　だが、すでに伽堂は調べている」

「宮司くん。君は今こそ当初の論理《ロジック》を貫くべきなのじゃないか」

「もしかしてお前……抜け穴のことを言っているのか？」

「そうだが？」

「おいおい、ちょっと待てよ」

俺は、面喰いつつ訊いた。

「抜け穴はなかった。そんなにうまくなどいかない。そう言ったのはほかでもない十和田、お前じゃないか」

「失敬だな。僕はそんなことは言っていないぞ」

十和田は、目を眇めた。

「僕は抜け穴が『見つからなかった』とは言ったが、抜け穴が『なかった』とは言っていないぞ」

「なんだよ、紛らわしいな」

ちっ、と俺は舌を打つと、二度目の殺意を覚えつつ言った。

「ともかく……お前も、どこかに抜け穴があると考えているということでいいのか」

「少なくとも、それがないとは言い切れない。かつ品井さんのケースにおいては、抜け穴があるとする考え方がよく当てはまるな」

「まどろっこしいな。『どこかに抜け穴があると思う』と、はっきり言えよ」

眉根を揉んだ。

だが、十和田でさえ伽堂と藍堂の秘密が抜け穴にあると考えているのならば、心強い。俺は気を取り直すと、一同に向かって声を張った。

「伽堂に行こう、品井さんは、きっと伽堂《あっち》にいる」

だが――。

朱色の伽堂。

そこにたどり着いた俺たちが見たのは、誰もいない付室と、二体のはやにえを見せつけるように掲げ続ける一本のマイクスタンドのみ。

そこにはやはり、品井はいなかったのだ。

「一体……どういうことなんだ」

俺は再び、呆然とした。

――宿泊所を挟んで、伽堂と藍堂がある。宿泊所には品井さんはいなかった。藍堂にもいなかった。とすれば。

「なあ、十和田。お前が『残る場所がどこかは明らかだ』と言ったとおりここにきたが、まったく明らかにはならなかったぞ。おい、一体品井さんはどこにいったというんだ？」

俺の詰問に、十和田は――。

「………」

一面に無精髭が生える顎をぞりぞりと撫で続けているだけで、何も答えようとはしなかった。

さすがの俺も、怒りをあらわに問いつめる。

「何とか言えよ十和田。宿泊所にいない。藍堂にいない。伽堂にいない。どこにもいない。だとすればあの老女は、一体どこにいる？」

強い口調で訊く俺に、十和田は、ややあってから――。

「明らかだ」

俺をぎろりと睨むようにして、言った。

「品井さんがいるのは、やはり、『残る場所』だ」

伽堂を出る。

俺はすぐ、足元に目を止める。

白い栈橋。その向こうには泡を飛ばす海面がうっすらと見える。

光が――ある。

見上げれば、東の空が白み始めている。

輝いていた星々も、今はその姿を、より圧倒的な光の中に隠そうとしている。

クロノグラフはいつの間にか午前四時過ぎを示している。あと数十分で、太陽が水平線の上に顔を出すだろう。

すなわち——夜が、明けようとしていた。

待ちかねていた朝だ。夜が明けさえすれば、闇に包まれていた伽藍島も、きっと、すべて、白日の下に曝されるのだ。

そのはずだ——。

「…………」

栈橋を、俺たちは歩いていった。

夏の日の出は動きが早い。歩いている間にも、光の量が徐々に増加していくのがはっきりと感じられた。

やがて、船着き場への分岐に差し掛かる。

ちらりと目線をその方向にやる。昨晩はただ闇に向かって延びていた栈橋も、今はその終点まで一直線に見渡せた。船着き場へ向かい、分岐した栈橋は、ゆるやかな下り坂を描いて真っ直ぐに延び、そのまま二百メートルほど先で終わっていた。

その一直線上に、人の姿はない。

溜息をひとつ。

やはり、いなかったのか。

それとも――いなくなったのか。

そのまま俺たちは、歩を止めることなく宿泊所へ向かった。

「……あ」

宿泊所の前に、誰かが立っていた。

その細い身体に対し、何倍もの面積ではためく、黒いワンピース。

真横に靡く、長い黒髪。

にもかかわらず平然と立ち、桟橋から伽藍島を見上げる、その女――。

「……善知鳥、神」

風の音に掻き消されただろう、俺の呟き。

だが、数十メートル離れた位置にいる神は――。

当然のように、ふっ、とこちらを見ると、一拍を置いて、ふ、と微笑み――。

「おはよう、宮司さん。十和田さん」

何事もなかったかのごとく、挨拶をした。

「今まで、どこにいたんだ」

無理やり絞り出したような、俺の問い。

神は、意味ありげな数秒をおくと、いつもどおりの声調で、答えた。

「部屋よ」

「部屋に……」

　そうか——部屋にいたのか。

　なぜか、それきり継ぐべき問いを失った俺の代わりに、横から十和田が問うた。

「それは、本当か？」

「嘘です、と言ったら？」

「本当のことを言いたまえ」

「では、本当です、と言ったら？」

「何が言いたい」

「どちらにしても、確かめる方法はないと思いませんか」

　神は、まるで一枚のきめの細い絹布のように靡く黒髪を、右手でそっと押さえると、続けて言った。

「頭蓋の内と外は絶望的に断絶している。嘘をついているか否か、解るのはあなたしかいない。あなたがたとえ、論理《ロジック》に追いつめられたその先にいたとしても、その真偽を定めることはできない」

「いや、できる」

　十和田が、すぐさま抗弁する。

「解は客観的に確定されるものだ。そこに主観が入り込む余地はない」

「どうして、そう思うのですか？」

「数学とは、そういうものだからだ」

「カントールは病んでしまったのに？」

「…………」

不意に、十和田は黙り込んだ。

そんな十和田を諭すように、神は言った。

「十和田さんだって、解っているはずです。ゲーデルやヴィトゲンシュタインが見つめた論理の先にあったのは混沌《カオス》だった。そこに真実はなく、無矛盾であるからこそ示しえない無矛盾と、沈黙しなければならない語り得ないものしかなかった。バナッハ－タルスキのパラドクスだってそう。BT教団だって、彼の忘れ形見であるこの島だってそう。すべては……カオスの上に浮いている」

「…………」

「さっきから、何を話しているんだ」

思わず俺は、二人の会話に割り込んだ。

このままでは話が先に進まず、ともすれば、俺もまたカオスに取り込まれそうになったからだ。だからこそ――。

「もう一度、訊く」

俺は、神に問うた。

「あんたがずっと部屋にいたっていうのは本当か？」

「本当よ。部屋にいたと、最初から言っているでしょう。それより、宮司さん」

神はふと、それまでの微笑を表情の奥に隠し、真剣な眼差しを送った。

「あるわ。この先に」

「ある？　何がだ」

目を眇めた俺に、神は言った。

「探しているものよ。あなた方が」

俺たちが——探しているもの？

「……どういう意味だ」

「行ってみれば、解ります」

それだけを言い残すと、神は、まるで重力に逆らい浮遊しているかのような動きで、踵を返した。

「どこへ行く」

「…………」

だが神は、振り返ることもなく、無言で、滑るように歩を進めると、そのまま宿泊所の中へと消えていった。

そして――。
そのまま右に湾曲する桟橋を進んだその先に、神が言ったとおり、俺たちが探しているものは、あった。

ざん――ざん――。

それは、桟橋の下にあった。

見る間に旺盛になりゆく、黎明《れいめい》の白い輝きの中で。

幾度も幾度も、飽きることなく繰り返される波の中で。

伽藍島の岸壁にもたれ掛かるようにして、それは――仰向けに横たわっていた。

藻の絡《から》みつく濃緑の岩場に、補色を示す真紅。

低温に攪拌《かくはん》された青い海に、補色を示す山吹。

塊となった潮の水色の泡に、補色を示す薄桃。

俺は、いや、誰もが、粉々に損壊したそれを、息を飲み、呼吸も忘れ、言葉もなく、ただ茫然と見下ろしていた。

ざん――ざん――。

舌をだらりと出し。

目をかっと見開き。

逆方向に節を曲げ。

生のかけらもなく。

ざん――ざん――。

耳を覆いたくなるほどに煩《うるさ》い波音の中、俺は、顔の下半分を手で押さえると、やっと、一言だけ、呻くように、呟いた。

「……品井さん」

――品井秋。

伽藍島の管理人。

ＢＴ教団の敬虔な信者。

晩年を暮らし続けていたこの島で、波に洗われ、弄ばれ、もみくちゃにされ――あるいは、清められながら――彼女は、無残な死体に変わり果てていた。

耐え切れず、両耳を塞ぐ。

だが、音は絶えない。

ざん――ざん――。

ざん――ざん――。

ざん――。

第Ⅳ章

1

栈橋の縁に駆け寄ると、俺は、ほぼ真下に浮かぶ死体に目を凝らした。

仰向けになった品井は、目を大きく見開いたままで、打っては寄せる波に顔面を何度も何度も濯《すす》がれていた。

地味な色の洋服を着た彼女——全身に強い衝撃を受けたためだろう、今はその内側にあったものの多くを外にぶち撒けていた。派手派手しい色に彩られていたそれらは、目を覆いたくなるほどに悍ましく、しかし——美しかった。

ともあれその状況は、一見して、品井の身に何が起こったのかを容易に推測させた。

すなわち、彼女は墜落したのだ。

栈橋の高さは五メートルほど。だが、品井が墜落した伽藍島の切り立つ側面は、荒々しく尖った岩場だ。無数の鋭い殻を持った貝も付着し、さながら表面が粗いやすりのようになっている。

頭部の大きな裂傷は、まさに墜落時の衝撃によるもの。一方、身体のあちこちにある創傷は、尖った岩場に身体中を削られたものと思われた。

朝の光はより輝きを増し、それにしたがい、品井の死体も、よりグロテスクさを細部にわたってあらわにしていく。

「し、品井さん……」

怯えたように、脇が一歩、後ずさった。

「や、やっぱりあなたが、犯人だったんですか」

「ちょっと待て、脇君。品井さんが犯人とは、どういうことだ。なぜそう思う」

「だ、だって」

狼狽しながら、脇は答えた。

「品井さんには二人の博士たちを殺すべき動機があった。最後まで常沢博士と大石博士とともに、伽堂と藍堂に残っていたのも、品井さんだった。そのことを考えれば、彼女が犯人だって、もう明らかじゃないですか」

過呼吸に喘ぎつつ、脇はぜえぜえと喉を鳴らしながら続けた。

「方法？　そんなのもちろん、解りませんよ。でもあのせり舞台は、ボタン操作で自動的にマイクスタンドが出し入れできる仕組みになっていましたよね？　きっとそれを応用したのに違いない」

「応用って、具体的にはどんな方法だ」

「例えば、遺体を二体積み上げて、マイクスタンドを突出させれば……ああいうはやにえを作り出すことも、できるんじゃないですか」

なるほど、マイクスタンドの上から二つの死体を突き刺したのではなく、二つの死体の下からマイクスタンドを突き上げたということか。

「だが、それならばなぜ、品井さんは死んだ？」

俺の疑問に、脇はややあってから答えた。

「そ……それは、たぶん、事故じゃないかと」

「事故？」

「ええ。そうです。きっと、桟橋を渡っていて、誤って転落したんですよ。ほら……これだけの強風でしょう？　手すりもないですし、品井さんは、その、老人ですし」

「それは少々考えにくいですねえ」

髭を撫でつつ、神妙な表情の小角田がやり取りに割り込んだ。

「品井さんは確かに老齢です。しかし、脇さんも彼女の盤石な足運びを見ていたでしょう？　これだけの風にも平然と歩いていた。品井さんはこの環境に十分慣れていたのです」

「確かに、そうでしたけど……でも、体調を悪くしていればどうです？　ちょっと意識が遠のいてよろめいただけでも、そのまま桟橋の向こうにいってしまうでしょう」

「いえ、それも違います。この桟橋にはそれなりに幅があります。中央を歩いてさえいれば、たとえ転倒したとしても、桟橋から落ちるということはないですよ」

「むう……」

脇はそれきり、沈黙した。

そんな脇をじっと見ながら、小角田は続けた。

「脇さんのご意見を真っ向から否定するつもりはないんですよ。そうですね……私はむしろ、これは事故ではなく、故意なのではないか、と考えているんです」

「故意……というと、つまり……」

目を細めた俺に、小角田は大きく首を縦に振った。

「そう。事故ではなく、わざと死んだ」

「……自殺か」

「まさしく」

小角田はそう言うと、くるりと踵を返し、再び足下の死体を覗き込んだ。

「殺人というのは、最も人の道に反した行いです。普通の道徳心を持つ人間ならば、人を殺したという事実だけで、強い罪悪感に苛《さいな》まれることになります。たとえそれが、その当人にとって十分に理由のある殺人だったとしても、です」

「確かに、そういう悔恨の事例は司法の現場では枚挙に暇《いとま》がないが……」

「まして品井さんは、BT教団の熱心な信者でもありました。教団の教義には、世界平和も含まれています。もちろん、殺人などは教義上もってのほかだったでしょう。とすれば、自ら殺人を犯したという事実は、たとえそれがBT教団を侮辱した二人の博士への報復であったとしても、品井さんの心に大きな罪悪感をもたらしたのではないかと思うのです」

「つまり、その罪悪感に耐えかねて、自ら桟橋の縁を乗り越えた」

「そう。自殺したのです」

「ふうむ……」

俺は、低い唸り声とともに考え込む。

小角田の言葉は、人間心理として的を射ているものとして聞こえる。殺人を犯した後、当の犯人が罪悪感から自ら死を選ぶケースは、確かに少なくないからだ。

だが一方で、世の中には、人殺しなど鬱陶しい蠅《はえ》を潰すのと同じ感覚で、食事や談笑をしながら平然と行える人種がいるのもまた確かだ。すなわち――。

常人基準で捉えれば、品井の自殺は納得できる。

だが、尋常でない人種の基準で測れば、どうか？

例えば——。

「腑に落ちません」

黙考する俺の横から、不意に誰かが小角田に問うた。

「品井さんが犯人だった。品井さんは自殺した。事故による転落死でも構いませんが、いずれにせよ不可解なことはあります」

——百合子だった。

小角田は、反論を唱えた百合子に、興味深げな顔を向けた。

「それは、どのようなことでしょうか？」

百合子は、そんな小角田に——いや、小角田だけではなく、俺や、脇や、十和田、つまりその場にいる全員に向かって、問いかけるように声を張った。

「品井さんが犯人だったとすると、あの奇妙なはやにえを作り出したのも品井さんだったということになります。一体、どうやってやったのでしょう？」

百合子の問いに、脇がおそるおそる答える。

「さっきも言いましたが、マイクスタンドを利用したんじゃないですか？　せり舞台からは、自動的にマイクスタンドが出し入れできますから」

「それは、おそらく違います」

百合子は、即座に否定した。

「マイクスタンドの突き出る様子を思い出してください。その速さはとても緩慢でした。マイクスタンドそのものは、先端が鋭利に尖っているわけではありませんし、単に死体を置いてマイクスタンドを飛び出させたというだけでは、はやにえにはなり得ません」

「それは確かにそうですけど……」

「しかも、それだけでは常沢博士のあの奇妙なはやにえの形が説明できません。常沢博士は、頭を下にして肩口から貫かれていたんです。仮にマイクスタンドの先端が鋭利にできていたとしても、あんなふうにはやにえを作るためには、最初から常沢博士の身体を、頭を下にして設置しておく必要があったはずです。でも、そんなことができるでしょうか。少なくともそうした形跡はありませんでした」

「うーん」

脇は唸り、やがて沈黙した。

百合子の言うとおり、あのはやにえを作り出すには、単にマイクスタンドを下から突き出すという方法だけでは難しい。もっと別の、もっと本質的に異なる方法でなければ成し得ない謎なのだ。

それに、この話にはそれ以前の段階に、そもそもの疑問が存在している。

それは——。

「重要な論点は、ほかにもある」

俺の心に呼応したかのように、十和田が割り込んだ。

「それが解決しない限り、僕たちは品井さんイコール犯人だとは断定できない。思い出したまえ。大石博士の瞬間移動という謎があったことを。すなわち、藍堂にいたはずの大石博士が、どうして伽堂ではやにえとなったのか。この謎が解決しない限り、品井さんが犯人だと断定ができない」

「そう、それだ」

俺も追従した。

「そのことについては、ここがBT教団の施設であるということと、品井さんがBT教団の信者であり、かつここの管理人である事実にこそ、着目するべきだろう。品井さんはこの施設の構造に知悉《ちしつ》していたはずだ。俺たちの知らない、あるいは知り得ない何らかの方法によって、あんなふうに死体をはやにえにしたり、大石博士を瞬間移動させたりしたという解釈も、十分に成り立つはずだ」

「それは、まさしくそのとおりだ。だが」

十和田はしかし、すぐ俺に反駁《はんばく》した。

「だとすればなおのこと、その僕らが知らない方法を、推測し、検証する必要がある。それが正しくなされるまでは即断は禁物だと、僕は言っている」

「…………」

ごもっとも、ではある。俺は不承不承ながらも、無言で首肯した。

——結局のところ。

俺たちがこの場で品井の死体から得た結論は、これだけだった。すなわち——。

品井は事故か、自殺か、あるいはそのどちらでもない事情により死んだこと。

品井は犯人か、あるいは犯人ではないこと。

犯人がはやにえを作り上げた方法については、解らないこと。

もちろん、大石の瞬間移動の謎についても、解らないこと。

つまり、結局のところ、何ひとつ解らないということと、同じだった。

——一体、何がどうなっているのか。

あまりの不可解さに、無意識に大きく溜息を吐いた、まさにそのとき。

俺はふと、その呟きを聞いた。

呟きの主は——。

神。

いつの間に、再び現れた彼女は、その桃色の唇をほんのわずかに開くと、俺にだけ聞こえる小声で囁《ささや》いた。

すなわち——。

「……戻ろう。宿泊所に」

ややあってから、十和田が言った。

十和田のこの提案に、反対する者はいなかった。

そもそも反対する理由がなかったのだろう。その場にいた誰もが――ひとり超然とした態度を貫く神を除いては――ほとほと疲れ果てているように見えたし、品井の無残な遺体を前にして、ひたすら吹きつける潮風に耐え続けることなど、もうまっぴらだと思っていたのに違いない。そもそも、現場を指揮すると息巻いていたはずの俺ですら、十和田の言葉には逆らう気すら起こらず、ただ従容《しょうよう》と頷くのみだったのだから――。

ふと、東の方角を見る。

曙《あけぼの》の空は、禍々しい橙色《だいだいいろ》に染まっていた。

日の出は、もうすぐだ。

もうあとわずかで、伽藍島は突き刺すような夏の光の下、荒波と青空を背景に、くっきりとその輪郭を浮かび上がらせる。

それなのに――。

事件はまだ、その輪郭すら顕わにはならず、いつまでもぼんやりと胡乱なままだ。

「はあ……」

俺はまた、もう幾度目かも思い出せない溜息を、長々と吐き出した。

2

とぼとぼと、鉛のように重い足を引きずり、宿泊所へと歩を進めていった。

すぐ前には脇と百合子が、横には小角田が歩いていた。百合子はしゃんと背筋を伸ばし、いつもと変わらないように見えたが、脇はといえば、がくりと肩を落としていた。その哀愁に満ちた丸い背中一面で「疲れた」「もう勘弁してくれ」と主張していた。もしかすると俺も同じようなしょぼくれた姿勢になっているのだろうか。虚勢と解りつつ、俺はあえて胸を張った。

さらに前を歩く十和田は、まるで疲れを知らないかのように、威勢よくひょこひょこと身体を上下させながら進んでいる。その横を、神もまた、一切の疲れを感じさせることなく、優雅で滑らかな所作で歩いていた。

俺は、訝った。こんな状況にあって、しかもほとんど食事も睡眠も取れていないというのに、まったく何事もなかったかのように平然としていられるとは——あいつら、人間なのか？

いや——。

すぐに俺は、苦笑いを浮かべた。

そうだった。あの二人は、少なくとも常人ではなかった。

あいつらは——変人と、神だ。

そして、そう——神といえば。

俺はふと、つい先刻耳にした神の呟きを思い出す。彼女はさっき、俺にだけ聞こえる囁き声で、確かにこう言っていたのだ。

——だから私は、ここにいるのね——解っていたけれど。

「……宮司さん、ちょっといいですか？」

不意に、小角田が俺を横から呼んだ。

「どうかしましたか」

「いえ、実は……大したことではないんですが」

ふと、その場で足を止めると、小角田は左を向いて、眼前に広がる大パノラマ、明け方の海原に浮かぶ伽藍島をじっと見上げた。

俺も、小角田と同じように立ち止まると、島の威容に今一度、目をやった。

そこにあるのは、巨大な自然。

三つの島々からなる、群島だ。

漁船も近づかない荒れた湾の中央に位置し、常に激しい波風に揉みくちゃにされながら存在し続けてきたこの群島は、かつては鐙島、籠手島などと呼ばれていた、今も平家の落人伝説が残る島々なのだという。

はあー、と感心したような声を上げつつ、小角田は言った。

「まったく、大きな島ですね。今さらですが、大したものです」

「大したもの？　何がですか」

「そりゃあ言うまでもありません。ＢＴ教団の財力ですよ。こんな離れ小島に、これだけの施設を作り上げるなんて、どんな酔狂だと思われますか」

「言い得て妙ですね」

そう。確かにこれは、酔狂だ。

宗教団体の施設というものは、普通、信者たちがアクセスしやすい場所に建てられる。それをわざわざこんな海上の、上陸することさえ困難な無人島に作るなど、酔狂もはなはだしい。

だが――。

「とはいえ小角田さん。宗教の本質とは、まさしくこうした馬鹿馬鹿しさにあるのではないでしょうかね。例えばある神社は、登るのが極めて困難な山頂に、あえて社を置くそうです。そんな場所に御神体を祀るのは、まったく馬鹿馬鹿しいとしか言いようがないのですが、しかしそれは、宗教だからこそ意味のあることでもある。宗教というものは大抵、人の常識を超越した主張をするものですからね。だからこそ、宗教は宗教たりえるのかもしれません。超常現象だとか、奇跡だとか、山ほどある馬鹿馬鹿しいことは、だからこそ厄介なものだと思います」

「確かに。宮司さんのおっしゃるとおりですな」

ほっほっほ、とひとしきり笑った後、小角田はふと真顔になった。

「しかし宮司さん。ここの伽藍島に対して私たちが感じている馬鹿馬鹿しさは、それとは少々異なる、ある特殊な別の言葉で言い換えられるものだとも思うのですよ」

「言葉？　……どんな言葉ですか」

「解りませんか。『アーキテクチュアリズム』ですよ」

「……それは、もしや」

俺は、はっと息を飲んだ。

「そうです。あの沼四郎が提唱した建築思想ですよ」

――沼四郎。

眼球堂の主にして、そして引き続く事件の舞台となった建造物、そのすべての設計者であり、そして――善知鳥神の、父。

溜息を吐くように、ほっと小さく息継ぎを挟んでから、小角田は言った。

「昨晩、十和田さんと善知鳥さんがなさっていた会話をお聞きになりましたか？」

「もちろん。確か……この伽藍島もまた、沼の設計によるものなのだとか。そして、しばしば数学的モチーフを自身の建築に応用したその一例であると」

「そのとおりです。十七角形という数学的モチーフを建築に応用するところから出発した沼さんのキャリアは、その後、彼の名声が高まっていくとともに、アーキテクチュアリズムへと変貌していきました。ところで、ひとつお伺いします。アーキテクチュアリズムの根幹にあるものが何だったか、宮司さんにはお解りですか」

「今の文脈でいけば、それは数学だということになりますね」

「数学。ほっほっほ。それもあります。しかし、残念ながら違います。アーキテクチュアリズムの根幹にあるもの。それは、私に言わせれば……」

小角田は、眉間に深い縦皺を三本刻みつけた。

「狂気、です」

「……狂気」

その不穏な単語を何度も心の中でリフレインしながら、俺は、ごくりと唾を飲み込んだ。

小角田は——なおも続ける。

「沼さんは私によく言ったものです。世界は、もっと大きな枠組みの中に捉えるべきものだ、それぞれの領域をそれぞれが探求している限り、本質を見ることは決してないだろう、世界を数学のように抽象化し、その枠組みを浮き彫りにすべきだ、と……彼の建築が建築界においてもとりわけ異彩を放っていたのは昔からですし、当時から数学的モチーフを大きく扱っていたのは確かです。ただそれは、先述の思想のもとで、あくまでも総合芸術としての建築の中に、数学的な価値観もうまく嵌め込んで、より建築の幅を広くしたいという意図のもとになされていたものだと認識しています」

「比較的、穏健な考え方だったんですね」

「そうです。俗な言い方になりますが、芸術系、文系、理系というさまざまな分野の側面を持つのが建築であって、だからこそ学際的にこれらを統合してより昇華させたい、そんな理想のもとに提唱されたのが、当初のアーキテクチュアリズムだったわけです。しかし……」

小角田が、表情を曇らせた。

「いつごろからでしょうか。その思想的側面が、顕著な歪みを見せ始めたのは」

「歪み……」

「そう、歪みです。すべてを包み込むような穏やかさがあったはずの思想が、いつの間にか先鋭化を始め、気づいたときにはひどく排他的なものになっていたのです。各学芸分野には厳格な序列が設けられ、その頂点に建築が存在する、そんな馬鹿げたヒエラルキーが思想の中に組み込まれていったのです。なぜ沼さんがそんなことを喧伝《けんでん》するようになったのか？　その理由は、私にはよく解りません。傍観者である私には、沼四郎という男を見えない狂気が蝕《むしば》んでいったのだと、ただそんなふうにしか見えませんでした」

「見えない、狂気」

あるいはそれが、沼建築をして大いなる殺人機械たらしめた、根源なのだろうか？

唾を飲み込みつつ、ややあってから俺は、目の前でゆっくりと髭を撫でている男に訊いた。

「先ほどからの言いぶりを聞いていると……小角田さん、あなたはもしや、沼四郎と個人的な交流があったのですか？」

「……いかにも」

小角田は、おもむろに首を縦に振った。

「私は古くから、沼さんを知っています。それこそ、学生だった頃から……」

追憶するように、そっと目を瞑《つぶ》った小角田に、俺はさらに問いを投げる。

「教えてくれませんか。沼四郎とは、一体どんな人物だったのかを」

「どんな人物か、ですか。……ほっほっほ」

小角田は、目をぱちりと開けると、小気味よく笑った。

「豪放磊落《ごうほうらいらく》。若い頃の彼は、まさにこの四字熟語が相応しい、博識で、懐《ふところ》が深く、バンカラで、誰よりも天賦の才があることを感じさせる男でしたねえ。それこそ、専門外の数学においても、専門家である私と対等に話ができるほどでした。それからの彼の学者、建築家としての人生は、順風満帆そのもの。友人のひとりである私も、そんな彼に妬ましさを覚えるほどであったのです。しかし……」

ほっ、と笑いとも溜息ともつかない一息を吐き出すと、小角田は続ける。

「晩年に近づくにつれ、沼さんの態度は、尊大なものとなっていきました。建築が他の分野と芸術とを結ぶ総合学問である、当初はそんな平穏な主張にしかすぎなかったアーキテクチュアリズムも、やがて他の学問は建築学のもとに制圧できると声高に述べる攻撃的なものへと変わっていったのです。もちろん、そんな思想は人々の支持を得ません。周囲の批評家たちは、それを『夜郎自大《やろうじだい》』と評価し一笑に付しましたが、その一方で、だからこそカルト的な信奉者も生んだのです」

「なんだか、宗教的な話だ」

「そう、まさにそうなのです」

呟いた俺の語尾に、小角田は言葉を被せた。

「後期ないし末期のアーキテクチュアリズムとは、宗教的ともいうべき一種独特な運動《ムーブメント》であったのです。大多数《マジョリティ》はそれを『非常識で、頓珍漢《とんちんかん》なもの』という観点で捉えました。ですが、一方ではだからこそそこに一定の価値を見出す少数派《マイノリティ》の人々がありました。彼らの強い働きかけもあって、沼さんは多くの賞を与えられたと同時に、日本を代表する特徴的な建築家のひとりとして認識されるようになりました。ですが、それがために沼四郎はますますその尊大さを増長させ、内に孕《はら》む狂気もまた膨らんでいったのです。まさしく、新興宗教の教祖のように」

「教祖、か……」

一般人からは馬鹿馬鹿しいとしか思えない教義を掲げるカルト教団――そんな連中が、短期的かつ爆発的に信者を増していくのは、なぜか？

俺には、うっすらながらその理由が解っていた。カルトには大抵、カリスマがいる。そして、馬鹿馬鹿しいからこそそこに価値を見出せる一定数の人々もいる。そんな彼らがカリスマの力でより深い妄想の世界に引き込まれることによって、カルトは増長していくのだ。

アーキテクチュアリズムとその提唱者である沼四郎、そしてその周囲にあった信奉者たちもまた、この構図にぴたりと当てはまる。だからこそこの教義と教祖は、より巨大なものへと変貌していくことができたのだ。

だが、多くのカルトがそうであるように、巨大に膨れ上がった教祖の自意識というものは、やがて、逆に彼自身を潰す道を歩み始める。あまりに大きくなった教団、教義、信者と彼らの期待感が、その大きさゆえに、逆に教祖に襲い掛かるのだ。

だから――。

小角田は、言った。

「私には、沼さんのその尊大さこそ、むしろ彼が怯えていることの裏返しであるように見えました」

そう――彼は、怯えるのだ。

自らの生み出したものが、制御できないほどに大きくなったとき、教祖は不安を抱く。いつかこの欺瞞が露見するのではないか、輝かしいカリスマもある日突然霧消してしまうのではないか――そんな考えに囚《とら》われ始めるのだ。もちろん、彼は決してそんな感情を出さない。表向きには、あくまでも偉大な教祖に見えていなければならないからだ。にもかかわらず、内面ではいつも、矮小《わいしょう》な自分が葛藤し続けているのだ――だからこそ。

「……その怯えが、沼四郎を、狂気へと導いていったのですね」

俺の言葉に、小角田は、無言で頷いた。

意図しないまま一方的に高みに祭り上げられていくアーキテクチュアリズム。そして、その提唱者である自分。この二つを世界へと押し出そうとする、狂信者たち。そんな状況がもたらす怯えが、沼を狂気へと逃避させていったということなのだろう。

だが――。

ふと、俺は疑問を抱いた。

沼四郎を狂気に導いた理由とは、本当に――それだけなのだろうか？

「……私がこのようにお話しできるのは、沼さんは、おそらくはかなり後になっても、私という人間を信頼してくれていたのだろうと思われるからです。沼さんは、他人に心を開くことはほとんどない人でした。しかし、私にだけは時折、弱音を吐くこともありました。そうですね……こんなことがありました。まだ、沼さんが狂気に苛まれる前の話です。ふと、彼は私に、こんなことを漏らしたのです」

――小角田さん。私はね、欠陥人間なのだよ。

「……欠陥人間？」

どういう意味だろうか。眉を顰めた俺に、小角田は続けて言った。

「沼さんの唐突な言葉に、私は驚きました。欠陥人間とは、穏やかではありません。一体、何が欠陥しているというのでしょうか。沼さんは、自分のどこにどのような欠陥があるか、はっきりとは言いませんでした。それでも、自虐的な笑みを浮かべると、まるでヒントだとでも言うように、こんなことを続けて述べたのです」

――ふふふ。何が欠陥であるか、だって？

――それは、ひとつの生物として、ということだ。

――つまり、私は生物として、欠陥品なのだよ。

――むろん、男としてもね。

――そうさ、小角田さん。私はね、繁殖という一面において、どこまでも価値がない生物なのだよ。

「繁殖において無価値……沼さんは確かにそう自らを表現された」

「それは、つまり……沼四郎は不能だった、ということですか」

「そこまでは解りません。もっと根本的な生殖能力の欠如かもしれませんし、あるいは、何かを比喩してそう表現したのかもしれません。例えば、マクロに見たときに、人類という種に対して担うべき責任を果たせていない、あるいはその逆、ミクロに見たときに何かを思われたのかもしれない。ただ、いずれにせよ私は、この沼さんの言葉を『子を生《な》すことができない』という意味で解釈しました」

「うーむ」

俺は唸る。

子を生すことができない――だから自分は欠陥人間だと自嘲し、沼四郎は弱音を吐いた。

だが、そうだとすると、おかしな点が出てくるのではないか。

そう、例えば――。

俺は、神が十和田と消えた桟橋の先に視線を送った。

「もしかして、彼女は沼四郎の娘ではないのか？」

「そういうことに、なるでしょうね」

頷く小角田に、俺はなおも問う。

「じゃあ、誰の娘なんでしょう。母親は善知鳥礼亜だとしても……父親は？」

「想像もつきません」

小角田は、首を振った。

「ただ、あくまでも一般に知られているのは、沼四郎と善知鳥礼亜との間には、善知鳥神という娘がいる、ということだけです」

「沼四郎本人に、確認は？」

「あなたの内縁の妻の子は、本当は誰の子か……宮司さん、あなたは、いかに親しいとしても、人にそんな質問をすることができますか？」

「…………」

俺は無言で、首を横に振った。

生殖能力のない男に、あなたの娘の、本当の父親は誰なのかと訊く――そんな残酷な質問は、どれだけ親密な関係であっても、してはいけないことだ。

「しかし、そうだとすると、沼四郎と善知鳥礼亜の関係も、ちょっと疑わしいもののように思えてきますね」

「言われるとおり、表向き内縁関係だと言われても、このような内情があるとなると、その関係は怪しく思えてきます。そう……ここだけの話、ですが」

小角田は、こほんと小さな咳をすると、声をひそめる。

「私見ですが、あの二人の関係は、まったくの偽装だったと考えています」

「偽装？　……とは、どういうことですか」

「先ほどの話に戻りますが、沼さんは自らに生物としての価値がないとおっしゃった後、こうも呟かれたのです」

――私は言わば、アーキテクチュアリズムのキリストなんだ。

――だが、私はキリストであって、神ではない。

――いや、三位一体《トリニティ》の救世主《メシア》どころか、預言者ですらない。

――そう、私は単なる代弁者にしかすぎないんだよ。親の言いつけには決して逆らえない子のような……。

「そして沼さんは、自虐的にこう言われたのです。『親の縁談に、子は逆らえないものだよ』と」

「……ふうむ、どんな意味でしょうか」

首を捻る俺に小角田は、解りません、と首を左右に振りつつ、続けた。

「子とは、おそらくこの場合は沼さんのことでしょう。しかし親とは一体誰のことなのか。そして、逆らえないとはどういう意味なのか。呟きに含まれる真意の謎はいまだ解かれていません。ただ、縁談に逆らえないという沼さんの表現からは、こんな事情が窺えます。つまり……」

——縁談。すなわち善知鳥礼亜と沼との関係は、偽りのものだった。

「むう……」

再び唸ると、俺はそのまま黙り込んでしまった。

善知鳥礼亜。眼球堂の殺人事件にも登場していた、この名前。

俺は、この美貌の女性の名前を、また別の場所でも見知っていた。それは——。

「思い返してみれば、あの弱音を聞いた頃を境にして、沼さんは私の手の届かない領域に行ってしまった……そんな気がしてなりませんねえ」

——天と地を切り分ける水平線。その境界をぼんやりと見つめながら、過去を振り返る小角田。

だが、そんな小角田の言葉は、もはや俺の耳には入ってはこない。

なぜならば、このとき俺もまた、自らの過去を振り返っていたからだ。

善知鳥礼亜——。

彼女もまた、あの事件で生き残ることができなかった人間のうちの、ひとり。

そう、だから——。

俺は、知っている。

決して口にしてはならない事実を、知っている。

もしも、善知鳥礼亜が生きていたならば、俺たち兄妹の運命も、今とは変わったものとなったのかもしれないということを。

そして、善知鳥礼亜の死こそが、俺たち兄妹と同様、沼四郎の運命もまた変えたのかもしれないのだということを——。

3

大窓越しに見上げる空は、すでに水色に澄み渡っていた。水平線の間際がわずかに橙色に染まり、そこだけが朝の名残りを匂わせている。

宿泊所まで戻ってくると、一同は各々思うがまま、ホールのテーブルの前の好きな場所に居座った。互いに話すでも、寝るでも、何をするでもなく、ただずっと、その場所で各々の時間を過ごしていた。

新聞記者、脇宇兵は——小太りの身体で机に上半身を突っ伏しつつも、顔だけは上げ、目を細めたままじっとしていた。への字に歪めた口からは、時折つらそうな呻き声が漏れ出ていた。

老数学者、小角田雄一郎は——その向かいで、両手を膝に乗せたまま腰かけ、天井を見つめていた。何を思考しているのだろう。それは、無表情な顔つきと、小刻みに震える瞼《まぶた》の動きからだけでは、推し量ることはできなかった。

妹、宮司百合子は——俺の横で、寄り添うように腰かけていた。背筋を伸ばし、端正な視線を窓の外に送ったまま、始終黙考を続けている。きっと事件のことを考えているのだろう。二体のはやにえと、一体の転落死体、そしてその周辺に散らばる数多の謎に、思いを巡らせているに違いない。

変人数学者、十和田只人は——なぜか先刻から、目の前で椅子を一脚、弄び続けていた。重いだろうに、胸の高さまで持ち上げると、それを横に動かしたり、持ち上げたり、逆に下げたり、あるいはくるくると回転させたり。さながら、吊《つ》るされたバナナを前に、椅子と棒を与えられたチンパンジーのごとき怪しい所作を続けていた。

善知鳥神は——一同から離れた壁際《かべぎわ》で、椅子には座らず、テーブルの縁に寄りかかるようにして、窓の外を眺めていた。その表情は、まるで今にも歌い出しそうなほどに楽しげだ。漆黒のワンピースと、それとは対照的な、透きとおるほどに真白い肌。同じ空間で、同じ空気を吸い、同じ状況に置かれながら、しかし俺たちとはまるで異なる地平にいる彼女は、他人の動静や生死など歯牙にもかけない無関心さで、静かに片方の足先を揺らしていた。

そして、俺——宮司司は——。

妹と同じように黙考し、答えの出ない問いを、自分自身に対して発し続けていた。

この事件——伽藍島の事件には、不可解なことがあまりにも多すぎる。

例えば第一の殺人事件。すなわち、二人の博士が無残なはやにえとなった、あの衝撃的な事件。

ここには、「どうやってはやにえを作り出したか?」「なぜはやにえにしたか?」「誰がはやにえにしたか?」という三つのクエスチョンがある。

どうやって、というのは、まさしくいかにして常沢や大石の身体を持ち上げ、マイクスタンドに突き刺したのかということだ。なぜ、というのは、そんなはやにえを作り上げた動機、必然性について。そして最大の謎が最後の、誰がはやにえにしたのか、ということ。

あのはやにえは、どう見ても偶然や事故で生まれるものではない。悪意の第三者が存在し、何がしかの目的のもと、何らかの手段を用いて構築された、趣味の悪い殺人事件の結果である。

ここには、もうひとつの謎が加わり、さらに話をややこしくしている。

それが、大石の移動の謎だ。

大石は第二の講演の直後まで藍堂にいた。それが一時間も経たないうちに伽堂にいてはやにえにされていた。二つの堂を結ぶのは桟橋しかなく、ここを大石が通ったところを誰も見てはいない。一体いつ、どうやって大石は藍堂から伽堂へと移動したのだろうか。

この点、二つの堂には実は抜け穴があったという考え方も示されている。だが、その抜け穴はまだ発見されていないのだ。

奇妙さで言えば、第二の事件も然りだ。

俺たちが抜け穴を見つけるために伽堂と藍堂を調べている間、不可解なことを口走りホールを出た品井。あの老女は、夜が明けて俺たちが気づいたときには、すでに桟橋の下で墜落死体に成り果てていたのだ。

あれは事故なのか、自殺なのか。

仮に自殺だとして、なぜ品井は自ら死を選ぼうと考えたのか。小角田が言うとおり、人を殺《あや》めたことに対する良心の呵責《かしゃく》が、老女を刹那的な死へと誘ったというのだろうか。

あるいは、第三者が介在した結果だとすればどうか。例えば、誰かが品井を桟橋から突き落としたのだとすれば――。

それでもやはり、疑問は出る。「誰が」「いつ」「何のために」品井を突き落としたのかという疑問だ。

もっとも、この最後の問いに関しては、必然的にその疑いのある者の範囲は絞られる。つまり、品井が殺されたと思われる時間帯において、俺の視界にいなかったのは誰だったか。それを考えれば、あの人物に対する疑いは、より確実で、濃厚なものとなるのだ。

とはいえ——それも品井が殺されたものと仮定した場合の話だ。あれはやはり事故であるか、あるいは自殺なのかもしれない。その可能性は、捨てきれない。

結局、疑問だけが頭の中で堂々巡りを続けていた。謎を解明する真実、すなわち解の形など、その輪郭さえ、一向に描き出される気配すらないままに。

だから——。

「はあ……」

と、俺が情けなさだけでできた溜息を吐いた、まさにそのとき。

「あっ」

突然、びっくりしたような声で、百合子が叫んだ。

「どうした？」

何かあったのだろうか——顔を近づけた俺に、百合子は言った。

「お、お兄ちゃん……見て、あれ」

目を大きく見開いた百合子は、震える声とともに、大窓の外を指差していた。

その――指先。

漸く水平線から顔を出した太陽。一億五千万キロメートルの彼方《かなた》に燦然《さんぜん》と輝く核融合の塊が、伽藍島を上端から、黄金色に照らし始めていた。

その光の中に建つ、構造物――。

俺もまた、そのありさまに、思わず目を見張った。

「あれは……」

そう、確かに、あれは――。

異変だ。

「あ……あれって、どういうことなの？」

百合子が、疑問を口にした。

俺もまた、同じ疑問を心の中で口にする。

あれは――あの異変は、どういうことなんだ？

俺たちが気づいた異変。それは、見れば誰もがすぐに解るものだった。

あの構造物。それは、すなわち――鳥居。

島にくる際船から見上げていた、あの鳥居のことだ。

何を祀っているのかは定かでなく、あるいは平家の落人伝説と何らかの関連があることを想起させる、あの眩しい朱色に輝いていた、古鳥居。

それが——。

「なんで、違うの？」

百合子が、呟いた。

それは一目瞭然だった。

何しろ、違うのだから——色が。

そう。今、朝日を受けるあの鳥居は、昨日の夕方に見たような朱色ではなかったのだ。

つまり——。

それは、漆黒。

夜の闇をいまだ留め続けているかのような、黒い鳥居へと、姿を変えていたのだ。

「昨日は赤かったよね？ どうして、今はあんなに真っ黒なの……？」

再び呟く百合子。俺は狼狽《うろたえ》つつ「た、確かに」と頷いた。

「これは一体どういうことなんだ。まさか、あれは昨日見ていた鳥居とは別物なのか？」

「ううん」

百合子が、即座に頭を左右に振った。

「鳥居は最初から、あの一ヵ所にしかなかった。私、窓から外を見て、何度も確認していたから」

「そうなのか……しかし、だとすると、なぜ今は色が違うんだ？」

俺は、細目でなおもその鳥居を凝視し続けた。

漆黒の、鳥居。

屹立するそれは、光と影とのコントラストも鮮やかに、朝の光に側面を照らされている。

暫く見ているうち、その黒い側面が、実は黒く塗られているのではなく、一面が腐食しているのだと気づいた。腐った木が、強烈な潮風と日光に当てられて黒変したのだろう。もちろん、少なくともその表面が、昨日のあの輝く朱色とはまったく異なるものであることは言うまでもない。

そして、その反対面にあるのは――。

影。

「あっ」

俺たちは、思わず顔を見あわせた。

そう。ようやく、そのからくりに気づいたのだ。

鳥居の色が変わったのは、別の鳥居を見ているのでも、一夜にして鳥居が入れ替わったのでも何でもない。単に、目の錯覚にすぎなかったのだということを、漸く――そして同時に理解したのだ。すなわち――。

「影、だね」

先に言葉を発したのは、百合子だった。

俺はすぐさま、同意の頷きを返した。

そう、影だ。東からの朝日を浴び黒い体軀を見せている鳥居の、太陽とは反対側の面に生まれている黒い影。そこによく目を凝らしてみると――。

――朱色。

うっすらと、わずかな色彩が見えた。

朝日が照らすのとは反対側、すなわち西側。その鳥居の西側は影になっていて見づらいが、明らかに一面、朱色で塗られていたのである。

つまり――こういうことだ。

鳥居は、東側が黒く腐食し、西側のみ朱色に塗られていた。

だから、昨日と今日とで色が違って見えたのだ、と。

夕日が鳥居を西側から強く照らしていた昨日は、西側の朱色のみがくっきりと見えた。だから朱色の鳥居が現れた。一方今日は、朝日が鳥居を東側から強く照らしているため、東側の黒色のみがくっきりと見えた。だから真っ黒な鳥居が現れたのだ。

「太陽が照らす面が違うことが原因で、違う色に見えていたんだな」

百合子も、納得したように首を縦に振る。

そして俺は、やれやれと溜息を吐いた。ドキリとさせられたが、蓋を開けてみれば、なんてことのない目の錯覚だったからだ。だが、そんな単純な錯覚が、一夜にして鳥居そのものが変わってしまったかのような驚きを引き起こしたというのだから、興味深いのだが。

「きっと、正午に見たら、きっちり半分ずつ色が違う鳥居が見えるんだろうな」

「たぶんね。……でも、どうして片側半分だけ、黒いんだろう？」

「おそらくここでは常に東側からしか風が吹かないからだろうね」

「あ、そうか。強い潮風が常に東から吹く。だから鳥居も、東に面する部分だけが腐食したんだ」

百合子が、ぽんと手を打った。

「ああ。きっと、もともとは全体を朱色に塗られていたんだろう。けれど、東の面だけが強い潮風に曝されるうちに、朱の塗装が剝げて、その下にある木材が顕わになってしまったんだ」

「さらに時間が経つと、腐食が進み、真っ黒になったたってことか。なるほどね」

腕を組むと、百合子はうんうんと頷いた。

そんな妹の姿を眺めつつ——ふと。

「……ん？」

心の中で、何かが引っかかる。

ささくれのように気になるその何か。

そう。そのささくれとは——。

「まさか……」

これは、もしかして——。

——そういうことなのか？

「どうしたの？　お兄ちゃん」

「あ、いや何でもないよ」

不思議そうな表情で俺に問う百合子に、俺はにこりと微笑みを返した。

「ただ……」

「ただ？」

「解った……かもしれない」

そう、何かが解った気がしていた。

だから——俺はなおも考える。

昨日の夕方と、現在。異なるのは何か。それは光の方向だ。なぜ鳥居は色を変えたか。それは、異なる色がそれぞれの面にあったからだ。だから色を変えた。光の方向が変わったために——そしてこのことを、伽藍島に仕掛けられた謎にも適用した場合には、どうなるのか。

それは——。

謎が——解ける。

俺は、すっくと席を立つと、なおも椅子を上下左右に振り回している十和田につかつかと歩み寄り、その傍に立った。

「なあ、十和田」

「……なんだ？」

ぴたりと動きを止めると、十和田は椅子を斜めに持ち上げた姿勢のままで、俺のほうにくるりと向いた。

目前をかすめていく椅子の脚を間近でかわしつつ、俺は問う。

「どうかしたのか」

「訊きたいことがある。荒唐無稽な話だ、とは思うが」

「構わない。話とは押しなべて、幾つかの荒唐無稽な要素を含むものだから」

「解っている。しかし……」

この期に及んで語り出すのをためらう俺に、十和田は、眼鏡のブリッジを押し上げつつ言った。

「遠慮することはない。語るべきものの内には、常にいくばくかの逸脱があるだろう。だが、そこにこそ価値があるものなのだ。そもそもまったく逸脱のない論旨には、それが常識だろうが、非常識だろうが、人に伝えるべきことが論理的に存在しない。それこそ、『青は青い』というように、トートロジーにしかなり得ないからだ。だとすれば、そこに逸脱があればこそ、すなわち荒唐無稽さがあればこそ、それは語り得るだけの価値を持つということになるのだ。……というわけで、宮司くん。さあ、ためらうことなく言いたまえ」

滅茶苦茶な物言いだ。だが俺は、十和田の促しに素直に頷くと、一拍を置いてから言った。

「もしかして伽藍島……いや『伽藍堂』には、こんな仕掛けがあるんじゃないだろうか。すなわち……」

4

「……な？　荒唐無稽だろ」

照れ隠しのようにそう言うと、俺はちらりと様子を窺うように十和田を見る。

終始、肯定するでも否定するでもなかった十和田は、ただ額に横皺を寄せ、口をへの字に曲げたまま、黙り込んでいた。

そのまま一分が過ぎ、沈黙に耐えかねた俺は、誤魔化すように言った。

「まあ、この着想を実際にトリックとして使うには、少々考えが飛躍しすぎているとは思うがね」

「………………」

俺が話し終えた後も、なおも十和田は、じっとその状態のまま微動だにしない。

「おい、どうかしたのか」

あまりに動かない十和田に、さすがに心配になり、俺は十和田の顔を覗き込んだ。

――びくり。

「うわっ」

十和田が突如、肩を大きく震わせた。

反射的に身体を引く。

驚きつつ見ている間も、十和田の身体はなおもびくりびくりと、痙攣するように激しく動き続けていた。まったく、不気味そのものの動きだ。だが——。

俺は、知っている。

この奇妙な動きこそ、十和田の内側で活発な思考が繰り広げられていることの証。彼の脳髄から溢れ出る思考が、身体の動きにも表れてしまっているのだということを。

つまり十和田は、俺の言葉をきっかけにして、何事かを思いついたのだ。謎を解く鍵となる何かを——。

——それにしても。

びくり。びくり。びくり。

なんとも気持ちの悪い動きだ。

まるで、道端でのたうち回る蚯蚓《みみず》のようだ。生理的な嫌悪《けんお》感に、眉を顰めていた俺に、暫くしてから十和田は、ふっと視線をあわせて言った。

「……宮司くん」

「ど、どうした？」

作り笑顔で答えた俺に、十和田はいきなり、顔をぬっと近づけた。

「うわっ、なんだよ」

「確認したい」

「な、何を？」

「図面を持っているか」

「図面？」

「この伽藍島のだ。持っているんだろう？　さあ、渡せ。今すぐにだ」

「ま、待て、おいっ」

僕に、さあ、図面を、寄越せ、と身体をつめてくる十和田に、思わず俺は身体を引いた。

そんな俺と十和田の間に、すっ、と横から一枚の紙片が差し出された。

「これですか、十和田先生」

百合子だった。

会話を聞いていた百合子は、さあ寄越せとつめ寄る十和田の言葉に、持っていた図面を素早く取り出したのだ。

「招待状と一緒に入っていたものです。これでいいですか？」

「十分だ」

その図面を、百合子の手から乱暴にもぎ取ると、十和田はすぐさま、眼鏡が紙片にくっつきそうなほどの至近距離から凝視した。

そして、何も言わず、カメレオンのように眼球を動かしながら、平面図の細部を舐《な》め回すように見た。

「………………」

俺と百合子は、そんな十和田に声をかけることもできず、ただ息を飲む。

やがて――。

「……ふむ。なるほど」

数分の後、十和田は顔を上げた。

そして、ぽいとその図面を後ろに放った。

ひらり、と宙を舞う図面。

百合子が素早く、その紙片が床に落ちる前にキャッチする。

ナイスキャッチ――ではなく。

「何してるんだよ、貴様」

「……？　僕が何かしたか」

「図面を捨てるな。せっかく百合子が渡したんだぞ」

「捨てる？　僕が？」

怪訝な顔で、十和田は言う。

「そんなことはしていない」

「しただろ。図面をぽいと捨てた」

「捨てなどいない。手放しただけだ」

「同じことだ。仮に手放すなら手放すで、テーブルの上に置くか、直接手渡せ」

言っていることがよく解らないと言いたげに目を眇める十和田に、俺は、はあ、とわざと大きく息を吐いた。

「まあいい。で、何が『ふむ。なるほど』なんだ？　お前、図面を見て何に気づいた」

「……いい質問だ」

俺の問いに、片方の口角だけを上に曲げつつ、十和田は言った。

「宮司くん。この島の施設は誰が建てたか知っているかね？」

「昇待蘭童だろう。ＢＴ教団の、教主の」

「そのとおり。その昇待蘭童が当初、どのような奇跡を人々に見せていたか覚えているか」

「それは……瞬間移動のことか？」

「いや。もっと以前、昇待蘭童がＢＴ教団の教主となる、ずっと前のことだ」

「ずっと前……」

それは——小角田が言っていた。確か——。

「あー、下町の路地裏で食べ物を増やして見せた、あのことを言っているのか。なんでも、バナッハ＝タルスキのパラドクスとかいう数学上の理屈を応用して奇跡を起こしたとか……」

「そう、それだ」

身を乗り出すと、十和田は、俺に向かって無遠慮に人差し指を突きつけた。

「数学上の論理。バナッハ＝タルスキのパラドクス。それを応用して昇待蘭童が見せた奇跡。BT教団の名前も、まさにそれに由来している。それだけじゃないぞ。BT教団の教義は何に基づいていたか。言うまでもない。数秘術だ。そしてカバラだ。数の神秘に基礎づけられたユダヤの伝承だ。あるいは昇待蘭童が姿をくらましたことを、信者たちは幽隠、ガイバと呼んだ。これはよく知られたシーア派の概念から引用されたものだ。ムスリムは偶像崇拝の禁止を徹底したが、その代わりに、神の偉大さを表現するものとして数学の美を探求したことで知られている。そして、BT教団もまた、数学の美の先鋭に昇待蘭童を置いた。まさしく、教団と教義そのものが、まさに数学で作られたピラミッドのような格好をしているんだ。そして……」

十和田は、天に向けていた人差し指を、そのまま下に向けた。

「このピラミッドを支える土台。数学に関するモチーフを数多く使い、自身も数学に深い造詣《ぞうけい》があったという人物が、この土台を、伽藍島を……いや、伽藍堂を設計した。それが……」

「沼四郎か」

「いかにも」

「……………」

滔々と語る十和田。

その饒舌《じょうぜつ》に圧倒され、言葉を失う。だが――。

「つまり？」

突然、いかにも楽しそうに十和田に問う者があった。それは――。

――善知鳥、神。

小さく首を傾げた神が、漆黒よりも深い黒を湛えた瞳の奥に、強い光を宿しつつ、
十和田に問う。

「つまり、たどり着いたのでしょう？」

「言っていることの意味が解らないが」

「教えてはくれないんですか？」

「何を？」

「解を。たどり着いたのでしょう、そこに」

「……………」

不意に口を閉ざす、十和田。

その、やけに長い数秒間。

十和田は、神とは対照的な、色素の薄い瞳で、じっと彼女を見つめてから——。

漸く、「そうだ」と頷いた。

「僕は確かに解を得た。この伽藍島の殺人がいかにして行われたのか、誰が行ったのか。さらにはこの伽藍島でそもそも何が起こっていたのか。その解を、つまりバナッハ－タルスキのパラドクスの矛盾《パラドクス》たる所以《ゆえん》を、見つけた」

第Ⅴ章

1

ことり――。

静かなホールに、硬質な音が響く。

百合子が俺の前に置いた、マグカップの音だ。

ごくありふれた、模様もなく、素っ気ない太い取っ手がひとつだけついた白い円筒形の陶器。宿泊所のキッチンにあったこの容《い》れ物《もの》に注がれた濃い琥珀《こはく》色が、穏やかな湯気を立てていた。

「ありがとう。インスタントか？」

「ううん、ドリップ。インスタントもあったけど、ペーパーがあったから、そっちにしたの」

「手間だったろう」

だが、そのひと手間のおかげでより旨《うま》いコーヒーにありつける。

俺は、芳醇な香りを胸いっぱいに吸い込んだ。

いい、香りだ。

「お兄ちゃんは、ブラックでよかったよね？」

「ああ」

「苦いのが好きだもんね」

さすが、妹は長年一緒に暮らしているだけあって、俺の嗜好《しこう》をよく解っている。

基本的に、俺はコーヒーに砂糖もミルクも入れない。入れてもほんのわずか、苦さを殺さない程度にとどめる。缶コーヒーなら、一般的なブラックの缶コーヒーよりも、ずっと苦味に忠実な味づくりをしているX県限定の超微糖一択だ。

香りを存分に楽しむと、俺は待ちかねたように、コーヒーを口に含んだ。

口内に広がる、深さのある味。コク。酸味。そして、苦味――。

文句なく、旨かった。

――ところで、熱いコーヒーを一杯、淹《い》れてはくれないかね？

唐突にそう言った十和田の求めに応じ、百合子が淹れたこのコーヒーは、まったく申し分もなく、こんな状況なのに――いや、もしかするとこんな状況だからこそ――旨さが身体と脳に染《し》み渡《わた》る。まさしく、今からこの男の講釈を聞こうという脳には、ありがたい刺激だった。

脇、小角田、十和田——百合子は俺の後も順繰りに、皆にマグカップを配っていく。

マグカップを受け取るなり、十和田はコーヒーをずずっと大きな音を立てて啜《すす》った。それから、うーむと唸ると、一言だけ「よろしい」と頷いた。

人に淹れさせておきながらその偉そうな態度はどうかと思ったが、文句をつけなかっただけましかもしれない。

そして、神は——。

「……どうぞ」

百合子が、マグカップを差し出す。

しかし神は、そっとカップの内側にたゆたう水面と、そこに映る百合子の瞳をじっと見つめつつ、言った。

「ごめんね。私は遠慮しておく」

「コーヒー、嫌いでしたか」

「いいえ、好きよ。でもね、モカしか飲まないの」

「そうだったんですか。ごめんなさい。でも、豆はブルマンしかなくて……」

悲しそうな顔をした百合子に、わずかに笑みを作ると、神は言った。

「次の機会には、モカを淹れてね。百合子ちゃん」

「はい」

こくり、と素直に百合子は頷いた。

そこだけを切り取ればごく平穏な、二人のやり取り。

傍で聞き耳を立てつつ、俺はふと思った。この会話は、まるで——。

「十和田さん。そろそろ教えてくれてもいいんじゃないですか？」

熱いコーヒーを一気に飲み干すと、マグカップをどんとテーブルに置いて、脇が言った。

「さっき十和田さんは、解を得たとおっしゃいましたよね」

「言ったな」

視線はあわさず、マグカップを手にしたまま窓の外に目をやる十和田に、脇はなおも続けた。

「解を得たのなら、説明してくださいよ。この伽藍島の殺人がどうやって行われたのか、誰がやったのか、そもそもここで何が起こっていたのかを」

「ふむ」

十和田は静かにカップを置くと、それから脇を一瞥した。

「よかろう。だがその前に脇くん。まずは君の意見を訊こうか。君はこの一連の事件について、つまり常沢博士と大石博士が殺害されはやにえにされたこの事件について、犯人は誰だと考えているかね」

「犯人ですか？　ええと……」

逡巡してから、脇は答えた。

「品井さん、なのではないかと」

「根拠は？」

「その……常沢博士の講演の後も、大石博士の講演の後も、最後まで彼らと一緒にいたのが、品井さんだからかな……と」

「君はそれで十分に根拠になると？」

「はい。なると思いますが……なりませんか？」

「あのはやにえも、品井さんが作り上げたものだということになるぞ」

「え、ええ。必然的に、そうなるはずですが」

「どうやって作り上げた？　そして何のために？」

「あー、……それは、その」

矢継ぎ早な質問に、徐々にしどろもどろになっていく脇。

「……ふむ、そこまでで結構」

いつまでも明確には答えきれない脇に、ひとつ頷きを挟んでから、十和田は不意に俺を指差した。

「宮司くん。君はどう思う？」

「え、俺？」

鼻先に人差し指を突きつけられ、一瞬面喰う。だが、怯むわけにはいかない。

気を取り直すと、答える前に訊き返す。

「確認するが十和田、お前の質問は、この殺人事件を、誰が、どうやって、またはなぜ起こしたのかということだな？」

「そうだ。解るなら答えたまえ。そのうちのいくつかでもいい」

「……わかった」

俺は、こほんと小さな咳をした。

「まず誰が犯人かについてだが、品井さんが犯人であるという考え方に、俺は疑問がある。確かに品井さんには殺人を犯すべき動機があるし、この伽藍島の構造にも熟知しているだろう。だがもし本当に二人を殺そうと考えるのならば、あんな複雑なことをしなくても、もっと簡単な方法があるように思えるからだ」

「例えば？」

「桟橋から突き落とせばいい。品井さんは小柄な老人だが、後ろから体当たりをすれば、人を突き飛ばすことくらいはできるだろう。つまり、桟橋から誰かを突き落として殺すことは可能なんだ。とすれば、わざわざあんなはやにえを作る必要もない。要するに、憎い二人の博士をはやにえにして殺す必然性がないんだ。むしろ、品井さんではない誰かがあのはやにえを作ったと考えるほうが、自然だということになる」

「つまり、真犯人は別にいる」

俺は「そういうことだ」と首を縦に振った。

「たぶん、真犯人にとっては、あの仰々しいはやにえを作り出し演出することが重要だったのだろうと思う。そうすることで、犯人は品井さんなのではないかと印象づけることができるし、それがひいては自身へ疑惑がかからないようにすることにもつながるからな」

「では、品井さんの転落死はどう解釈する？　あれは、事故なのか、自殺なのか」

「この文脈に沿えば、殺人だということになるだろうな」

「根拠は？」

「品井さんが犯人ではないとする以上、彼女には自殺する理由がないし、誤って転落するほど不注意だったわけでもないからだよ。一方真犯人にとっては、品井さんをスケープゴートとして殺人者に仕立て上げたいのだから、彼女が死ぬことがどうしても必要になる。つまり、殺す理由がある」

「よく解った。では……」

頷きつつ、十和田はなおも訊いた。

「その真犯人とは、誰か？」

「それは……解らんな」

俺は、あっさりと白旗を上げた。

「解らないのか」

「ああ。解ればお前の言うことを唯々諾々と聞いたりはしないよ」

「そうか。では」

さらに十和田は、百合子を見た。

「君はどう思う？」

突然の指名。百合子は一瞬はっとした顔をしたが、すぐに真剣な表情に戻った。

「君は誰が真犯人だと思うかね？　百合子くん」

「真犯人は……」

逡巡する数秒。一瞬の上目づかい。それから——小声で答えた。

「解りません」

「解らない？」

「いえ、心当たりは……あります」

「心当たりでよろしい。言ってみたまえ。それは誰かね」

「それは……」

ちらり、と百合子は再び、上目づかいで十和田を見た。

「いえ、すみません。やはり言えません」

「なぜだ？」

「断言できないからです」

首を横に振る百合子に、ややあってから、「……ふむ」と十和田は頷いた。

「断言ができないのは、方法が解らないからだな。どうやったのかが判然としなければ、誰がやったのかということについても確信が持てない」

「そうです」

「なるほど。君の見解については解った。ありがとう……もう結構」

それだけを言うと、十和田は、すっと肩を差し入れるように、俺たちに向き直った。

「今、宮司くん兄妹が説明したことと、僕の考えは、まったく同じだ。品井さんが犯人だとする考え方には多くの無理があり、真犯人が別にいると考えるのが妥当である。しかしその真犯人は誰なのか？　……この点を証明するためには、伽藍島そのものに仕組まれたバナッハ－タルスキのパラドクスを詳《つまび》らかにすることが必要になる」

「バナッハ－タルスキだって？」

俺は、眉を顰めながら訊いた。

「十和田、そいつがこの伽藍島に仕組まれているというのは、どういうことだ？　バナッハ－タルスキのパラドクスは単なる数学上の概念じゃないのか？　しかも、それを詳らかにすることで真犯人が明らかになるとは……いや、そもそもお前は、何を言おうとしているんだ？　なぜそんなにもったいぶる？」

「焦《あせ》るな、宮司くん」

つめ寄る俺を片手で制すると、十和田はまるで機械仕掛《じか》けの人形のような、予備動作のない動きとともに立ち上がった。

「もったいぶってなどいない。もう解への道筋は整っているし、すべて順を追って説明する準備もできているのだからね。つまり、これでお膳立てはすべて整ったというわけだ」

そのまま、ぐるりと全員の顔を一瞥すると――。

――十和田は、宣言した。

「さて、始めようか。講義を」

2

「この伽藍島における殺人が、いかに奇妙なものだったか。当事者だった皆はすでに十分に理解しているだろう。特にあのはやにえ、すなわちマイクスタンドという木の枝に突き刺さった大石博士と常沢博士の死体、あれは間違いなく、数学的ではなく現実的な意味において『普通ではない』類のものだった」

講義を——始める。

双孔堂の殺人において、あるいは五覚堂の殺人において、さらには、眼球堂の殺人事件においてもそうだったように、十和田の講義、すなわち淡々としつつも力強く、それでいて整然と流れるような言葉の連なりは、まるで彼の心の中にしまわれた本——十和田の言葉で言うところの「ザ・ブック」——をそのまま朗読しているかのようだった。

「まず提起される疑問は、繰り返し述べているように『誰が』『いかなる方法により』事件を起こしたのかということだ。だがどちらの問いも、実際にはもうひとつ、より高次に設定されたある疑問を解決することにより、敷衍され導き出されていく類のものにほかならない。すなわち電気と磁気の問題をマクスウェルがひとつの概念で説明したように、より高次に位置する問いに解を与えることこそが、はやにえの謎のみならず、伽藍島で起こった真実を読み解くことにもなる。では、そのより高次にある疑問とは何か？　それは……」

十和田が、人差し指を立てた。

「……『伽藍島とは何か』だ」

伽藍島とは、何か。

さまざまな意味に解釈することのできる、この一文。フーダニットでもハウダニットでもない、言うなれば、ホワッダニット——その真意について、十和田はすぐに説明を加える。

「端的に言えば、これはすなわち、伽藍島はいかなる『構造』を持っているかという疑問に終着する」

「構造……って、どういうことです？」

説明を聞いても、ただ首を捻るばかりの脇に、十和田は言った。

「構造は構造、コンストラクションだ。島の構造、堂の構造、その他すべての構造をいかなる形でこの島が持つのか。すなわち……いかにして伽藍は回転するのか」

「……回転？」

十和田はにやりと笑った。

「そう。回転するんだ。この大伽藍は」

「沼四郎の建築。その顕著な特徴のひとつに、『回転する』というものがある」

ひとつ咳払いを挟み、十和田は続ける。

「建築物とは本来的に不動のものだ。そんな先入観を多くの人が無自覚に持っている。もちろん局部では扉や窓などの可動部分を意識したとしても、総体としては動かない、いや、動くはずがない、それが建築というものなのだと人々は強く信じている。ある意味でそれは当然のことだ。風雨降雪、自然現象から人々を守るために発展したのが建築なのであれば、それは不動のものでなければ用を成さないことになるからな。だが……沼四郎は違った。建築の根源を問うた彼は、人々の脳髄にしこりのようにとどまる『不動』という固定観念に対して、『動く』建築という新たな輪郭を与えた」

——回転する建物。動く建物。

今さらながら、俺はこれが相当にエキセントリックな概念だということに気づく。少なくとも俺の身の回りには、動いたり回ったりする建物は存在していないし、そんなものがあったところで、なんの役に立つとも思えないからだ。

だが、そんな、誰もが馬鹿にして考えようともしなかった建築物に、沼四郎はむしろこだわった。それは、もしかすると多くの学芸分野を結びつけようと試みるアーキテクチュアリズムの、当然の帰結であるのかもしれない。学問には静的なものもあれば動的なものもある。芸術もまた、特に現代芸術において、アクションペインティングのような動的な部分に価値を見出すものも少なくない。

静、そして——動。

沼は、建築はこの相反する二つの要素を併せ持つべきだと考えたのだ。

そして、こうした思想を持った沼建築の実例を、俺はすでにいくつも知っている。あの建物も、この建物も、確かに回転部分を持っていた。それらは施主《せしゅ》の意図によって、あるいは設計者の意図によって設けられたものであり、時に事件のトリックに用いられた。

そして——。

「伽藍が、回る……か」

断言した十和田に、俺は溜息まじりに言った。

「確かにそうなのかもしれない。そうであれば、俺のあの着想も生かせるだろう。だが……願望だけでは何も解決しない」

俺は、一拍を置いてから続けた。

「ほら、図面を見てみろ。一体、建物のどこがどんなふうに回転するっていうんだ？　それに、大伽藍が……それが何を意味しているのかよく解らんが、それを動かす、回転させると言ったって、その原動力はどこにある？　ここは海の上だぞ？　電力は多少来ているだろうが、そんな大それた何かを動かすためには明らかに不足している」

「うむ、いい質問だぞ、宮司くん。君の問題提起はいつも鋭く、大変素晴らしい」

十和田は頷くと、俺の顔の前で、唐突に人差し指を立てた。

「そこで、質問その一だ」

「……質問？」

怪訝な顔をした俺に構わず、十和田は続けた。

「そう、質問だ。君の着想を生かすには、何が回転する必要があるか？」

「それは……」

あれだ。俺は心の中で呟いた。あれが回転すれば、俺の着想は生きる。だが——。

「それだけでは不足だ。そう思っているのだろう？」

「……………」

見透かすような十和田の言葉。

図星だった。

無言になった俺に、十和田は言った。

「宮司くん、君の頭の中には、天地が逆転した構図がある。だが、それだけでは不足だ。なぜならば、そうなったところで大石博士の瞬間移動の謎は解けないからだ」

「……ああ」

まさしく、そのとおりだ。頷く俺に、十和田は「そこで」と人差し指に加えて中指も立てた。

「質問その二だ。その謎を解くためにはどうすればいいか？」

「そう訊かれてもなあ」

それが解らないから苦しんでいるのに。

だがそんな肩を竦めた俺を無視するように、十和田は薬指も立てた。

「さらに質問その三だ。回転させるための原動力がどこにあるか？」

「だから、さっきからそれが解らないから困っているって言ってるんだろうが」

苛立つ俺は、肩を怒らせて十和田に問うた。

「さっきから一体、何が言いたいんだ、お前は」

「何が言いたいかだって？　もちろん、これらの質問のすべてに与えられる合理的な解があるということじゃないか。つまり、宮司くん」

十和田は、にやりと笑った。

「この大伽藍は回る。具体的には、伽藍堂が縦に回転し、伽藍島が横に回転するんだ」

「は、はあ……？」

目を瞬くと、俺は素っ頓狂な声を上げたきり、継ぐ言葉を失った。

——伽藍堂が縦に回転する？

──伽藍島が横に回転する？

まるで具体的なイメージが湧かない。どういうことだ？　何がどう動き、回る？

いや──それよりもなぜ、十和田は伽藍「堂」と伽藍「島」と言葉を使い分けた？

「縦に？　横に？　解らんぞ、つまり伽堂とか藍堂とかが縦にも横にも回転するってことなのか？」

「違う」

十和田が首を横に振った。

「君は根本的な勘違いをしている。君は堂にこだわってそれだけをあれこれ回転させようとしているが、そうじゃない。回転する要素は、ひとつだけじゃないんだ。もう一度言うぞ。伽藍堂が縦、つまり立面で回転し、伽藍島が横、つまり平面で回転する。回転の軸が二つあるということなんだ。しかも、それぞれの軸は独立しており、かつ直角を成す」

──軸が二つ？　そして、それらが直角を成す──？

なおも首を傾げる俺に、ややあってから十和田は──漸く、その言葉の意図するところを、すなわち伽藍島と伽藍堂に隠された仕掛けの全容を述べた。

「まず、立面図における回転、すなわち伽藍堂の回転について説明しよう。立面図において回転するということは、すなわちここに存在するものが、ぐるりと縦に回るということを意味している。その回転するものとは何か？　それこそが……堂だ」

　息継ぎを挟み、十和田は続ける。

「常沢博士と大石博士。あの二人の死について謎は多いが、ともあれ最大の疑問は、大石博士の瞬間移動にある。彼はなぜ、緑色の藍堂から朱色の伽堂へと、誰ともすれ違うことなく移動ができたのか？　この謎に対して、僕はひとつの仮説を立てた。それは、彼が終始、伽堂にいたのではないかという仮説だ」

「ずっと伽堂にいた……つまり、一度も堂からは出ていないということか？」

「そうだ」

　十和田は、大きく首を縦に振った。

「大石博士が講演した藍堂は、実は伽堂だったのではないか。そう考えれば、彼がなぜ藍堂から伽堂に移動できたのかが説明できる。いや、説明は不要だな。なにしろ終始同じ堂にいたのだから。とはいえ、このとき当然に二つの疑問が浮かぶ。ひとつは色の問題、もうひとつは場所の問題だ。伽堂と藍堂が同じ堂であるならば、それぞれの色の違い、つまり朱色と緑色に塗られた壁の色の違いをどう説明すべきなのか。あるいは離れた場所にある二つの堂が実はひとつだったなどということがそもそも起こり得るのか。これら二つの疑問に答えるのが、『縦に回転する伽堂』という仕掛けだ」

「縦に回転する、伽堂……」

俺は呟くように言った。

「確かにそれは、都合がいいが」

「なぜ都合がいいのかね？　宮司くん」

「そりゃあ、堂の天地が逆になるからな」

「なぜ、天地を逆にすると都合がいい？」

「変えられるだろう。色を」

そう、色だ——俺は、すぐに続けた。

「俺はこう推理したんだ。あの堂の壁には、実は上から見るか、下から見るかで、壁の色が変わる仕掛けがあるのではないかと。具体的にいうと、四面の壁の、朱色や緑色を示している部分には、実は細かい台形の凹凸がついていて、その凹凸の片面が緑色に、片面が朱色に塗られているのではないか。こうすることで、堂はその視点の位置により、壁の色が変わって見えることになる」

※　図5「伽堂の壁面」参照

「ポイントは、こうした仕掛けがなされた壁は、直接確かめることができないほど高い位置にあるということだ。そして、せり舞台の上で常沢さんが朱色の壁の下端のあたりを見て言った台詞……」

図５　伽堂の壁面

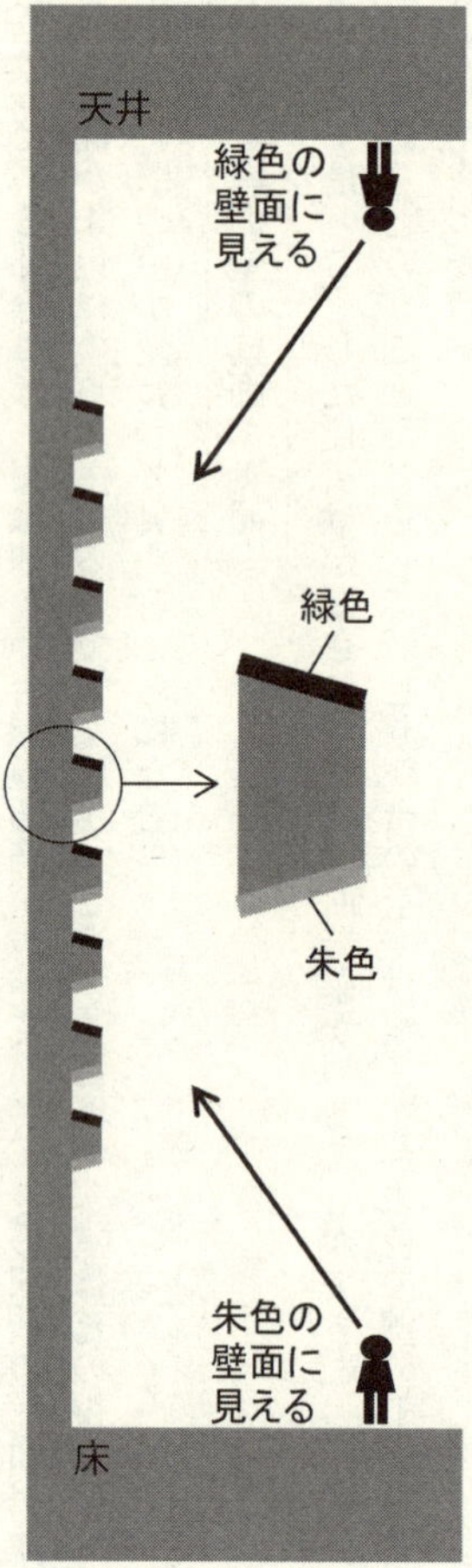

――それにしても、これは何とも奇妙な現象《グラデーション》だな。

「この言葉はおそらく、せり舞台に立った常沢さんの視点位置からは、ぎりぎり壁の下端にある緑色の面が見えたからだろうと思う。常沢さんには、朱色の壁がその下端で徐々に色が変わっていくのが解ったんだ。だから常沢さんはその様子を指して言ったんだよ。『奇妙なグラデーションだ』と」

「なるほど、なるほど」

首を大きく縦に二回、ごきごきと音を鳴らしながら振る十和田に、俺は続けた。

「いずれにしても、朱色の伽堂が、見る場所によっては緑色にもなるということは、伽堂を藍堂と錯覚させることができることを意味する。朱色の伽堂が、天地を逆にすれば緑色の藍堂になるんだ。あの二つの堂が、壁の色を除けばすべて同じ造りをしているからこそできる錯覚だ。そして、だとすればこれは、大石さんの瞬間移動に応用できるはず……そう考えたというわけだ。もっとも……」

俺は、頭を掻いた。

「繰り返しになるが、これが現に正しい洞察だとしても、解らないことはいくつもある。平面図上では伽堂と藍堂は明らかに隔絶しているのだし、何かの理屈で動いたのだとしても、原動力が定かじゃない。だが、本当に伽堂が縦に回転するのなら……」

このトリックは、十和田の言い方を真似るならば、おそらく「真」だろう。

「見事だ。宮司くん」

十和田が、感心したように言った。

「君はその仕掛けをよくぞ思いついたな。何かきっかけでもあったのか」

「ああ。そりゃあ……あの鳥居のおかげだよ」

「鳥居？　……ふむ、なるほど。そういうことか」

即座に納得したらしい十和田に、俺は続けて言った。

「あの鳥居、さっきは昨日の夕方と色を変えていた。どうしてか？　理由は簡単、鳥居が半面ずつ違う色になっていたからだ。それを見て俺はふと気づいた。もしかすると、見る方向によって色が異なるという現象がほかにもあるのではないか。つまり、見る方向によって朱色だったり緑色だったりするような現象を考えられはしないか、とね」

「それで、さっきの考え方を思いついた」

「そういうことだ」

「なるほど、慧眼だ」

十和田は、珍しく感心したように言った。

そんな十和田に、むしろ俺はやや自虐的に答えた。

「ほめていただき光栄だ。だが、俺の思考はそれきり足踏みをしている。結果としては何も生んじゃいない」

「そんなことはない。ともあれその地点まで進んだということにこそ十分な意味があるのだからな。数学も、多くの先人たちが一歩ずつ前へと進みながら発展していった。一足飛びの進化など、神以外には不可能なことだ。君はそこまで進んだ、だからこそ僕がその先へ進める、つまり、そういうことだ。……というわけで、あとは僕が引き取ることにしよう。論理の帰結である、はやにえの真相を説明するために」

そう言うと十和田は、再び一同に向き直った。

それから各人を順繰りに一瞥すると、最後にずり落ちた眼鏡のブリッジを中指で押し上げ、再度口を開いた。

「今一度言うが、伽藍堂そして伽藍島は、縦にも横にも回る。つまり堂は縦に回転する。なぜか？　それは宮司くんが言ったとおり、色を変えるためだ」

「じゃあ、『伽藍島が平面で回転する』っていうのはどういうことなんだ」

「そのままの意味だ。この二軸回転により、我々が行きづまっている疑問にすべての解が与えられる」

「…………」

やっぱり解らない。どういうことなんだ？

頭を抱える俺に、十和田は唐突に核心を口にした。

「結論から述べると、この伽藍島は、浮き島になっている」

「は？　……浮き島？」

俺は、驚愕の声を上げた。

「ちょ……ちょっと待て。浮き島ってことは、つまり海に浮いているのか？　ここにある三つの島全部が」

「全部じゃない。浮いているのは真ん中にあるもっとも大きな島だけだ。伽堂と藍堂を含むこの巨大な島は、実は、すべてが人工物……人工的に作られた、浮き島なんだよ」

「待て待て待て」

再び俺は十和田を制止する。

「あれが浮き島だって？　にわかには信じられんぞ……。浮き島の割にはほとんど揺れないじゃないか」

「それは、浮き島が巨大で、極めて安定しているからだ」

「これほどの荒波の中でか？」

「確かに波の力は強烈だ。だが、常に一方向であるがゆえに、力場としては安定している。であれば、適切なウェイトを計算することによって、浮き島を安定させることは十分に可能だ。そもそも人類は古くから浮き島を多く利用している。浮き島を畑にするチナンパ農法や、トトラという植物で作られたチチカカ湖の浮き島には人も住む。近年では空港利用するためのメガフロート技術も研究されている。浮き島のノウハウは十分に蓄積されているんだ。そして、浮き島は浮いているがゆえに、わずかな力で水平面内で回転させることが可能となる」

「回転……いや、だから、待てってば」

今度こそ無理やり十和田を制止すると、俺は訊く。

「動かすといっても、どこに動力があるんだ？　いくら浮き島だからといって、これだけ巨大なものは、そんじょそこらのエンジンじゃ動かないぞ」

「小さなエンジンやモーターごときではまず無理だろうな。だが、ここにはもっと大きな動力が、初めから存在している。それを利用すればいい」

「なんだ、それは」

「さっきから言っているじゃないか。波だよ」

「……波？」

「そう。常に一方向からくる波、潮の流れだ」

「あっ、解ったぞ」

突然、それまで静かに話を聞いていた脇が、ぽんと手を打った。

「ヨットだ。それ、ヨットと同じなんでしょう？　ヨットは風の力を利用し動きます。もしかして浮き島の水面下にも、ヨットの帆に相当する羽か何かがあるんじゃないですか？」

「ご名答、脇くん」

十和田は満足げに頷いた。だが――。

「羽だと？」

わからんぞ――と懐疑的なままの俺に、脇が説明した。

「ヨットは、適切な帆の角度を保つことで自在に動かすことができます。同じように、浮き島の水面下にある羽が潮の流れに対して適切な角度を取ることで、浮き島自体を自在に回転させることができるというわけです」

滅茶苦茶な考え方だ。だが──。

一定の理はある。

帆を張って推進力を得る帆船にとって、風位が安定していることが操舵のための理想的な条件だ。同様に、羽を張り出して回転する浮き島にとっても、潮の方向が安定していることが理想的条件になる。

潮の方向、力が安定しているこの海域は、浮き島を回転させるためにはうってつけの場所なのだ。

「羽を動かすくらいならば、ごく小さなモーターで十分可能でしょう。それを使って、潮の力をうまくコントロールできれば、いかに浮き島が巨大だったとしても、回転させるくらいは容易にできるでしょう」

確かに、これだけ存在する潮の力を利用すれば、島の回転くらいなら難しいことではないのかもしれない。脇が言ったように、島の下部に取りつけた羽を潮流に対して一定の角度に保つ方法もあるだろうし、逆に島の周囲に羽を設けて、潮流そのものを操作する方法もあるだろう。いずれにせよ、すでにある強大な力の方向性を少し変えるだけでいいのだから、それそのものに大きな機械は必要ない。小型のモーターで可動する羽の仕掛けがあれば十分なのだ。

だが――。

首肯しつつも、しかし俺はなおも訝った。

本当にそんなことができるのか？

いや――それ以前に、そもそもこの島は本当に浮き島なのか？

「なるほど、なるほど。ほっほっほ。これですべて合点がいきました。漸く、腑に落ちましたよ」

不意に笑い出した小角田に、俺はさらなる訝しさとともに問うた。

「腑に落ちたって、どういうことですか」

「この伽藍島が浮き島、人工島である。そう考えればすべて符合する、そのことに気づいたんですよ」

首を捻る俺に、長い髭を撫でつつ、小角田は続けた。

「いえね、私、実は当初から疑問に思っていたことがあるんですがね……この島、『伽藍島』が、昔は何と呼ばれていたか、宮司さんはご存じですか？」

「名前？　確か……鐙島、でしたか」

「そう、それです。鐙島です。または籠手島と呼ばれてもいたそうですが、ではなぜそう呼ばれていたかは解りますか？」

「確か……平家の落人がいたという伝承に基づき、武具に関する名前がついたとか聞いていますが」

「それもあるかもしれませんね。確かに、鐙も籠手も戦に関係があります。島の名前も、遠い源平合戦の時代にそのルーツがあったのかもしれませんね。しかし、本当のところはおそらく違います」

「と、いうと？」

「宮司さんは、鐙や籠手がどういう道具かは知っていますか？」

「鐙は、馬に乗るときに、両脇にぶら下げて足を支えるもの。籠手は、両手の甲に装着する防具だったかと」

「その二つに共通することは？」

「共通点？　どちらも戦の道具だということではなくですか？」

「ええ。それ以外に、双方に通ずる明白な特徴はありませんか？」

「うーむ、どちらも人が使うもの」

「近づいてきましたね。具体的にどんなふうに使います？」

「どんなふうって、それは、鐙は両足を支えて、あと籠手は両手にはめて……」

閃《ひらめ》いた。

──両足と、両手？

「もしかして、どちらも二つ一組ということですか？」

「まさしく」

　小角田は、にやりと笑った。

「鐙も籠手も、二個ワンセットで使う道具なんですよ。つまり、ある意味では『二を象徴するもの』なんです。一方この伽藍島を見てください。三つでひとつの島をつくっているでしょう？　これが一体、どういうことだと考えますか？」

「……なるほど、そういうことか」

　俺も漸く、理解した。

「この群島は、かつて二つしかなかった。だから当時の人々は、この島を鐙島または籠手島とかいったふうに呼んでいた」

「そのとおりです。しかしながら今はご覧のとおり三つの島がある。なぜでしょう？　それは、島のうちのひとつが後から作られた人工島だからです。そう、十和田さんがおっしゃったように、この巨大な島そのものが、後から人工的に作られた浮き島だということを、その名前が証明しているんですよ」

「………」

　俺は、絶句した。

　伽藍島は浮き島。そして潮の力を利用し回転する。

　このあまりにもエキセントリックな説――しかしこれを、さまざまな事実が「正しい」と裏づけているのだ。

――だが。

「浮き島であることは解った。平面図上で回転することも、解った。だが、どういうふうに回転するんだ？　さっきの堂が縦に回転することとの関係はどうなっている？　そして、何のために回る？」

問う俺に、十和田が即座に答えた。

「この浮き島の内部構造は極めて複雑だ。不動の堂をひとつ、そして可動の堂をひとつ持っている。可動の堂は上下を逆にしながら動き、それはあたかもそこに二つの堂があるように振る舞う。にもかかわらず、僕らには栈橋の両端に伽堂と藍堂、これら不動の二堂しか存在しないように見えた。その理由は、ひとえに島そのものが回転するからだ。そう……この伽藍島は、そしてその中にある二つの堂は、こんなふうに移動する……」

※図6「伽藍島の回転」参照

「島が回転していない状態では、栈橋の両端は伽堂入り口と藍堂入り口の双方につながっている。一方、島が回転した状態では、栈橋の右端は伽堂入り口にはつながらず、左端はもうひとつの藍堂入り口へとつながる。このとき、もうひとつの藍堂入り

図６　伽藍島の回転

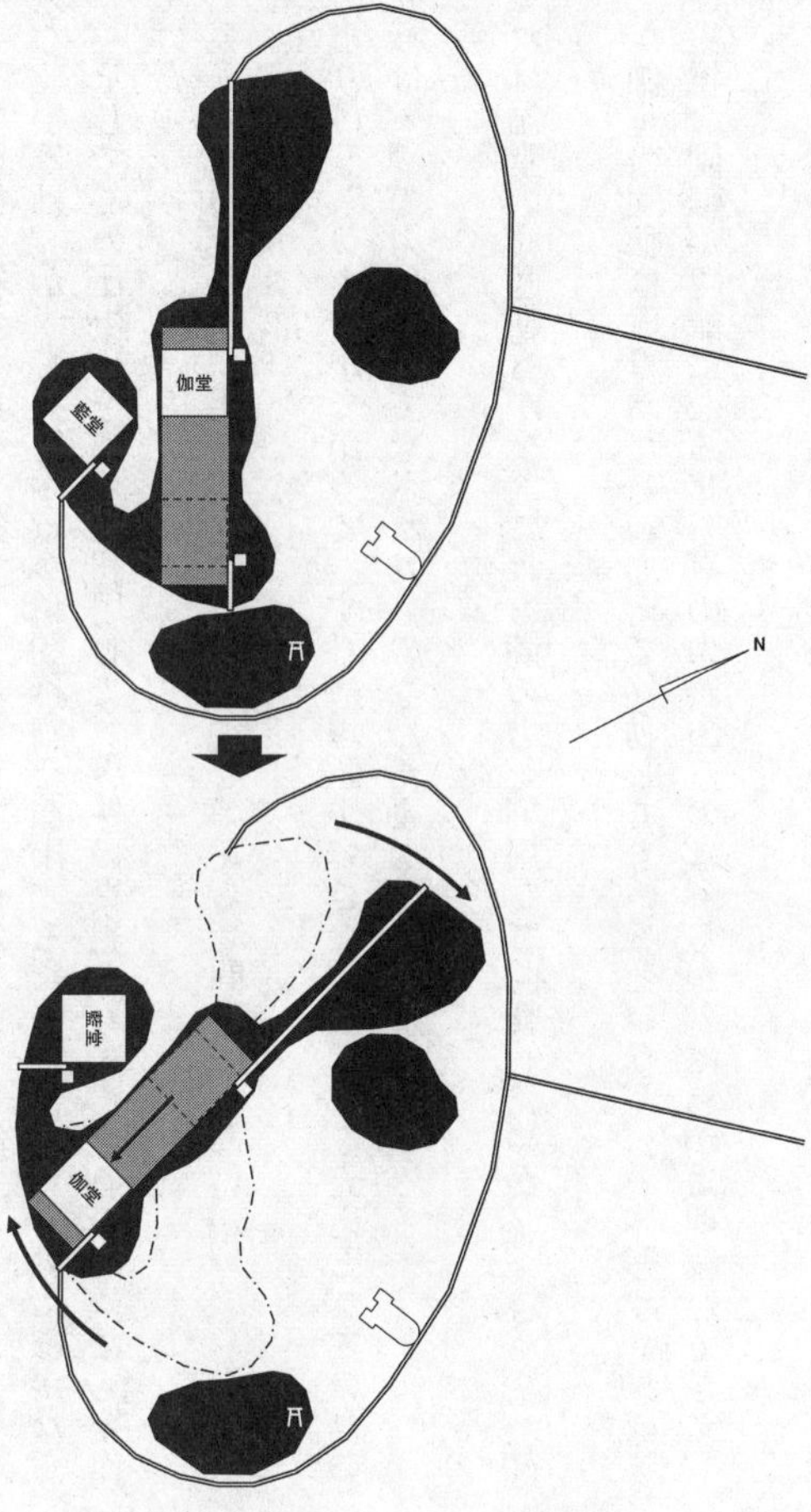

口の奥には、伽堂が縦回転し天地逆転した状態で移動している。だからこの伽堂に立つ者は、壁の色が緑色であると錯覚する。つまり、伽堂を藍堂と錯覚するんだ。この巨大な仕掛けは、かつて昇待蘭童が瞬間移動を演出するために作ったものにほかならない。そしてこの仕掛けをさらに利用して、事件の真犯人もまた、あのはやにえを作り上げた」

「す……すまん十和田、悪いんだが、ちょっと考える時間をくれないか」

俺は、喘ぐように言った。

「あまりにもスケールがでかくて、すぐに想像ができないんだ……ええと、この島の横回転は、潮の力によってなされたものなんだよな？」

「そうだ」

「それは伽堂の縦回転もか？　これも潮の力を応用して回転したのか？」

「そうだ」

「だが伽堂の回転は縦方向だぞ。加えて移動してもいるというが、一体どうやればそんな複雑な回転が可能になる？　潮の力があるのは解るが、にわかに理解ができん。説明してくれ」

「要するに、ひいてはそういうことになるということだ」

「ひいてはって……だからそれがどういうことなのかって訊いてるんだよ」

「それはたぶん、こういうことだと思う」

不意に、俺と十和田の間に、百合子が割り込んだ。

「伽堂は回転しながら移動した。きっと、伽堂そのものがころのような形をしているんだと思う。中から見れば立方体だけど、その外側は円筒形、しかも、海面に浮いていた。だから、伽藍島そのものが回転するのに伴って移動することができた」

「ちょっと待ってくれ、百合子。海面に浮いているというのはどういうことだ？　しかも、伽藍島の回転に伴って移動したって……」

疑問を投げる俺に、百合子は丁寧に答えた。

「伽堂が海面に浮いているっていうのは、正確には、伽堂が、海面と浮き島の間に挟まれるような形になっているっていうこと。そうすれば、島が動くのと同時に、伽堂も縦に回転し、かつ移動できるでしょ？」

俺は、頭の中で百合子の言葉を絵として想像する——。

※　図7「伽堂の回転」参照

——確かに、伽堂が円筒形を横に倒した形になっているならば、伽藍島が動くのに伴い、島と海面の摩擦力によって伽堂がころのように転がり、つまり縦に回転しながら場所を変えることになる。そして——。

図７　伽堂の回転

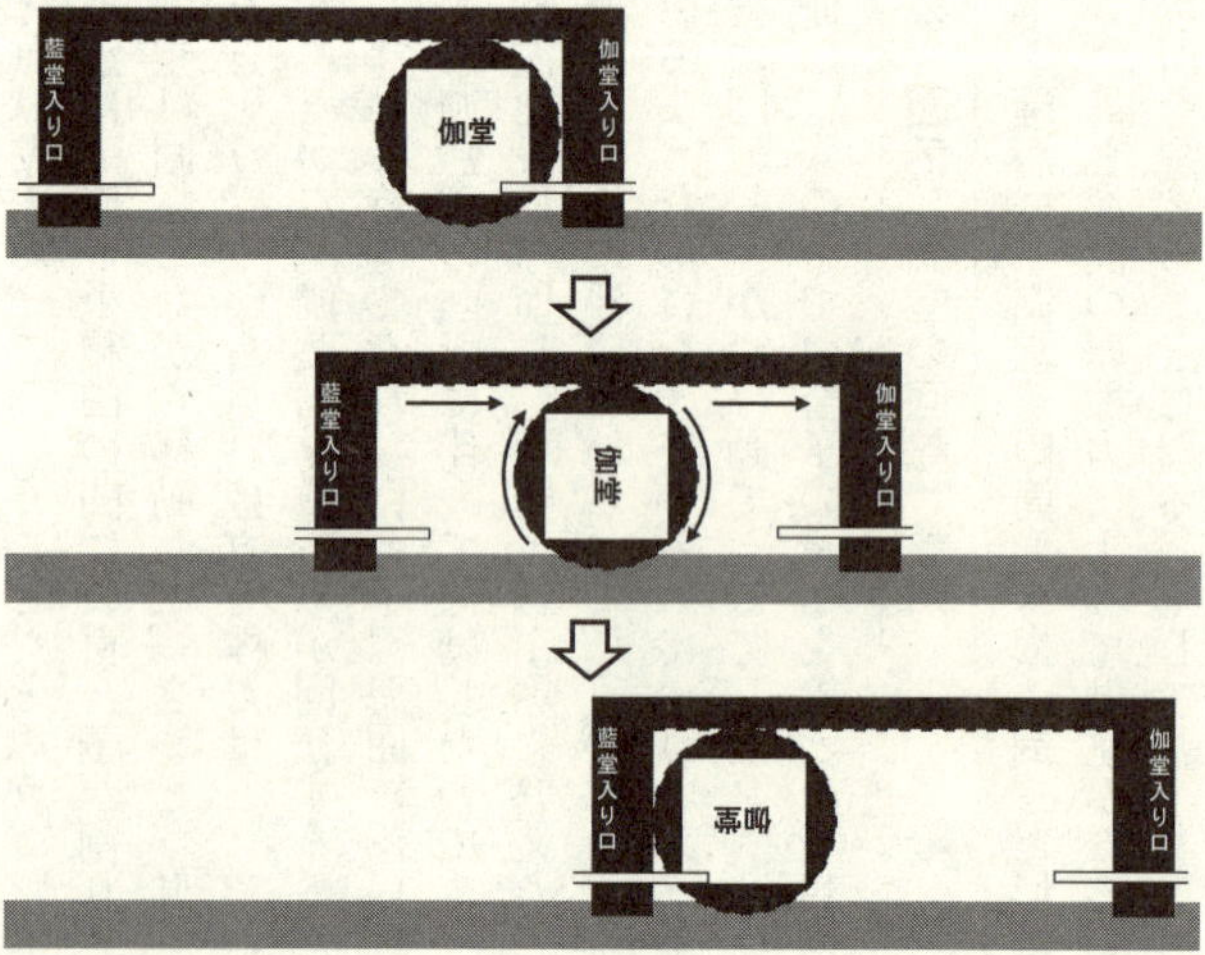

「島が回転すれば、必然的に伽堂も位置を変えて天地が逆になるということか。しかし……」

伽堂もまた、海面に浮いているとは——。

にわかには信じられない——いつまでも半信半疑の俺に、百合子は、にこりと口角を上げた。

「お兄ちゃんは、常沢博士の講演を聞くために伽堂に入ったときと、大石博士の講演を聞くために藍堂に入ったとき、あの瞬間のことを覚えてる？」

「覚えてるが……何かあったか」

「あのとき、ちょっと床が揺れなかった？」

「……床が？」

あやふやな記憶を掘り起こす。確かに――。

言い知れぬ不気味さに、思わずよろけ――。

足元がぐらつき、世界があやふやになるような感覚が俺を襲った――。

「た……確かにそんな覚えがあるが、あれは、実際に床が揺れていたっていうのか？」

「そうだよ。皆、上のほうにばかり気を取られていたけれど、確かに、ほんの少しだけ床が揺れていた。でもね、その後でもう一度藍堂に入ったときは、そんな感覚はなかったの」

確かに――そうだ。

二度目に藍堂に入ったときには、足元が揺れたりはしなかった。

「理由は明らかだよね。最初の伽堂と藍堂は直接海面に浮いていたけれど、後の藍堂はそうじゃなかったってこと。まさしく、このことこそが、伽堂が海面に浮いていたということの証になる」

「………………」

まったく、そのとおりだ――俺は言葉を失った。

ややあってから、十和田が続けた。

「百合子くんの補足に感謝する。そしてこれが、冒頭僕が述べた伽藍島がいかなる

『構造』を持っているか、その真実であったわけだ。……皆も、これでお解りいただけたかね。伽藍島とは……『何』なのか」


伽藍島は回る。

伽藍堂も回る。しかも――色を変えて。

俺はこのあまりにも巨大な仕掛けに、ただ一言だけ、心の中で毒づいた。

まったく――正気か？

「では、これらの事実を踏まえて、証明を次に進めよう。すなわち、具体的に殺人はいかにして行われたか、そして大石博士はいかにして瞬間移動を果たし、さらには、あのはやにえが生まれたのか」

十和田は、茫然とする俺を無視するように、くいと眼鏡を押し上げると、なおも言葉を継いでいった。

「まず常沢博士だ。彼は伽堂での講演が終わった後、暫くせり舞台から降りられずにいた。常沢博士の『下りられたら俺もすぐに行く』の言葉に促されて、僕たちは宿泊所に戻った。そして彼は、伽堂のせり舞台の上でひとりきりになった。さて……ここで彼の身に何が起こったか。それが、回転だった」

十和田は、親指と人差し指でL字形を作ると、それを空中で右に回した。

「伽藍島は静かに回り始める。同時に、伽堂もまた回転しつつ位置を変えていく。すなわち、常沢博士が立っているせり舞台も、床面ごと回転していく……」

「すまん、十和田」

俺は、十和田を制止した。

「本当にあのとき伽藍島は回転したのか？　そんなことがあったなんて、俺たちは誰も気づかなかったが……」

「無理もないことだ」

十和田は、肩を竦めた。

「僕たちはこの宿泊所のホールにいたが、見て解るとおり、ここの窓は伽藍島とは反対側に窓を向けている。回転に伴い多少なりとも発生する音も、防音のおかげで聞こえてはこない。島が回転していたことなど、僕らには知る由《よし》もなかったんだ」

確かに――。

顔を上げて、大窓の外を見る。そこに広がるのは、手前の桟橋と、海、そして奥に広がる水平線だけ。伽藍島を見ることはできないのだ。

ましてやあのときは夜。なおのこと伽藍島の回転に気づくことなどできない。

俺が納得したのを確認すると、十和田は先を続けた。

「……というわけで、僕たちが気づかない間に、伽藍島と、その内側の伽堂は回転していくのだが、このとき常沢博士はどうしていたのだろう。この点、堂がいきなり動き始めたことに驚いた彼は、おそらく、とっさにマイクスタンドをつかんだものと考えられる。そして、部屋がどこまで傾くのか解らないまま、隻眼隻腕の彼はマイクスタンドにしがみつき続けた。伽堂が回転しているのだと解ったときには、もう手遅れだった。九十度、そして百八十度。ついに天井からぶら下がる形になった常沢博士は、やがて力尽き、床面に……つまり先刻まで天井だった面へと、落下していく」

「墜落死したのか」

「そうなる」

十和田は、眉間に皺を寄せて頷いた。

「このときすでに伽藍島も回転を終えている。伽堂の位置も変わっていることに注目したまえ。伽堂は今や藍堂の位置にあり、しかも天地逆転したおかげで、壁面は朱から緑へと色を変えている。僕らがその後、大石博士の講演に向かった堂は、まさにこのさっきまで伽堂だった堂だったのだ」

「ちょ、ちょっと待て」

俺は再び、十和田を制止した。

「藍堂には、常沢さんの死体なんかどこにもなかったぞ？　お前の言うことが本当ならば、死体は一体、どこに行った」

十和田は、眼鏡の奥からぎょろりとした目で俺を見やると、問いに答える。

「せり舞台の下だ」

「……せり舞台？」

「そうだ。伽堂には、実は床だけでなく、天井にもせり舞台の仕掛けがあったんだ。つまり……」

――常沢博士が墜落したとき。

その床――先刻までは天井だった面――は、せり舞台が床下に引っ込んでいた。床は張り出していない状態でだ。まさしく、付室において左から二つ目のボタンを押したときの状態である。

この、大きく床に開いた穴に吸い込まれるようにして、常沢博士は墜落していった。

その後、床が張り出す。付室における一番左のボタンを押したときの状態だ。そうすれば――。

「……常沢さんの墜落死体は、せり舞台の下に隠される」

「そのとおり」

呟く俺に、十和田は首を大きく縦に振った。

「藍堂で大石博士が講演を行っていたとき、その床下には、実は常沢博士の死体があったというわけだ。それを知らずに、僕たちはずっと大石博士の講演を聞いていたというのは、何とも滑稽なことだね」

※　図8「常沢博士の死」参照

一旦息を継ぎ、十和田は続ける。

「大石博士が講演を終えた後、僕たちは堂から出た。さっきの常沢博士と同じように、彼もまた堂にひとりきりになった。僕たちが宿泊所に戻ると、また伽藍島が回転を始めた……今度は、逆に」

「つまり、元の状態に戻る」

「大石博士のいた堂も縦に回転を始め、元の位置へと戻っていくと同時に、彼もまた、常沢博士と同じようにマイクスタンドをつかんだまま、最悪の状況に追い込まれていく」

「つまり……天井から、ぶら下がる」

「そして、落ちた。落下地点には、何があったか？」

「……マイクスタンドか」

俺は、眉根を揉みつつ言った。

「マイクスタンドは飛び出た状態だったんだな。大石博士は、まさにその上に落ち

図８　常沢博士の死

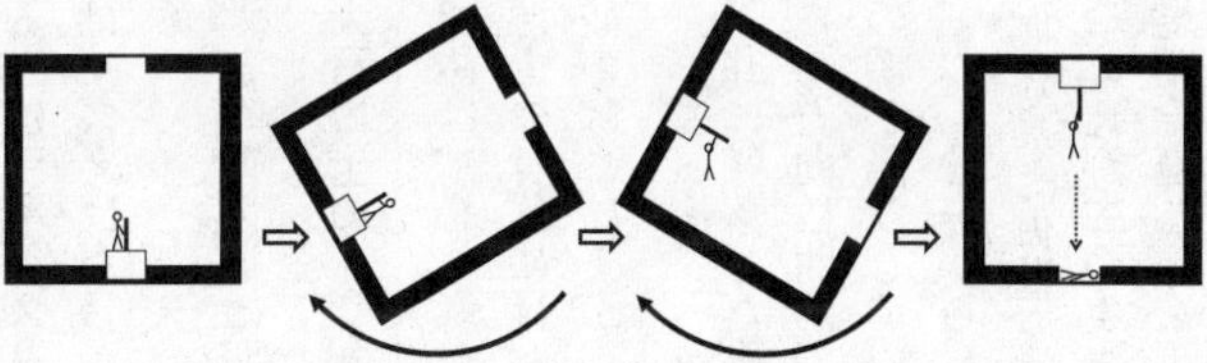

た。だから……」

——はやにえになった。

天井から落下した先にあるのは、マイクスタンド。

その先端に胸を串刺しにされ、大石ははやにえになったのだ。

「こうして大石博士は、絶命した」

墜落するのみならず、生きたままマイクスタンドに貫かれ、はやにえになった大石——落下の恐怖、そして仰向けに胸を貫かれる苦痛を想像して絶句する俺をよそに、十和田はなおも淡々と続ける。

「このとき、常沢博士もまた、マイクスタンドの真上、天井のせり舞台の内側にいた。このせり舞台を元の位置に戻す操作をすれば、どうなるか」

常沢もまた、重力により真下に落下す

る。そこにあるのはマイクスタンドだ。つまり――。

「常沢も……はやにえになった」

「そうだ」

十和田は、大きく首を縦に振った。

※ 図9「大石博士の死」参照

「常沢博士の死体は、せり舞台の床板が開く際、せり舞台の穴の縁に引っかかった。このため常沢博士の身体にはわずかに回転する力がかかり、肩口を下にして落ちることになった。彼のはやにえが、頭を下にして、肩から貫かれていたのは、これが理由だ」

「一度伽堂の天井に墜落した後、再度床に墜落してはやにえになった、ということか……手足があらぬ方向に曲がっていたのは、最初の墜落の衝撃によるものだったんだな。大石さんの額が陥没していたのも、やはり墜落の衝撃によるものだと」

返事に代えてふんと鼻から息を吐くと、十和田は言葉を継いでいく。

「こうして、伽藍島と伽藍堂は元の位置に戻り、すべてが原状復帰したというわけだ。ただ、はやにえが二つ生まれたことを除いてはね」

「な、なんて馬鹿馬鹿しい……滅茶苦茶な仕掛けだ。だが……」

図９　大石博士の死

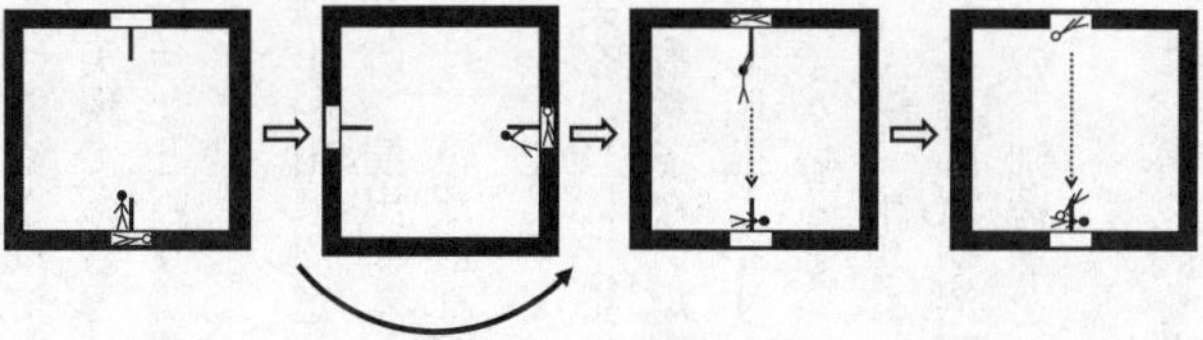

だからこそ——壮大だ。

十和田は、言った。

「このトリックの肝は、二軸の回転を利用することによって、ひとつの部屋を見かけ上二つに見せるという点にある。すなわち、伽堂が、本来の伽堂と、その天地をひっくり返すことにより生まれる偽《にせ》の藍堂の、二役を果たすんだ。これは、ある意味ではあのよく知られた矛盾と構造が同じだといえるだろう」

「矛盾……バナッハ－タルスキのパラドクスか」

「そうだ」

十和田は、首を縦に大きく振った。

「バナッハ－タルスキのパラドクスにおいて、球は、同じ大きさの球二つと合同であると示される。この伽藍堂もまた、同じ大きさの堂が二つに増やされている。まさに、バナッハ－タルスキのパラドクスの、現実世界における実現であるとは言えないだろうか」

「昇待蘭童が見せたという瞬間移動の奇跡も……この仕掛けの、応用か」

「まさしく」

俺の言葉に、十和田は同意した。

「すべては、奇跡を演出するために作られたもの。これだけの浮き島や、回転する堂を含む巨大施設は、ただそれだけのために作られたのだ。想像をあまりにも逸脱していて、にわかには信じがたいだろう。どれだけの費用が掛かったのかを考えても、こんな無茶な建築を本当に手掛けたのか疑うかもしれない。だが……だからこそこの建築は存在する。尋常でない規模《スケール》だからこそ、それが奇跡だと喧伝できるんだ。人間とは、とかく理解し咀嚼しやすい結論に飛びつく生物だ。見間違いだ、影武者がいる、映像である、双子がいるといったふうにね。だが、得てして現実というものはその矩《のり》を簡単に超えてくる。予想もしなかったからこそ、それは起こるんだ。それを知っていたからこそ、昇待蘭童や沼四郎は、その理解外の領域に、あえてひとつの建築を作り上げた……この、伽藍島を」

「…………」

言葉を失う俺に、暫く間を置き、十和田は言った。

「以上、殺人はいかにして行われたか。この論点についての証明を終わる。さて……」

十和田は、くいと眼鏡のブリッジを中指で押し上げた。

「続いて、もうひとつの証明に移る。すなわち……誰が犯人かについて」

そうだ――。

俺は思い出す。

冒頭、十和田は宣言していた。

真犯人は誰なのか。それは、この伽藍島そのものに仕組まれたバナッハ―タルスキのパラドクスを詳らかにすることにより、明らかになる、と。

その言葉どおり、伽藍島に潜んでいたトリックが詳らかになった今、その答えもまた、眼前に姿を現しているように思われた。

すなわち――。

「それって、やっぱり品井さんなんですよね？」

おどおどと、脇が言った。

「十和田さんはさっき、品井さんは犯人じゃないと言っていました。でも今の話を聞いている限り、やっぱり品井さんが犯人だという気がしてくるんですが」

「その根拠は？」

くるり、と十和田は上半身ごと脇に向く。その視線を受けた脇は、少したじろぎつつも答えた。

「だ、だって……このトリックは、そもそも島や堂の動きを利用したものじゃないですか。だとすれば、これらを操作することが不可欠なはずです。こういうことができるのって、品井さんしかいないじゃないですか」

俺は、心の中で呟く。

そうだ——脇の言うとおりだ。

脇の言葉どおり、島や堂をコントロールすることができるのは、品井しかいないのだ。彼女はこの島の管理人であり、島や堂の操作をするチャンス——つまり、付室でひとりきりになる機会があったのもまた、品井だけだった。そもそも、島にこんな滅茶苦茶な仕掛けがなされていることなど、ＢＴ教団の信者である品井くらいしか知りようがないのだ。

だから、結局のところ犯人は、やはり品井だということになるに違いない。

だが——。

十和田は、口角を曲げて言った。

「脇くん。君は大事なことを看過している。品井さんは犯人ではあり得ない」

「どうしてですか？」

「犯人が品井さんだとすれば、彼女は付室で伽藍島の回転を操作したことになる。だがそうだとするとひとつ問題が生ずる。それは、伽藍島が回転した後、品井さんがどうやって宿泊所まで戻ってこれたのかということだ」

「……あっ」

脇が小さく声を発した。

同時に俺も気づいた。確かにそうだ——伽藍島が回転すると入り口の位置がずれ、桟橋に戻れなくなる。品井は伽藍島から出られなくなるのだ。

だが、にもかかわらず、伽藍島が回転し常沢が殺された後、彼女はほどなくして宿泊所に戻ってきている。

十和田はなおも続ける。

「そもそも付室にある四つのボタンだけで、島を回転させたり、自在にそれぞれの堂のせり舞台を操作することができない。ボタンは同時押しにも連打にも反応しなかった。つまりあのボタンでは四つの操作しかできないんだ。一方島は少なくとも二つの位置《モード》を取るし、伽堂のせり舞台も、天井と床の二ヵ所それぞれについていくつかの形《モード》を取る。四つの操作だけでコントロールすることは不可能だ」

一拍を置いて、十和田は続けた。

「結局のところ、堂の付室にあったあの四つのボタンは、単にそれぞれのせり舞台のみを動かすための制御装置にしかすぎず、したがって、今回の犯行に大きく影響を及ぼすようなものではないと結論づけられる」

「むう……」

観念したかのように唸りつつも、脇は「つまり……」と言った。

「付室のボタンを操作しても、島や堂のせり舞台は動かないわけで、であれば品井さんがボタンを操作して犯行に及んだってことも、考えづらいということですか……ううむ、確かにそうなんですけれど、でも、だとするとですよ？　一体、どうやってこの島と堂を操作したっていうんですか？」

「そう、そこだ」

十和田が、一同に向かって人差し指を立てて見せた。

「伽藍島と伽藍堂をどこから動かしたのか。今君たちが自身で論証したように、それは付室からではない。ほかにコントロールする場所があるんだ。それはどこなのか？……その場所を、実のところ僕たちはもう知っている。ヒントは、初めから僕らの目前にあったからだ。覚えているか？」

「ヒントが？　そんなものが……あっ」

十和田の言葉に、思い当たる。それは——。

「『開かずの間』か」

「『開かずの間』ね」

俺と百合子は、同時に言った。

十和田が、口角を上げて「そうだ」と頷いた。

「まさしく、開かずの間だ。あの部屋への立ち入りがどうして禁じられていたかといえば、まさにそこが、島と堂をコントロールする鍵となる部屋となっているからだ」

「まさか……」

本当なのか、と訝る俺たちに、十和田はごく当然のような口調で言った。

「この論証が本当かどうか、信じられなければ、実際に確かめてみればいい」

その言葉に、脇が素早く立ち上がる。

「ぼ、僕、行ってきます」

「私も」

ホールの奥から廊下の先へと駆けていく脇を追うようにして、百合子も走っていく。

その様子を半ば呆然と見ているうち、脇と百合子は廊下の突き当たりから右――開かずの間とされる部屋があるほうへと向かった。ほどなくしてそこから聞こえるのは、何かがどかん、どかんとぶつかるような大きな音。そして、続く静寂。

やがて、十分ほどが経過し――。

息せき切って戻るなり、脇と百合子は口々に言った。

「開かずの間には鍵が掛かっていて」

「仕方がないので、脇さんが体当たりをして無理やり開けたんですが、そうしたら」

「何もない部屋の床に、下に降りる入り口が」

「回り階段です、ちょうど宿泊所を支える丸柱の内側に……柱は、中空だったんです」

「で、それを下りたら、あ、あったんですよ」

「十和田先生がおっしゃったとおりでした」

百合子が、目を輝かせながら言った。

「階段をかなり下りたところに、機械室がありました。位置はたぶん、海面よりも下です。大きなモーターと、ボタンが何十もついたパネルがあって、パネルには『起動』ボタンや、『羽』と書かれたボタン、あと『舞台』と書かれたボタンもありました。あれは間違いなく、伽藍島と伽藍堂を操作するためのパネルに違いありません。この宿泊所の地下には、十和田先生がおっしゃったとおり、島と堂の仕掛けを動かすための機械室があるんです。そこに行くための部屋が、開かずの間だったんです」

「……と、いうわけだ」

十和田が、片眉を上げながら俺を見た。

「仮説は、かくして証明された」

「だ、だが……とすると」

俺は、ごくりと唾を飲み込むと、喘ぐように言った。

「犯人はあの開かずの間で、パネルをコントロールしていた人物……ということになるのか」

「そのとおりだ」

十和田は頷くと、一同に向き直る。

「伽藍堂の殺人。その犯人は、まさに僕らの目を盗んで、開かずの間から機械室に下りる必要があった。つまり、犯人は操作の度に開かずの間に行くことができた人物だということになる。このホールから開かずの間に直接行けたのは誰か？　あるいは、宿泊所の各部屋から開かずの間に行った場合に、ホールにいる人間に悟られず行くことができたのは誰か？　それができたのは……ひとりしかいない」

一拍を置くと、十和田は、傷だらけのレンズがはまった鼈甲縁の眼鏡のブリッジを、人差し指でくいと押し上げると――。

「僕の講義は、この結論をもって、終わることとしたい。すなわち……」

その人差し指を、ゆっくりと、犯人へと差し向けた。

「犯人は、君だ。神くん」

3

それまでの間を、黙したまま、微動だにせず、しかしその表情には常に超然とした余裕を湛え続けていた、彼女――。

善知鳥神。

神が、犯人。

殺人事件の犯人。

伽藍堂の殺人事件の――犯人。

それは、まさか、というような意外な結論。

しかし同時に、やはり、と唸る当然の結論。

にもかかわらず誰もが、でも、と訝る結論。

だが――最後には首肯せざるを得ない結論。

十和田が指摘するまでは、それは単なる想像にしかすぎないものだった。

そこに、十和田の証明が輪郭を与え、形を作り、そして、確固たる論理的帰結とした。

俺はもう一度、その言葉を自分自身に強く言い聞かせるようにして、心の中で呟いた。すなわち——。

善知鳥神が、犯人だ。

そして——。

十和田から犯人だと宣言され、その節くれだった指先を突きつけられた、神は。

「ふふ」

まず——笑った。

それから、おもむろに長い黒髪を優雅な所作で払うと、誰にともなく訊いた。

「犯人。私が？」

すぐに、十和田が答える。

「君が犯人だ」

「私が、常沢博士と大石博士を殺害した。なぜ？」

「機械室につながる開かずの間に、誰にも気づかれずに行けたのは、開かずの間の前の部屋にいた、君ひとりだけだからだ」

「…………」

「それだけじゃないぞ。君は、品井さんがひとりきりになった機会を捉え、殺害することもできた。彼女を桟橋から突き落としたのは、ほかでもない君だ」

「だから……私が犯人？」

「そうだ。君こそが、常沢博士と大石博士を伽藍島の仕掛けを使って殺害し、品井さんがその罪を被るように殺害した、真犯人だ」

「……ふふ」

神は、再び口角を上げた。

「なんだか、十和田さんらしくない」

「何がだ」

「今日の十和田さん、随分と饒舌じゃない？」

「……茶化すな」

「茶化してはいませんよ」

「ならば誤魔化している。自分が犯人だと指摘されて」

「そう思いますか？」

「ほかにどう解釈できる？」

眉間に皺を寄せると、十和田が珍しく強い口調で言った。

「はっきりしないぞ。君は何が言いたい」

「それは私の台詞ですよ。十和田さん？」

神はしかし、悠然と言い返した。

「私は十和田さんのことを、誰よりも理解しているつもりです。でも、あなたはそのことが解っていない。それどころかあなたは、自分のことさえ誰よりも理解できていないのです。だから、あなたは、自分が何を言いたいのか、その言葉さえ持てずにいる。……ねえ、十和田さん？　どうしてあなたは、また同じことを繰り返そうとしているの？」

「……なんのことだ？」

真っ向からにらみ返す十和田に、神は――。

「あなたの求める『ザ・ブック』は、そこにはない。確かに『ザ・ブック』は永遠に神の所持品……でも神への忠誠を誓っても、その一ページすら見せてもらえるわけじゃない。他のすべての宗教と同じように、それは幻想であり、妄言であり、結局のところ、単なる欺瞞にしかすぎないのですから」

「さっきから、君は一体何を言っているんだ」

「解っているんでしょう？」

――真剣な表情で、言った。

「あなたは、私とともに新たな信仰を持つべきだわ。今の信仰を捨てて」

十和田が、顔を顰めた。いや、歪めた。

その表情は、怒っているようでもあり、苦しんでいるようでもあった。

十和田は、強い口調で言った。

「神くん。信仰を捨てろとはどういうことなんだ。何が言いたい。説明しろ」

だが、神は——。

「ごめんなさい。十和田さん。説明は、やめておくわ」

小首を傾げると、いつもの微笑に戻った。

「なぜだ」

「同義反復だから」

「…………」

不意に口を噤《つぐ》むと、十和田はもはや、神に何も言い返さなくなった。

だから——。

「そんなことは、どうでもいい」

そんな十和田に代わり、俺が、神に言った。

「よく解らない話で俺たちを煙に巻くのはやめるんだ、善知鳥神。あんたはこの質問にだけ答えろ。この事件の犯人は……あんたなのか？」

「ふふ……直接的ね」

余裕綽々《よゆうしやくしやく》で振り向くと、神は言った。

「そうだと言ったら、どうするの？」

「もちろん、逮捕する」

「それも直接的ね。宮司警視正」

にこり、と微笑をひとつ。

その、見つめるものをすべて吸い込んでしまいそうなほど黒い瞳に、無意識に一歩後退る俺に、神はなおも言った。

「罪を犯す。逮捕する。裁判にかける。そして罪を償わせる。あなたのやりたいことはよく解る。それが使命なんだものね。でも、それらはすべて、人の論理での話。それが当てはまらない場合があることは、あなたが一番よく知っているはずよ」

「待て」

俺は、神の言葉を途中で遮った。

「言うな。それ以上は」

それ以上聞けば——俺が、飲み込まれる。

かすれた声で制止すると、俺はひとつ深呼吸を挟み、改めて神に問うた。

「……なぜ、殺した？」

「殺した？　誰を？」

「常沢博士、大石博士、そして品井秋をだ」

「理由を問うて何になるの？」

「質問しているのは俺だ。答えろ、善知鳥神」

「…………」

だが――。

神は、答えない。

その代わり、ふっと身体を翻すと、俺たちに背を向けた。

窓から射し込む朝日。

その朝日を真っ向から受けるようにして、神の細いシルエットが浮かび上がる。

黒い髪。黒いワンピース。黒い身体。

それはまるで、世の中のあらゆるものを包み込もうとする眩《まば》ゆいばかりの閃光《せんこう》に、あえて真っ向から抗う、ただ一色の黒だ。

神は、背中越しに言った。

「論証はいつも、ひとつの道筋をたどります。そこに分岐はありません。あれば結論において矛盾を生んでしまうから。バナッハとタルスキがあのパラドクスを通じて言いたかったことは、ただの興味深いたとえなどではなく、論理とは常に入り口と出口を結ぶ一次元的なプロセスでしかあり得ないということ。……解る？　宮司さん」

「解るものか」

俺は神に、食ってかかった。

「歯に物が挟まったような物言いはもう聞き飽きた」

「でも、そうとしか言えない場合もあるでしょう？　あなたが百合子ちゃんにそう言っているように」

「う」

言葉につまる俺に、神はなおも続ける。

「私が言いたいのはね、そのただ一本のプロセスとは結局、トートロジーにしかなり得ないということ。そこに『なぜ』が入り込む余地はないの。もしそれを疑うのであれば、それは自分が信じようとしていないだけ。答えはすでに解っている。そこには一点の曇りもない。なのに、それでも人は問い続ける……『なぜ？』」

──その瞬間。

「うわっ」

いきなり目の前から熱い空気が押し寄せ、俺は思わず目を閉じる。

濃厚な潮の香りを含む塊が、水あめのように、俺の顔中にへばりつき、やがては耳の横をとおって、背後にどろどろ落ちていく。

神が、扉を開けたのだ。

開口部から吹きつけてくる強風。抗う俺の耳朶《じだ》に、神の声が侵入する。

「……それはすべて、問う人に原因がある。人間は自分で自分を人間だと言うか、あるいは神と呼ぶ。でも神は自分で人間だと言わない。神と呼ぶことさえない。その必要がないほどに完璧だから。そんな完璧さと戦うのはどんな気分だと思う？　きっと、苦痛そのものに違いない。そう感じるのは、私自身が完璧ではないから……でも」

神が、ひとつ息継ぎを挟んでから、言った。

「……だから、倒す」

「倒す？」

何をだ？　心の中で問う俺に、神は問う。

「ゼウスは最後にどうやって全能の神になった？　彼らはそのために何をした？　そう、だからこそこれは、私たちには絶対に必要なこと。最後に『ザ・ブック』を読むために、私たちにとっては絶対に必要なこと」

「どういう意味なんだ？　何が言いたい」

「…………」

だが神は、俺のその喉から絞り出すような問いに答えることはなく――。

――ふ。

これが答えだとでもいうように、唐突に風が止む。

周囲を再び、静寂が包む。水平になびいていた俺の古ネクタイが、重力に従い垂れ下がる。

身体が前につんのめる。

潮の香りが、消える。

そして、おそるおそる目を開けると――。

そこにはもはや、誰もいなかった。

神は、姿を消していた。

逃げた――のか？

「畜生っ」

ひと声叫ぶと、俺は、扉を開けて外へ飛び出た。

そして桟橋で、左右を見た。

すでに、神の姿はどこにもない。

「ど……どこへ？」

「宮司さん」

後から出てきた脇が、強風に目を細めつつ俺に言った。

「神は？　善知鳥神はどこに行ったんです？」

「解らん。あの女はどこに行った？」

ごうごうと、五月蠅《うるさ》い音が耳につく。昨日、風はこんなにも俺のことを邪魔しただろうか？

「善知鳥さんは？」

脇の後から、ひょっこり飛び出るようにして、小角田もまた桟橋に現れた。

「いない。消えたんだ。だが、あの女はまだそう遠くには行っていないはずだ」

風の嘶《いなな》きに負けない大声で怒鳴ると、俺は藍堂の方向を指差した。

「脇君、君はそっちへ行ってくれ」

「了解です」

ひゅん、と弾丸のように脇が駆け出す。

「私はどうしましょう？」

「小角田さんはここに。脇君が戻ってきたら、一緒にゆっくりと伽堂のほうに歩いてきてください」

「承知」

首を縦に振る小角田に、俺もまた頷きを返すと、くるりと踵を返し、伽堂へと走り出した。

——どこかにいる。

善知鳥神は、絶対にこの島のどこかにいるはずだ。

だから、見つけ出す。

そして、問いただす。

なぜ、殺人を犯したのか。

最後に言った言葉の意味は、何なのか。

そもそも——お前は何者なのか。

すべては、直接問いただせば解ること。

だから、捕える。

善知鳥神を。

だが——。


伽堂に、神はいなかった。

とぼとぼと桟橋を戻ってきた俺は、船着き場への分岐で、向こうからやってくる脇と小角田に出会った。

険しい二つの顔。

結果を聞く前から、すでに俺には彼らの言わんとすることが解ってしまった。

いれば同行しているはずの、女の不在。

脇たちは、俺を見ると、すぐ首を左右に振った。

「いませんでした。善知鳥神は」

——やはり。

俺たちは桟橋に、茫然と、立ち竦む。

善知鳥神は島のどこにもいなかった。

伽藍島から、忽然と姿を消していた。

本当にそんなことがあり得るのか？

「もしかして……神は死んだのか」

俺は、ふと無意識に呟いた。

殺人を十和田に看破された神は、今はこれまでと観念し桟橋から身を投げた。そして彼女の死体は、品井のように島に引っかかることもなく波に流された。そう考えれば、島から消えたことにも説明がつくじゃないか。

だが――。

「違う。それはない」

すぐに俺は首を強く横に振ると、自分でその呟きを否定した。

あの女は、決して死んではいない。

少なくとも、自殺することはない。

明確な根拠はない。強いていえば警察官の嗅覚がそう告げているだけだ。だが、感覚とは時に論理を超越する。経験がもたらす帰納は、こつこつとした地道な演繹《えんえき》を一足飛びに乗り越えることが、しばしばあるのだ。

そしてこの経験則が、決して神は死なない、死んでなどいないという確信を、俺に与えていた。

と、すれば――。

――そうか、あそこか。

ややあってから、俺は思いつく。

あの下なら、船を簡単に隠せる。海面からの高さも低い。善知鳥神が突然島に現れたのも、消えたのも、そう考えれば説明ができるじゃないか。

だが――気づくのが遅かった。

すでに三人の命は失われ、犯人も今やここにはいない。

すべては、手遅れなのだ。

昇りゆく太陽にじりじりと顔を焼かれながら、俺はただじっと水平線を眺めた。

そして、ひたすら――。

目を細めて、待った。

――何をだ？

帰りの船を？

時間経過を？

それとも――。

自問自答を繰り返しながら、やがて俺は、一言だけを呟いた。

「……畜生」

その声はもちろん、この禍々しい伽藍に絶え間なく吹く風に、俺以外の誰の耳にも決して届くこともないまま、無情な夏の空へと掻き消されていった。

選択公理——。

この公理を採用する体系において、論理的には正しく、しかし直観とは極めて乖離した、バナッハ－タルスキのパラドクスという不思議が誕生する。

だからこれを否というのは間違いだ。彼は確かに、正義も孕んでいるのだから。

だからこれを是というのも間違いだ。彼は確かに、不義も孕んでいるのだから。

エピローグ

「…………」

「…………」

「……十和田先生？」

「……なんだ、百合子くん」

「やっと、二人きりになれましたね」

「そうだな」

「…………」

「…………」

「話をしても、構いませんか？」

「……内容による」

「別にサインが欲しいのだとか、何をしてほしいとか、そういうことじゃないんです。だからそんなに警戒なさらないでください」

「そう言われると、なおのこと慎重になる」

「なぜです」

「対価が要求されないことほど恐ろしいものはないからだ。等価交換されないとき、人はどんな義務を課せられる？」

「義務なんか課しませんよ。でも……ふふ、そんな物言いは、なんだかとても十和田先生らしくて、嬉しいです」

「僕は嬉しくもないがな。それにしても酔狂だ。こんな、ただの人間と話をしたいなどとは」

「十和田先生は人間ですが、ただ者じゃありません。私、本当にずっと十和田先生とお話がしたかったんですよ。……あの小説を読んでから、私は十和田先生に憧れていたんです。だから、こうして十和田先生と直接話す機会が持てるというだけで、本当に光栄で、幸せです」

「そこまで過大評価されたのならば、こちらこそ光栄だ。幸せではなく、不幸せではあるがね。……で、話とは？」

「大したことじゃありませんよ。世間話です」

「世間話？　なら勘弁してくれ。僕にはそんなくだらないことをしている暇はない。僕は忙しいんだ」

「忙しいですか？　船がくるのは正午です。それまではまだ何時間もありますよ。何に忙しいというんですか」

「忙しいのは僕の頭だ。数学以外のことを考えている暇なんか、いつだって、どんなときだって、あるはずもない」

「でしたら、その忙しさを邪魔しない程度に、数学のことをお話しさせてください。……例の、バナッハ＝タルスキのパラドクスについて」

「あれがどうかしたのか」

「ひとつの球を分割し再構築すると、同じ大きさの球を二つ作ることができる。バナッハとタルスキによるこの奇妙な結論は、どうして導かれるのか。あんなにも直観に反し、あんなにも非現実的で、どこをどう考えたって実現することなどあり得ないのに、でも数学上は正しい。まさに矛盾です。なぜあんなことが起こるのか」

「その議論はすでに、僕と君と神くんの間で行った」

「そうですね。理由も解っています。それは選択公理を無条件で認めたから。もちろん、選択公理を否定しているのではありません。私が言いたいのは、そこに『当然』という言葉が持つ危険が常にあるということ。そう……これは単なるおさらいです。私が言いたいのは、この理由こそが、私たちにひとつの教訓を与えてくれているということなんです」

「どんな教訓だ」

「いかに当然と信じていることでも、そこにはいつも疑いを差し挟む余地があるということです」

「ふむ。……続けたまえ」

「そんな例は過去、いくらでもありました。素因数分解はいつでも一意性を持つはず。一プラス一は二になるはず。集合の集合があったとき、それぞれの集合からひとつずつ元を選び出せば、新しい集合を作れるはず。そんな当たり前のことを当たり前だと当たり前に思ってしまったからこそ、バナッハ－タルスキの矛盾という当たり前でないものも生まれたのだと思います。ねえ、十和田先生？　私、思うんです。もしかしたらそこには、厳密さが足りなかったんじゃないか、って」

「『厳密さ』か……確かに、これは単に隙がないことを示す言葉ではない。徹底した懐疑の姿勢をも含んでいることに、気づいていない者は多い」

「まさにその意味で、論理に対して厳密さを持って立ち向かうこと。それこそが数学にもっとも求められる姿勢なのだと、私は思います」

「いい心がけだ」

「だからこそ私は思うんです。この事件においても、当然のこととして論ずることなく看過していた要素が、もしかしたらあったのではないか。すなわち、伽藍堂の殺人における選択公理が、存在していたのではないか」

「…………」

「あの……十和田先生。ここからは数学の話ではなくなるのですが、続けてもいいでしょうか」

「…………」

「……先生？」

「……続けろ」

「ありがとうございます。では改めて十和田先生にいくつかお伺いしたいのですが、まずは伽堂のはやにえに、すなわち大石博士の死体について」

「天井から落下し、生きながらに串刺しになった、あの死体か」

「そうです。しかし、十和田先生の推理どおりに考えると、あれは大きく矛盾している部分を持っているように思えます」

「と、言うと？」

「はい。気を悪くなさらないでほしいんですが……十和田先生の推理では、大石博士は天井のマイクスタンドに暫くぶら下がっていたことになります」

「そうだな」

「でも、伽堂の現場で実際に天井を見てみても、逆さになったマイクスタンドはありませんでした」

「神くんが操作して、天井の奥に引っ込めたのではないか」

「いえ、大石博士がぶら下がっているとき、天井のせり舞台は引っ込み、内側に常沢博士の死体が隠れている状態でした。かつ、マイクスタンドは品井さんが後から取りつけたものですから、これを遠隔で動かすことはできません」

「ならば、大石博士が落下したとき、マイクスタンドも折れて落ちた」

「それも違います。折れたマイクスタンドなど、伽堂のどこにも転がってはいませんでしたから」

「つまり……僕の証明は間違っていると」

「はい。僭越《せんえつ》ながら、そう反論します」

「よかろう。では、その見解に基づく君の証明は？」

「はい。あくまでも私見ですが……もしかすると大石博士も、せり舞台の中に放り込まれていたのではないでしょうか」

「……ふむ？」

「伽堂が天地を逆にして見せかけの藍堂となっていたとき、せり舞台の内側には常沢博士の死体がありました。大石博士はその上に放り込まれたんです。そのまま伽堂は元の位置に戻り、二人の博士もまた天井から落下しました。このとき大石博士から先に落ちますから、はやにえは大石博士が下になっていたんです」

「一応の筋はとおっている。だがそう思う根拠か、あるいは証拠はあるのか？」

「……十和田先生は、大石博士の額にあった傷を、覚えていらっしゃいますか」

「確か、陥没した痕があったな」

「そうです。あれを見て、私は不自然さを覚えました。高い位置からの墜落後、あんなふうに一部分だけが陥没するということがあるのでしょうか？　そもそも大石博士は仰向けでした。上を向いて大石博士は落下したんです。後頭部が損傷するのなら解りますが、衝撃を受けていないはずの額がどうして陥没するのでしょう？」

「百合子くん、君は、大石博士のあの陥没痕が、墜落の際にできたものではないと考えているのか」

「そうです」

「なるほど。ならば問うが、あれは何だったというのかね」

「おそらくですが……あれは殴られた痕です」

「……殴打痕《おうだ》」

「大石博士は何者かに、額が陥没するほど思いきり殴られた。その衝撃で昏倒《こんとう》した大石博士は、そのまませり舞台の下に放り込まれた。そして舞台の蓋は閉じられ、天地逆転した後に開き、はやにえになった」

「つまり？」

「大石博士を殴打した犯人がいるんです。あの藍堂に見せかけた、天地逆転の伽堂で」

「……その場合、証明の帰結はどう変わる」

「犯人は、善知鳥神さんではないということになります。彼女は、あの場にいませんでしたから」

「では、品井さんが犯人だと」

「それも、どうでしょうか。……そう、品井さんと言えば、奇妙なことがひとつあります」

「……どんなことだ」

「品井さんはどうして、伽藍島の回転に気づかなかったのでしょう？　品井さんは、少なくとも伽藍島が回転している間に、宿泊所に戻ってくることはありませんでした。ということは、品井さんが伽藍島の中か桟橋にいた可能性は高いんです。にもかかわらず、品井さんは伽藍島が回転しているとは一言も言いませんでした。伽藍島の中にいて、島の回転に気づかないなんていうことがあるのでしょうか？」

「そもそも伽藍島は回転していなかったと？」

「いえ、そうではありません。伽藍島のトリックは島の回転があって初めて成立するものです。だとすると、品井さんは回転に気づかなかったのではない。おそらく、気づいていて言及しなかったのです」

「気づいていたが、言わなかったと」

「品井さんは、伽堂における常沢博士の講演が終わった後、宿泊所に戻ってこられた際に、『常沢博士は伽堂にいなかった』ともおっしゃっていました。もちろん、そんなはずはありません」

「つまり……嘘を吐いていた」

「はい。それだけじゃありません。品井さんは伽堂と藍堂、どちらにおいても、せり舞台を操作する操作盤が壊れていると言いました。片方だけならともかく、両方の操作盤が同時に壊れるということがあるでしょうか。もちろん偶然はあります。でも偶然の確率を考えるよりも、品井さんが嘘を吐いていたと考えるほうが、確率は高いと思いませんか。つまり……品井さんはあらかじめ、そういう嘘の証言をすると、打ちあわせていたと」

「犯人が別にいて、そいつと打ちあわせていた。つまり、共犯だった」

「はい。品井さんは常にその別の犯人との間でうまく連携をしながら犯行に及んでいたと考えれば、腑に落ちませんか？」

「なるほど」

「……もうひとつ、善知鳥神さんが犯人だとした十和田先生の推理には、大きな穴があります」

「穴？　どんな穴だ」

「十和田先生は、伽藍島、そして伽藍堂の操作は、開かずの間から下りた場所にある機械室で行われたものだとおっしゃいました。私もこの目で見ましたけれど、確かにあの大きな機械室は、島や堂を動かすだけの必要な設備を備えていて、とても説得力がありました。だから、開かずの間に行けた善知鳥神さんが犯人だと結論づけられたことについても、一旦は納得できたんです。でも……改めてよく考えてみれば、訝しさもあることに気づいたんです。十和田先生……それは本当に正しい推論でしょうか？」

「何が言いたい？」

「操作するだけなら、わざわざ開かずの間から機械室に下りて行かなくったっていいってことです」

「つまり？」

「機械は大きくても、スイッチは小さくて済む。つまりポケットに小さなリモコンひとつあれば十分だと思うんです。現に、十和田先生もそういう事件があったことを思い出されるでしょう？」

「…………」

「当然と思えることを論証なしに当然としてしまう選択公理。細かく見ていけば、この事件にはそんな選択公理がいくつもあるように見えるのです。十和田先生は論理的に善知鳥神が犯人だとおっしゃいました。でもその論理がすべて選択公理をベースにしたものだとしたら？　だからこそその結論も、不思議なものになっているのだとしたら？」

「…………」

「十和田先生。私はまだ先生に確認すべきことがあります。例えば品井さんの名前です。品井秋……これはたぶん偽名だと思います。またもうひとり、伽藍島に私たちを呼び出した林田呂人……この人はきっと存在しない架空の人物です。そして、これらの名前にはある共通点があります。それは……双孔堂の殺人でも使われた、漢字のアナグラム。例えば、田という漢字は口と十に分解できる。十という漢字が二つ組み合わされれば井になる。これをお二人の名前に適用すれば、どんなことが起こるでしょうか？　私は気づいたんです。そこから、ひとりの人物の名前が浮き彫りになると」

「…………」

「まだあります。あの事件の後、大学で善知鳥神さんが私にくれた花は、水仙でした。そのことの意味は？　水仙が、私と善知鳥神さんとの間にどんな関係があることの示唆になるというのですか？　そして本当に、人は打ち捨てられたクロノスへの信仰を取り戻して、彼に包含されてしまったのですか？　つまり……」

「……つまり？」

「犯人は……十和田先生なんですか？」

「……僕が、犯人だって？」

「はい。そう思います」

「くっ……面白いことを言うな」

「面白い？　……そう言われてみればそうですね。でも、こう考えることで様々な辻《つじ》褄《つま》があいませんか？　だからこそ確かめたいんです。十和田先生、私はこれから自説を述べます。十和田先生には、だから、それが間違っていないかどうか、確かめながら聞いていていただきたいんです」

「…………」

「品井さんは、十和田先生のしもべとして動いていた方ですよね？　名前はさっきも申し上げたとおり偽名で、本名は解りません。でも、BT教団の熱心な信者であって、今も昇待蘭童を半ば盲目的に信奉し続けていたということは事実だと思います。つまり品井さんは、昇待蘭童を盲信する狂信者であって、ゆえに十和田先生のために動いた」

「…………」

「大石先生の額には殴打痕がありました。あれは、品井さんが殴ったものです。もちろん、品井さんは非力ですから、ひとりでそんなことはできません。十和田先生が大石先生と話をしている最中に、予備のマイクスタンドを持って後ろから近づいた。そして殴りつけたんです。大石先生は殴られる直前、気配に気づいて振り向きました。殴打痕が額にあったのは、そのためです」

「…………」

「品井さんの死についても訝しい点はあります。十和田先生は善知鳥神さんが品井さんを殺したとおっしゃいましたが、それは違います。品井さんはやっぱり、自殺したんです。罪の意識によるものじゃありません。それは狂信者として、教主の指示により自ら死を選んだんです。これは推測にしか過ぎませんが……バナッハ＝タルスキのパラドクスを魂に適用したらどうなるでしょう？　それは無限の生命を意味しないでしょうか。昇待蘭童が品井さんに『あなたは自ら死になさい。だがあなたの生命は永遠だ。すぐに生き返る』と言えば、品井さんは喜んで自殺するのじゃないでしょうか」

「…………」

「もちろん、昇待蘭童イコール十和田先生と言っているわけではありません。確かに昇待蘭童は数学を教義の柱に据えているくらいですから、数学にも深い造詣があったでしょう。でも昇待蘭童は昭和三十年代初めにはすでに信者たちの前に姿を見せていました。十和田先生はまだこの世に生を受けてさえいません。年齢的に符合しないんです。では、昇待蘭童とは一体何者なんでしょう？」

「…………」

「繰り返しますが、昇待蘭童が人々の前から姿を消したのは二十年以上前の話です。その頃同様に人々の前から姿を消した方がいるのを私は知っています。品井さんが昇待蘭童を信奉していたように、十和田先生もまたその人に心酔していたということも、今も、十和田先生がその人に包含されているということも……そして、その人こそが昇待蘭童の正体なんだということも」

「…………」

「このことを、何よりも昇待という奇妙な苗字《みょうじ》が証明しています。昇待、つまり昇《rise》る、待《wait》つ。これら八文字《wisteria》のアルファベットを並び替えると、どうなるでしょう。答えはwisteria。ウィステリア。すなわち藤《wisteria》。……昇待蘭童の正体は、藤衛先生なんですよね？」

「…………」

「昇待蘭童イコール藤衛。ＢＴ教団において、側近の信者以外は教主の素顔を見たことがないそうです。でも裏を返せば、側近の信者ならばＢＴ教団の教主が藤衛であることを知っていたということになります。熱心な信者であって、今もひとつの施設を任されている品井さんもまた、昇待蘭童の素顔を知っていた可能性が高いんです。……二十二年前に藤先生が逮捕されたとき、その信者たちは昇待蘭童の正体をばらしませんでした。これは側近として強い信仰心を持っていたからですが、この点は品井さんもまた同じだったと思います。昇待蘭童こと数学者藤衛が逮捕されてからも、それが無実の罪であることを信じ、品井さんは細々とBT教団の施設を守り続けてきた……」

「…………」

「それから二十年余り経ったつい先日のこと、藤先生が再審で無罪を勝ち取り、釈放されました。その後、品井さんは藤先生と、つまり昇待蘭童と会ったのではないでしょうか。そしておそらくこのときに、藤先生は品井さんにこう指示されたのではないでしょうか。『十和田只人の言うことにすべてしたがうように』……もちろん十和田先生ご自身も、藤衛先生のご指示にはしたがったでしょう。こうして十和田先生と品井さんは、藤先生の指示を受け、この伽藍島で殺人を行ったのです。……ふと思ったのですが、これもまたバナッハ-タルスキのパラドクス的ですよね。大本にいるのは藤先生。藤先生の指示を受けて、二人の犯人がひとつの目的を達成するために、ひとつの部屋を二つに見せる。ひとつと、二つ。明確なようでいて厳密には曖昧なその境目を行ったりきたりする事件の構図そのものが、あのパラドクスを彷彿させませんか」

「……」

「でも……教えてください。十和田先生」

「……」

「先生はどうしてこんなことをしたんですか？　藤先生の指示だとはいえ、十和田先生は実行犯である品井さんとともに、協力者として犯罪に手を染めました。しかもその罪を善知鳥神さんに被せようとまでした。最初から品井さんはスケープゴートで、十和田先生が本当に罪をなすりつけようとしたのは、善知鳥神さんなんです。なぜなら、あの人には前例があるから。これまですでにいくつかの殺人事件に関わっているのですから、次こそ実際に殺人を犯したってまったく不自然じゃありません。その意味では、罪を被せるのに最適な人。お兄ちゃんも現にだまされているくらい、怪しい人なんです。そのために十和田先生は、林田呂人として、善知鳥神さんのこともこの島に呼んだ。……でも、だからこそ訝しいんです。十和田先生は、なぜ、そこまでしてこんな罪を犯したんですか？　その理由は何なんですか？　十和田先生は人。藤先生はクロノス。そこまでは解りました。でも、そもそも、十和田先生は藤先生とともに、何を企んでいるというんですか？」

「………」

「どうして答えてくれないんですか？　理由もはっきりしないのなら、それはただの殺人鬼だっていうことじゃないですか」

「………」

「何とか言ってください、先生」

「……ふむ。なるほどな。さすがは百合子くん。よくぞそこまで洞察した」

「……十和田、先生？」

「あの宮司司の妹御だけのことはある。血筋だけではなく育ちもよかったということなのだな。そう……君の言ったことはおおむね正しい。君は正しく事象を観察し、それを前提においた上で厳密に推論し、解を導いた。そう、確かに、真実を知る藤先生は、僕に指示をされた。その指示に基づき、僕は品井さんを間接的に利用して、真実に逆らう二人の博士を重力の贄《にえ》にした。品井さん自身もまた重力に自らを捧げた。見届けた僕は、神くんにその咎を引き受けてもらった。君の推理は数学的に正しく、したがって理想的な解として『ザ・ブック』にも掲載されていることだろう。だがね、百合子くん。それでも君の結論はまだ一点の誤りを含んでいる。僕は君が想像しているような殺人鬼では決してない。あり得ない」

「しかし」

「殺人鬼は人を殺すために人を殺す者のことだ。でも僕は違う」

「それって……どこか言い訳のように聞こえると、ご自身でも感じられませんか」

「いや。これは言い訳ではない。単なる事実の陳述だよ。僕はね、百合子くん。人の生きざまに対して馬鹿正直なだけなんだ。僕はごく普通にありふれたどこにでもいる凡庸な数学者だ。それをまるで有能なように扱ったり、中には天才呼ばわりする者さえあるが、もちろん買い被り以外の何ものでもない。僕は、無能で、非才な、只《ただ》の人《ひと》にしかすぎない」

「…………」

「しかしね、僕はそんな只の人間だからこそ、知りたくてたまらないんだ。『ザ・ブック』に何が書いてあるか。それを手に取ること、自ら書き記すこともできないからこそ、それを読みたくて仕方がないんだよ。だから僕は常々思っている。この世界では、真実以上に尊いものは存在しない。真実を導くためなら、導きを与える人たちのもとに放浪することも厭《いと》わない。どれだけ金がかかっても構わない。自分の命と引き換えにしてもいい。そのためなら僕は何でもする。もちろん、人を殺めることもそこに含むのだ」

「矛盾しています。それじゃやっぱり、殺人鬼じゃないですか」

「矛盾はしていない。僕の目的は手段と切り離されている。僕は人を殺すために人を殺しはしない」

「そんなの……眼球堂で正義を貫いた先生らしくありません」

「正義？　あの事件でそんなものがどこにあった？」

「先生は謎を解きました」

「謎を解いたから正義だと？　それは違う。あの事件で僕が示したのは、二十二年前の事件が眼球堂にひとつ同型の球を生んだという事実だ。ここに今、それと同型の球がもうひとつあるという事実を、藤先生がバナッハ－タルスキの定理を用いて示したのと同じことだ」

「…………」

「…………」

「…………」

「……ところで、百合子くん。コーヒーは？　僕はもう一杯お代わりを淹れてくるが」

「……いいえ」

「遠慮しなくてもいい」

「遠慮はしていません。ただ、欲《ほっ》していないだけです。……あの、十和田先生」

「なんだ」

「もう一点、伺ってもいいですか」

「人は常に問う自由を持っている。ただ、常に答えを得られるとは限らない」

「十和田先生は、そうやって人を殺めて……何を知りたいんですか」

「何を……だと？」

「はい」

「決まっているじゃないか。世界の秘密だ」

「世界の、秘密？」

「そう。原点にある世界の秘密。世界の秘密は『ザ・ブック』に記載され、『ザ・ブック』は原点にある。すなわち、三位一体《トリニティ》」

「トリニティ」

「そうだ。原点こそが『ザ・ブック』であり、世界の秘密とともに三位一体《トリニティ》を形作って存在しているんだ」

「その、世界の秘密とは……具体的には？」

「知りたいかね？」

「もちろん」

「そうか。ならば教えよう。それは数学の基礎にある数そのものの秘密を規定するものであり、原子核物理の世界にも顕現するもの、世界のすべてを背後からコントロールしている法則にして、ζ《ゼータ》の自明でない零点における実部は必ず $x = 1/2$《クリティカルライン》上にあるとする定理。すなわち……」

「…………」

「……リーマンの定理だ」

（了）

【主要参考文献】

『原点が存在する　谷川雁詩文集』……谷川雁著、松原新一編／講談社
『新版　バナッハ－タルスキーのパラドックス』……砂田利一著／岩波書店
『素数に憑かれた人たち　～リーマン予想への挑戦～』……ジョン・ダービーシャー著、松浦俊輔訳／日経ＢＰ社
『明解　ゼータ関数とリーマン予想』……ハロルド・Ｍ・エドワーズ著、鈴木治郎訳／講談社

文庫版あとがき

「堂」シリーズも、四作目となった。ありがたいことだ。ここまでお付き合いいただいている読者の方々には、まず心からいつもいつも、本当にありがとうございます。

ところで、このシリーズにはテーマがいくつかあるのだが、そのひとつは、言うまでもなく「回転」である。

回転は、逆転、あるいは反転と捉えてもいいが、とにかく、建物か、人間関係か、あるいはストーリーといったものがさまざまに回っていくということが、この一連の物語の根幹にある。

言うまでもなく本作『伽藍堂の殺人　～Banach-Tarski Paradox～』における展開も、回転の一種だ。あとがきを先に読まれる方もいるので詳細は述べられないが、本作をひとつの転換点として、物語は大きく、かつ不穏な回転を始めている。

この回転という操作は、必ず中心が存在する。何かを回転させるときに必要な要素がどの点を中心としてどのくらい回すかなので、これはある意味で当たり前のことなのだが、だからこそ、この回転する物語にも不動の中心がある。すなわち、作中で原点と称される、不動の価値観を持つ人物だ。世の中がどう転回していこうが、人間の在り方がどう逆転していこうが、この人物だけは決して変わることがない。絶対性を持つと言い換えてもいいかもしれないが、ともあれ、いかなる回転によっても揺るがないこの絶対性をいかにして外していくのかが、このシリーズにおけるもうひとつのテーマである。

そして、本作もまた中心にある。シリーズ全体は七作完結で構想されており、本作がまさに中間点に当たるからである。

さて——肝心のシリーズについてだが、長く次巻『教会堂の殺人 ～Game Theory～』でストップしている状態にあったものの（すみません、サボっていました）、ようやく二〇一七年の末ごろには最新作『鏡面堂の殺人 ～Theory of Relativity～（仮称）』を刊行するメドが立った。ほどなくしてその次の作、すなわち最終巻も出せる見込みなので、回しに回した果てに、物語がどう着地するのかを、今後とも見守っていただければ幸いだ。

幸いと言えば、今年は新本格三十周年に当たる節目の年であり、講談社でもさまざまな記念企画があるらしく、実は僕も、幸運なことに短編で一枚嚙《か》ませていただいた。それが、講談社タイガから九月に刊行される予定の館モノのアンソロジーに寄稿した「煙突館の実験的殺人」である。自分で言うのもなんだが「バカミス担当」で、かつ他の豪華メンバーからすれば存分に引けを取る作品ではあるが、どうか、軽い気持ちでお楽しみください。

二〇一七年七月　周木　律

解説 ――〝堂〟はついにここまできたか

村上貴史（ミステリ書評家）

■合理的にして曖昧

合理的である――のだろう。

あるいは、数学的に正しいのだろう。

本書を、そして本シリーズを読むと、そんな感触を得る。

少なくとも、それぞれの単独の事件としてのトリックの解明などについては、一冊毎《ごと》の合理性を強烈に感じるし、論理的に納得もする。それも極めて明確に、だ。

一方で、合理性を理解できない箇所も、正直なところ残る。登場人物が発する言葉や行動、あるいはそれら背景となる考えや生い立ちなどに理解できない曖昧《あいまい》さが残るのだ。

だが、それはけっして不快な曖昧さではない。単独の事件としての明快さが積み重ねられてきているだけに、これらのもやもやもシリーズ完結時にはきっと意味のある描写として着地するのだろうと、そう予想してしまうのだ。すると、曖昧ささえ魅力に思えてくるのである。

それが周木律の《堂シリーズ》の現在なのだ。

このシリーズは、周木律のメフィスト賞受賞作でありデビュー作でもある『眼球堂の殺人～The Book～』で、二〇一三年にスタートした。放浪の数学者としてその天分を知られる十和田只人《とわだただひと》が、世界的な建築学者である驫木煬《とどろききよう》の招きに応じて眼球堂なる建物を訪れ、やはり驫木の招きで集まった精神医学者、芸術家、政治家などとともに怪事件に巻き込まれる様を、十和田を追うルポライターの陸奥藍子《むつあいこ》の視点を中心に描いた『眼球堂の殺人』。この一冊は、携帯電話も圏外となる山奥に立てられた奇怪で巨大な建造物、閉鎖環境での連続殺人、不可能犯罪、大胆なトリックなどを具備した、〝いかにも〟なミステリだ。だが、〝いかにも〟ではあるが、十分に個性的で魅力的だった。建築が全てを支配するという驫木の思想に関する議論や、あるいは十和田が披露する数学の蘊蓄《うんちく》といったペダンティックなきらめきもあれば、名探偵役を担う十和田只人による不可能犯罪の謎解きやその後の異様なツイストが生むミステリとしての刺激、あるいはサブタイトルに示された『ザ・ブック』――この世に存在する無数の定理について、そのすべてが書かれた本――の存在感など、類型的であるように見えつつ、類型的な作品とは決定的に不連続であることを予感させる一冊であったのだ。

その予感は、四ヵ月後に刊行されたシリーズ第二弾『双孔堂の殺人～Double Torus～』で、はやくも確定的なものとなる。『眼球堂の殺人』の終盤の異様さが、まさかこうした形で引き継がれようとは。第二弾にして大きく様相を変化させた《堂シリーズ》は、第一弾には登場しなかった警察庁の宮司司《ぐうじつかさ》という警視（第三弾で警視正に昇進）を主人公に位置付け、ダブル・トーラスなる鍵状の巨大建造物での二重殺人を描く。奇妙な館の上階と下階にそれぞれ〝密室〟が存在し、それぞれの内側には、銃によって死んだ死体が転がっている。しかも、一方の部屋のなかの浴室には、銃を握ったまま気絶した男が倒れていたのだ。その男こそ十和田只人であり、彼はあっさりと自分が二人を殺したことを認めた……。

いやはや、とんでもない発端である。シリーズの異形性を象徴する発端といってよかろう。名探偵に殺人容疑がかかるだけでなく、名探偵自らがそれを認めるのだ。かくして彼は警察に連行され、勾留《こうりゅう》されることになるのである。シリーズ第二弾にしてここまでひねくれていたミステリが過去にあっただろうか。そんな物語を如何《いか》にして周木律が決着させたかは、是非御自身で確認戴《いただ》くとして、第三弾『五覚堂の殺人～Burning Ship～』（一四年）もまたとんでもなかった。幾重にもとんでもなかった。

精緻な計算と計算ずくの強引さとが同じ平面上に共存し、一方で連続する密室殺人事件を探偵が録画を頼りに推理する時間的空間的な不連続というトポロジーの妙に彩《いろど》られたミステリなのだ。しかも、莫大な遺産相続の行方に関する遺言に呪縛された事件現場には宮司司の十六歳年下の妹である大学院生の百合子《ゆりこ》（主要な視点人物の一人として活躍する）が閉じ込められていて、さらに探偵役は十和田只人というスリルも備わっている。密室トリックの力強さもあり、シリーズ第三弾は、第二弾にもまして、独自色の強い作品に仕上がったのである。その独自性が、奇妙な建築物の密閉空間での連続殺人という類型の皿に盛られたことすら忘れさせるほどに。

そしてこれらの衝撃的な三作品に続いて一四年に発表された《堂シリーズ》第四弾が、本書『伽藍堂の殺人～Banach-Tarski Paradox～』である。

■威容にして異様

『伽藍堂の殺人』では、宮司司と百合子が、二人揃って伽藍島《がらんとう》なる孤島を訪れる。リーマン予想に関する講演会に百合子が招待され、宮司司が保護者として同行したのだ。BT教団という新興宗教団体がここに築いた施設——伽堂《がどう》と藍堂《らんどう》という二つの堂——を利用して行われたその講演会の夜、講演者として登壇した二人の数学者が、不可解な状況で命を落とした……。

第四弾は、シリーズ初の孤島ものである。その島に作者が用意した不可能興味は実に深い。

かつてBT教団の教祖である昇待蘭童《しょうたいらんどう》という正体不明の人物は、この威容を誇る巨大な伽堂と藍堂において瞬間移動の奇跡を起こしたという。その教祖が失踪して二十年以上経つが、蘭童の奇跡が再び起こったとしか思えないような瞬間移動が、二人の数学者の死に際しても起こっていたのだ。本書三〇頁の図を見て戴ければ判るように、伽堂と藍堂、及びその中間に位置する宿泊所の配置は極めてシンプルである。桟《さん》橋《ばし》に着目した位置関係だけを整理すれば、線分の両端とその中間点として単純化できる。この単純な関係を舞台として、奇跡が演出されたのだ。

さらに、死体のポーズも異様である。こちらの異様な姿は作品の半ばで示されるので、一八三頁まで読み進んで、そこで図を参照して戴ければと思うが、前代未聞の死に様である。

こうした瞬間移動や不可解なポーズの死体という不可能興味の深さに比例するかのように、その真相たるトリックは、実に大胆である。本作中の伏線を活かし、さらには過去の三冊のシリーズ作品をも心理的な伏線として、周木律はこのトリックを成立させた。それらの伏線や現象をトータルして勘案するに、このトリックは、なんともエレガントである。〝堂〟はついにここまできたか――そうした喜びを感じることができるのである。

ちなみにBT教団のBTとは、本書のサブタイトルにも含まれるBanach-Tarski《バナッハタルスキ》の頭文字である。バナッハとタルスキというポーランドの数学者が導いた逆説めいた定理〝中身のつまった球体Kが「ひとつ」ある。この球を、適当に有限個に分割し、再び寄せ集めることによって、球体Kを「二つ」つくることができる〟を「バナッハ－タルスキのパラドクス」と呼ぶ。その一つものを二つにすることができるという〝奇跡〟を、昇待蘭童は新興宗教に活かしたのだ。具体的には、昭和三十年代の初期に、一つのリンゴを二つに増やして貧困に苦しむ者たちに分け与え、彼らの心をとらえたのである。

そのBTを通奏低音として、本書では、様々なものが一つと二つの間で揺蕩《たゆた》う。代表例が、数学者たちの死だ。一人一人の死であると同時に、二人が一体となった死にも意味がある。そうした様々な一と二が、それこそエピローグに至るまで、本書には満ちているのだ。こんな世界に身を投じ、著者が仕込んだ一と二のバリエーションを発見していく愉《たの》しさはまた格別である。

■堂にして人

さて、この『伽藍堂の殺人』を単独のミステリとして評価するならば、孤島での連続殺人のトリックを合理的に解明し、理詰めで犯人を特定した優れた一品ということになる。

それはさておき、だ。『伽藍堂の殺人』は、本稿執筆時点で第五弾『教会堂の殺人～Game Theory～』まで刊行された《堂シリーズ》の第四弾である。この観点で本作を眺めると、また別の魅力が浮かび上がってくる。

この《堂シリーズ》には、奇妙な建造物が毎回登場するが、それらは皆、同じ建築家の手によるものである。それぞれの〝堂〟は、それぞれのコンセプトに基づいて建てられており、まずはその変化が愉しい。眼球に始まり、位相幾何学をモチーフとしたダブル・トーラスであったり、〝堂〟そのものの魅力とその変化をこのシリーズでは愉しめるのだ。本作であれば、ＢＴ教の成り立ちから伽藍堂に至るまでの歴史を愉しむことができる。

そしてそれらの様々な〝堂〟が、犯罪の成立に関してどのような役割を果たすのか、という興味も、このシリーズは備えている。結論からいってしまえば、これまでのシリーズ五作品で、すべて異なる形で館が機能しているのである。それも、本質的に異なるかたちで、だ。つまり、ある作品での使い方をAとするならば、他の作品でA'《エーダッシュ》のように化粧直しするのではなく、BとかCとか、あるいは√《ルート》やΣ《シグマ》などとして、様々な意味でAとは異なる要素として使うのだ。それ故に、《堂シリーズ》を読み続けている読者にとっても、毎回の〝堂〟が新鮮さを保ち続けられるのである。私的な感想だが、第三弾の大礼拝堂の密室トリックは、驚きの質がきわめて新鮮だったため、おそらく一生忘れまい。

そして、だ。本解説の冒頭に、現時点ではまだ曖昧な事柄が残っていることもシリーズの魅力であると記したが、それは、とりもなおさずキャラクターの魅力である。

まずは、表舞台で活躍する面々である。

奇妙な〝堂〟をいくつも創り出してきた建築家の子供であり、常人離れした数学の才能を有する若き天才、善知鳥神《うとうかみ》。あるいは、警察庁のキャリアとその妹、つまりは宮司司と百合子。さらに放浪の天才的数学者にして名探偵である十和田只人。いずれも単独で主役になれるほどの個性と知性を持つ連中だ。

彼らとはまた別の立ち位置の重要人物がいる。その最たるものが、〝天皇〟と称される大数学者の藤衛《ふじまもる》だ。死刑判決を受けて二十年以上も拘置所に収監されていたが、再審により一転して無罪となり、齢《よわい》九十を超えて世間に戻ってきた人物なのだが、どうやらコナン・ドイルが生んだモリアーティ教授（数学者だ）のような黒幕的役割を果たしているようなのだ。それと同時に、モリアーティよりはさらにどっぷりと深くこの〝堂〟の世界に関わっているようにも思える。

周木律は、彼らの素顔を一冊で描ききるのではなく、必要なデータを必要な段階で読者に提示するスタイルで描こうとしている。つまりは、シリーズを読み進むにつれ、彼らに対する認識が読者のなかで変化していくのだ。極論すれば、ミステリとしての整合性が各作品のなかではきちんと成立しているという意味で周木律に全幅の信頼を置きつつも、登場人物の全員について、その言動の裏を疑ってしまうようになるのである。しかも、藤衛の存在を考えると、〝操り〟およびその連鎖の存在も考慮してしまう。これはもう本格ミステリとして、特にシリーズものとして、とことんスリリングな読書体験であるといえよう。幸福の極みである。

周木律によれば、本書は、《堂シリーズ》の折り返し点であるとのこと。つまり全七作でシリーズは構想されているのである。おそらくは、こうした強烈な面々——神、天皇、名探偵、天才、只の人、宮司、などなど——が、あるいは数字を名に宿した面々——十和田、百合子、四の文字を含むあの重要人物——が、全体としてどういう役割を果たすかを、著者は設計済みであろう。『眼球堂の殺人』を書いた時点では、なにしろメフィスト賞の応募作であるからしてデビューも決まっておらず、七作品としての全体像などなかったわけだが、第二弾『双孔堂の殺人』にて前述のごとく大きな転換を施し、その際に『眼球堂の殺人』から第七弾の完結編に至る道筋を立てたのではないかと推測する。

その折り返し後の第一歩が、第五弾『教会堂の殺人』だ。こちらには、本書にも顔を出していた小角田雄一郎《こつのだゆういちろう》（大学の数学教授）や脇宇兵《わきうへい》（新聞記者）も登場し、『双孔堂の殺人』で活躍したX県警Y警察署の船生《ふにゅう》さわ警部補と、彼女の部下である巡査部長の毒島《ぶすじま》も登場する。もちろんいつもの面々もだ。そんな顔ぶれをそろえた上で、周木律はシリーズ後半戦へのスタートダッシュを鮮やかに決めた。登場人物たちは、教会堂という建築物において、命懸けの冒険を強いられ、命懸けの決断を迫られる。序盤から読者を衝撃が襲い続けるというとんでもない一冊なのだ。まさか〝堂〟がこんな役割を果たすとは予想だにしなかった。シリーズ中、最もユニークな堂の使用方法である。しかも小説としては、前半の第二弾『双孔堂の殺人』と同じように、シリーズに対して大鉈《おおなた》を振るっている。これから先、このシリーズはいったいどうなるのだろうか。

続くシリーズ第六弾を、周木律は、全体の完結編の前編と位置付けている。その第六弾『鏡面堂の殺人～Theory of Relativity～』は、そう遠くないうちに刊行されそうだ。絶対座標や相対座標について原点の有無などを含めてシリーズ中で議論を積み重ねたうえでの、Theory of Relativity すなわち相対性理論である。光と重力、あるいは時間。それらが〝鏡面〟の堂でどう交差し、どう反射するのか。そして誰が誰をどうするのか。何が起こるかは全く予想できないのだが、何かが起きるであろうことは確信できる。相当にワクワクしている。

そして第七弾だ。タイトルも刊行時期も未定だが、こちらはさらに待ち遠しい。二十二年前の事件やリーマン予想、ザ・ブックなどを、周木律がどう決着させるのか。ザ・ブックは無限のページを持つというが、〝無限にあること〟のある種の危険性は本書でも言及されている。それらをどう統一の場で理論立ててみせるのか。先の先の話だが、期待は極大だ。

■速筆にして多様

周木律は、先に述べたように『眼球堂の殺人』で二〇一三年にデビューした。その後、《堂シリーズ》を第五弾まで発表しただけでなく、他の作品も世に送り出してきている。

『災厄《さいやく》』(一四年)『暴走』(一五年)といった科学技術を活用したパニックサスペンスもあれば、標高五千メートルの高山を舞台に宗教を論じつつ、密室を含む連続殺人の謎を解く『アールダーの方舟《はこぶね》』（一四年）もある。人ならぬ存在と本格ミステリをブレンドしたライトノベルの《猫又《ねこまた》お双《そう》シリーズ》三部作（一五年から一六年）や、謎を解く毎に感覚を失う名探偵を描く『LOST　失覚探偵』三部作（一六年から一七年）といったミニシリーズも発表すれば、奇妙な症例を題材とした『不死症《アンデッド》』（一六年）『幻屍症《インビジブル》』（一七年）というサスペンスも世に送り出した。速筆であり、しかもバリエーションが豊富なのだ。

おそらくこれは、メフィスト賞受賞に至るまでの九作の投稿経験が活きているのだろう。周木律は、本業を持ちながらも一日五千字を目標に一年半で九作を書き上げ、メフィスト賞に応募し続けた（どんな小説でもプロの意見をもらえる点に魅力を覚えたそうだ）。しかも応募のたびに、新たな課題を設定して書いたという。例えば一千枚を超えるとか、十日で書き上げるとか、ハードボイルドとかライトノベルとか。そうした挑戦の果てに、九作目の『眼球堂の殺人』でメフィスト賞を射止めたのだ。速筆で引き出しが多いのも納得である。

そんな周木律は、本シリーズ読者であれば重々承知されているだろうが、大局観を持ちつつ、細部の計算も得意な作家である。それ故《ゆえ》に、思うのだ。これら様々な作品を含めて、トータルでの世界観を持っているのではないかと。しかもペンネームが周木律である。それから直接的に想起できる周期律は、実は周期表に記された元素がすべてではない。便宜上、原子番号118までの記載に止《とど》まっているが、理論上はもっと続けられるのだという。そうした未発見の魅力をペンネームに秘めた作家なのである。この先、周木律という作家が何を生み出しても驚かない――個々の作品そのものには、当然ながら驚くだろうが。

この作品は二〇一四年九月講談社ノベルスとして刊行されました。
講談社文庫刊行にあたって加筆修正されています。

|著者|周木 律　某国立大学建築学科卒業。『眼球堂の殺人 ～The Book～』（講談社ノベルス、のち講談社文庫）で第47回メフィスト賞を受賞しデビュー。著書に『LOST 失覚探偵（上中下）』（講談社タイガ）、『アールダーの方舟』（新潮社）、『暴走』（KADOKAWA）、「猫又お双と消えた令嬢」シリーズ、『災厄』、『CRISIS《クライシス》 公安機動捜査隊特捜班』（原案／金城一紀）（角川文庫）、『不死症《アンデッド》』、『幻屍症《インビジブル》』（実業之日本社文庫）などがある。

〔〝堂〟シリーズ既刊〕
『眼球堂の殺人 ～The Book～』
『双孔堂の殺人 ～Double Torus～』
『五覚堂の殺人 ～Burning Ship～』
『伽藍堂の殺人 ～Banach-Tarski Paradox～』
『教会堂の殺人 ～Game Theory～』
（以下、続刊。いずれも講談社）

伽藍堂《がらんどう》の殺人《さつじん》 ～Banach-Tarski Paradox《バナッハタルスキパラドクス》～
周木《しゅうき》律《りつ》

講談社文庫
定価はカバーに
表示してあります

2017年9月14日第1刷発行

発行者――鈴木 哲
発行所――株式会社 講談社
東京都文京区音羽2-12-21 〒112-8001
電話 出版 (03) 5395-3510
販売 (03) 5395-5817
業務 (03) 5395-3615

Printed in Japan

デザイン―菊地信義
本文データ制作―講談社デジタル製作
印刷―――豊国印刷株式会社
製本―――株式会社国宝社

ISBN978-4-06-293755-9

講談社文庫刊行の辞

二十一世紀の到来を目睫に望みながら、われわれはいま、人類史上かつて例を見ない巨大な転換期をむかえようとしている。

世界も、日本も、激動の予兆に対する期待とおののきを内に蔵して、未知の時代に歩み入ろうとしている。このときにあたり、創業の人野間清治の「ナショナル・エデュケイター」への志を現代に甦らせようと意図して、われわれはここに古今の文芸作品はいうまでもなく、ひろく人文・社会・自然の諸科学から東西の名著を網羅する、新しい綜合文庫の発刊を決意した。

激動の転換期はまた断絶の時代である。われわれは戦後二十五年間の出版文化のありかたへの深い反省をこめて、この断絶の時代にあえて人間的な持続を求めようとする。いたずらに浮薄な商業主義のあだ花を追い求めることなく、長期にわたって良書に生命をあたえようとつとめるところにしか、今後の出版文化の真の繁栄はあり得ないと信じるからである。

同時にわれわれはこの綜合文庫の刊行を通じて、人文・社会・自然の諸科学が、結局人間の学にほかならないことを立証しようと願っている。かつて知識とは、「汝自身を知る」ことにつきていた。現代社会の瑣末な情報の氾濫のなかから、力強い知識の源泉を掘り起し、技術文明のただなかに、生きた人間の姿を復活させること。それこそわれわれの切なる希求である。

われわれは権威に盲従せず、俗流に媚びることなく、渾然一体となって日本の「草の根」をかたちづくる若く新しい世代の人々に、心をこめてこの新しい綜合文庫をおくり届けたい。それは知識の泉であるとともに感受性のふるさとであり、もっとも有機的に組織され、社会に開かれた万人のための大学をめざしている。大方の支援と協力を衷心より切望してやまない。

一九七一年七月

野間省一

講談社文庫 最新刊

森村誠一　悪道　五右衛門の復讐
徳川泰平の世に、なぜ石川五右衛門の幻影が江戸を脅かすのか？　英次郎、必殺剣と対決！

周木　律　伽藍堂の殺人　〈～Banach-Tarski Paradox～〉
異形建築は奇跡と不吉の島にあった。〝瞬間移動〟殺人とBT教団の謎。〝堂〟シリーズ第四弾。

小前　亮　賢帝と逆臣と　〈康熙帝《こうきてい》と三藩の乱〉
清のみならず中国史上最高の名君と言われる皇帝の聡明と英断を描いた長編中国歴史小説。

連城三紀彦　綾辻行人、伊坂幸太郎、小野不由美、米澤穂信 編　連城三紀彦　レジェンド2　傑作ミステリー集
ミステリーの巨匠を敬愛する超人気作家４人が厳選した究極の傑作集。特別鼎談も収録。

足立　紳　弱虫日記
弱虫な俺が、死に物狂いで自分を変えようとした理由は。少年の葛藤と前進を描いた感動作！

奥野修司　徳山大樹　怖い中国食品、不気味なアメリカ食品
第20回「編集者が選ぶ雑誌ジャーナリズム賞」企画賞受賞記事に大幅加筆。〈文庫オリジナル〉

倉知　淳　シュークリーム・パニック
肩肘張らない、でも甘すぎない、絶妙な新感覚の謎解き。大傑作本格ミステリ全6編収録。

新野剛志　明日の色
バツイチ職なしの吾郎が目指す仕事はギャラリスト!?　めげない男の下町痛快奮闘記。

法月綸太郎　怪盗グリフィン対ラトウィッジ機関
SFとミステリの美しき融合。傑作『ノックス・マシン』を発展させた、新たな代表作！

森川智喜　一つ屋根の下の探偵たち
奇妙奇天烈摩訶不思議な〈アリとキリギリス〉事件に挑む！　シェアハウス探偵ストーリー！

北原みのり　木嶋佳苗100日裁判傍聴記　〈佐藤優対談収録完全版〉
死刑判決が下った平成の毒婦、木嶋佳苗《きじまかなえ》とは何者だったのか？　佐藤優との対談を収録。

講談社文芸文庫

芥川龍之介　谷崎潤一郎
文芸的な、余りに文芸的な／饒舌録　ほか　芥川vs.谷崎論争
千葉俊二編
解説＝千葉俊二
昭和二年、芥川自害の数ヵ月前に始まった〝筋のない小説〟を巡る論争。二人の応酬を発表順に配列し、発端となった合評会と小説、谷崎の芥川への追悼文を収める。
978-4-06-290358-5　あH3

日野啓三
天窓のあるガレージ
解説＝鈴村和成　年譜＝著者
日常から遠く隔たった土地の歴史、自然に身を置く「私」が再発見する場所――都市幻想小説群の嚆矢となった表題作を始め、転形期のスリルに満ちた傑作短篇集。
978-4-06-290360-8　ひA7

三木　清
三木清文芸批評集
大澤　聡編
解説＝大澤　聡　年譜＝柿谷浩一
昭和初期の哲学者にしてジャーナリストの三木清はまた、稀代の文芸批評家でもあった。批評論・文学論・状況論の三部構成で、その豊かな批評眼を読み解く。
978-4-06-290359-2　みL4

柴崎竜人　三軒茶屋星座館1〈冬のオリオン〉
柴崎竜人　三軒茶屋星座館2〈夏のキグナス〉
城平　京　虚構推理
周木　律　眼球堂の殺人～The Book～
周木　律　双孔堂の殺人～Double Torus～
周木　律　五覚堂の殺人～Burning Ship～
下村敦史　闇に香る嘘
杉本苑子　孤愁の岸(上)(下)
杉本苑子　引越し大名の笑い
杉本苑子　汚名
杉本苑子　女人古寺巡礼
杉本苑子　利休破調の悲劇
杉本苑子　江戸を生きる
杉田　望　金融夜光虫
杉田　望　特別検査〈金融アベンジャー〉
杉田　望　破産執行人
杉田　望　不正会計
杉浦日向子　新装版　東京イワシ頭
杉浦日向子　新装版　呑々草子

杉浦日向子　新装版　入浴の女王
鈴木輝一郎　美男忠臣蔵
鈴木輝一郎　お市の方　戦国の凰《おおとり》
鈴木光司　神々のプロムナード
鈴木英治　闇の目〈下っ引夏兵衛〉
鈴木英治　関所破り〈下っ引夏兵衛〉
鈴木英治　かどわかし〈下っ引夏兵衛〉
鈴木敦秋　小児救急
鈴木敦秋　明香ちゃんの心臓〈東京女子医大病院事件〉
杉本章子　お狂言師歌吉うきよ暦
杉本章子　大奥二人道成寺〈お狂言師歌吉うきよ暦〉
杉本章子　精《あき》姫《ひめ》様一条〈お狂言師歌吉うきよ暦〉
杉本章子　東京影同心
鈴木陽子・金澤　治　発達障害〈うちの子がヘンと言われたら〉
杉山文野　ダブルハッピネス
諏訪哲史　アサッテの人
諏訪哲史　りすん
諏訪哲史　ロンバルディア遠景
管　洋志　ぶらりニッポンの島旅

末浦広海　訣別の森
末浦広海　捜査官
須藤靖貴　抱きしめたい
須藤靖貴　池波正太郎を歩く
須藤靖貴　どまんなか(1)
須藤靖貴　どまんなか(2)
須藤靖貴　どまんなか(3)
須藤靖貴　おれ、力士になる
鈴木仁志　司法占領
須藤元気　レボリューション
菅野雪虫　天山の巫女《みこ》ソニン(1)　黄金の燕
菅野雪虫　天山の巫女《みこ》ソニン(2)　海の孔雀
菅野雪虫　天山の巫女《みこ》ソニン(3)　朱鳥《あけがらす》の星
菅野雪虫　天山の巫女《みこ》ソニン(4)　夢の白鷺
菅野雪虫　天山の巫女《みこ》ソニン(5)　大地の翼
鈴木大介　ギャングース・ファイル〈家のない少年たち〉
鈴木みき　日帰り登山のススメ〈あした、山へ行こう!〉
瀬戸内晴美　かの子撩乱
瀬戸内晴美　京まんだら(上)(下)

瀬戸内晴美 彼女の夫たち(上)(下)
瀬戸内晴美 蜜と毒
瀬戸内寂聴 新寂庵説法 愛なくば
瀬戸内晴美 家族物語(上)(下)
瀬戸内寂聴 生きるよろこび〈寂聴随想〉
瀬戸内寂聴 寂聴 天台寺好日
瀬戸内寂聴 人が好き［私の履歴書］
瀬戸内寂聴 渇く
瀬戸内寂聴 白道
瀬戸内寂聴 いのち発見
瀬戸内寂聴 無常を生きる〈寂聴随想〉
瀬戸内寂聴 わかれば『源氏』はおもしろい〈寂聴対談集〉
瀬戸内寂聴 寂聴相談室 人生道しるべ
瀬戸内寂聴 花芯
瀬戸内寂聴 瀬戸内寂聴の源氏物語
瀬戸内寂聴 愛する能力
瀬戸内寂聴 藤壺
瀬戸内寂聴 生きることは愛すること
瀬戸内寂聴 寂聴と読む源氏物語

瀬戸内寂聴 月の輪草子
瀬戸内寂聴 新装版 寂庵説法
瀬戸内晴美編 人類愛に捧げた生涯〈人物近代女性史〉
瀬戸内寂聴・訳 源氏物語 巻《まき》一《いち》
瀬戸内寂聴・訳 源氏物語 巻《まき》二《に》
瀬戸内寂聴・訳 源氏物語 巻《まき》三《さん》
瀬戸内寂聴・訳 源氏物語 巻《まき》四《し》
瀬戸内寂聴・訳 源氏物語 巻《まき》五《ご》
瀬戸内寂聴・訳 源氏物語 巻《まき》六《ろく》
瀬戸内寂聴・訳 源氏物語 巻《まき》七《しち》
瀬戸内寂聴・訳 源氏物語 巻《まき》八《はち》
瀬戸内寂聴・訳 源氏物語 巻《まき》九《く》
瀬戸内寂聴・訳 源氏物語 巻《まき》十《じゅう》
梅原猛 瀬戸内寂聴 寂聴・猛の強く生きる心
関川夏央 よい病院とはなにか〈病むことと老いること〉
関川夏央 水の中の八月
関川夏央 やむにやまれず
関川夏央 子規、最後の八年
先崎学 フフフの歩

先崎学 先崎学の実況！盤外戦
妹尾河童 少年H(上)(下)
妹尾河童 河童が覗いたインド
妹尾河童 河童が覗いたヨーロッパ
妹尾河童 河童が覗いたニッポン
妹尾河童 河童の手のうち幕の内
妹尾河童 野坂昭如 少年Hと少年A
清涼院流水 コズミック 流
清涼院流水 ジョーカー 清
清涼院流水 ジョーカー 涼
清涼院流水 コズミック 水
清涼院流水 カーニバル 一輪の花
清涼院流水 カーニバル 二輪の草
清涼院流水 カーニバル 三輪の層
清涼院流水 カーニバル 四輪の牛
清涼院流水 カーニバル 五輪の書
清涼院流水 秘密屋文庫 知ってる怪
清涼院流水 秘密室ボン〈QUIZ SHOW〉
清涼院流水 彩紋家事件(I)(II)(III)

高杉　良　広報室沈黙す(上)(下)
高杉　良　会社蘇生
高杉　良　炎の経営者(上)(下)
高杉　良　小説日本興業銀行全五冊
高杉　良　社長の器
高杉　良　祖国へ、熱き心を〈東京にオリンピックを呼んだ男〉
高杉　良　その人事に異議あり〈女性広報主任のジレンマ〉
高杉　良　人事権!
高杉　良　小説消費者金融〈クレジット社会の罠〉
高杉　良　小説新巨大証券(上)(下)
高杉　良　局長罷免 小説通産省
高杉　良　首魁《しゅかい》の宴《うたげ》〈政官財腐敗の構図〉
高杉　良　指名解雇
高杉　良　燃ゆるとき
高杉　良　挑戦つきることなし〈小説ヤマト運輸〉
高杉　良　辞表撤回
高杉　良　銀行大合併〈短編小説全集(上)〉
高杉　良　エリートの反乱〈短編小説全集(中)〉
高杉　良　金融腐蝕列島(上)(下)

高杉　良　小説ザ・外資
高杉　良　銀行大統合〈小説みずほFG〉
高杉　良　勇気凜々
高杉　良　混沌《こんとん》 新・金融腐蝕列島(上)(下)
高杉　良　乱気流(上)(下)
高杉　良　小説会社再建
高杉　良　小説ザ・ゼネコン
高杉　良　新装版懲戒解雇
高杉　良　新装版虚構の城
高杉　良　新装版大逆転!〈小説 三菱・第一銀行合併事件〉
高杉　良　新装版バンダルの塔
高杉　良　新・燃ゆるとき
高杉　良　管理職の本分
高杉　良　挑戦巨大外資(上)(下)
高杉　良　破戒者たち〈小説・新銀行崩壊〉
高杉　良　第四権力〈巨大メディアの罪〉
高杉　良　巨大外資銀行
竹本健治　新装版匣《はこ》の中の失楽
竹本健治　囲碁殺人事件

竹本健治　将棋殺人事件
竹本健治　トランプ殺人事件
高橋源一郎　日本文学盛衰史
高橋源一郎・山田詠美　顰蹙文学カフェ
高橋克彦　写楽殺人事件
高橋克彦　悪魔のトリル
高橋克彦　総門谷
高橋克彦　北斎殺人事件
高橋克彦　歌麿殺《さつ》贋《がん》事件
高橋克彦　バンドネオンの豹《ジャガー》
高橋克彦　蒼《あお》夜《や》叉《しゃ》
高橋克彦　広重殺人事件
高橋克彦　北斎の罪
高橋克彦　総門谷R 阿黒篇
高橋克彦　総門谷R 鵺(ぬえ)篇
高橋克彦　総門谷R 小町変妖篇
高橋克彦　総門谷R 白骨篇
高橋克彦　1999年〈対談集〉
高橋克彦　星封陣

高里椎奈 海紡《つむ》ぐ螺旋《らせん》 空の回廊〈薬屋探偵妖綺談〉
高里椎奈 深山木薬店説話集〈薬屋探偵妖綺談〉
高里椎奈 孤狼と月〈フェンネル大陸 偽王伝1〉
高里椎奈 騎士の系譜〈フェンネル大陸 偽王伝2〉
高里椎奈 虚空の王者〈フェンネル大陸 偽王伝3〉
高里椎奈 闇と光の双翼〈フェンネル大陸 偽王伝4〉
高里椎奈 風牙天明〈フェンネル大陸 偽王伝5〉
高里椎奈 雲の花嫁〈フェンネル大陸 偽王伝6〉
高里椎奈 終焉の詩〈フェンネル大陸 偽王伝7〉
高里椎奈 ソラチルサクハナ〈薬屋探偵怪奇譚〉
高里椎奈 天上の羊 砂糖菓子の迷児〈薬屋探偵怪奇譚〉
高里椎奈 ダウスに堕ちた星と嘘〈薬屋探偵怪奇譚〉
高里椎奈 遠《とお》に呱々《ここ》泣く八重の繭《まゆ》〈薬屋探偵怪奇譚〉
高里椎奈 童話を失くした明時《あかとき》に〈薬屋探偵怪奇譚〉
高里椎奈 来鳴《きな》く木菟《みみずく》日知《ひし》り月《つき》〈薬屋探偵怪奇譚〉
高里椎奈 雰囲気探偵 鬼鶫《きつぐみ》航《わたる》
大道珠貴 背く子
大道珠貴 ひさしぶりにさようなら
大道珠貴 傷口にはウオッカ
大道珠貴 東京居酒屋探訪
大道珠貴 ショッキングピンク
高橋和 女流棋士
高木徹 ドキュメント 戦争広告代理店〈情報操作とボスニア紛争〉
平安寿子 グッドラックらばい
平安寿子 あなたにもできる悪いこと
高梨耕一郎 京都 風の奏葬
高梨耕一郎 京都半木の道 桜雲の殺意
日明《たちもり》恩《めぐみ》 それでも、警官は微笑《わら》う
日明恩 鎮火報〈Fire's Out〉
日明恩 そして、警官は奔《はし》る
多田克己 絵・京極夏彦 百鬼解読
竹内真 じーさん武勇伝
たつみや章 ぼくの・稲荷山戦記
たつみや章 夜の神話
たつみや章 水の伝説
橘もも バックダンサーズ！
橘もも／三浦天紗子／百瀬しのぶ／田浦智美 サッド・ムービー
武田葉月 ドルジ 横綱・朝青龍の素顔
武田葉月 横綱
高橋祥友 自殺のサインを読みとる〈改訂版〉
田中文雄 鼠《ねず》舞《まい》
立石泰則 ソニー最後の異端〈近藤哲二郎とA^3研究所〉
田中啓文 蓬《ほう》莱《らい》洞《どう》の研究
田中啓文 邪馬台洞の研究
田中啓文 天岩屋戸《あめのいわやど》の研究
田中啓文 猿《えん》猴《こう》
高嶋哲夫 メルトダウン
高嶋哲夫 命の遺伝子
高嶋哲夫 首都感染
高橋繁行 死出の門松〈こんな葬式がしたかった〉
田中克人 裁判員に選ばれたら
たかのてるこ 淀川でバタフライ
谷崎竜 のんびり各駅停車
高野秀行 西南シルクロードは密林に消える
高野秀行 怪獣記
高野秀行 アジア未知動物紀行 ベトナム・奄美・アフガニスタン
高野秀行 イスラム飲酒紀行

津本　陽　前田利家　全三冊
津本　陽　加賀百万石
津本　陽　真田忍侠記(上)(下)
津本　陽　歴史に学ぶ
津本　陽　おおとりは空に
津本　陽　本能寺の変
津本　陽　武蔵と五輪書
津本　陽　幕末御用盗
津村秀介　洞爺湖殺人事件
津村秀介　水戸の偽証〈三島着10時31分の死者〉
津村秀介　浜名湖殺人事件〈富士－博多間37時間30分の謎〉
津村秀介　琵琶湖殺人事件〈ハイパー有明14号「13時45分」の死角〉
津村秀介　猪苗代湖殺人事件
津村秀介　白樺湖殺人事件〈L特急「あずさ13号」空白の接点〉
司城志朗　恋ゆうれい
土屋賢二　哲学者かく笑えり
土屋賢二　ツチヤ学部長の弁明
土屋賢二　人間は考えても無駄である〈ツチヤの変客万来〉
土屋賢二　純粋ツチヤ批判

塚本青史　呂后
塚本青史　王莽
塚本青史　光武帝(上)(中)(下)
塚本青史　張騫
塚本青史　凱《がい》歌《か》の後《のち》
塚本青史　始皇帝
塚本青史　三国志　曹操伝　上〈落暉の洛陽〉
塚本青史　三国志　曹操伝　中〈群雄の彷徨〉
塚本青史　三国志　曹操伝　下〈赤壁に決す〉
辻原　登　マノンの肉体
辻原　登　円朝芝居噺　夫婦幽霊
辻原　登　寂しい丘で狩りをする
辻村深月　冷たい校舎の時は止まる(上)(下)
辻村深月　子どもたちは夜と遊ぶ(上)(下)
辻村深月　凍りのくじら
辻村深月　ぼくのメジャースプーン
辻村深月　スロウハイツの神様(上)(下)
辻村深月　名前探しの放課後(上)(下)
辻村深月　ロードムービー

辻村深月　ゼロ、ハチ、ゼロ、ナナ。
辻村深月　V.T.R.
辻村深月　光待つ場所へ
辻村深月　ネオカル日和
辻村深月　島はぼくらと
新川直司 漫画／辻村深月 原作　コミック 冷たい校舎の時は止まる(上)(下)
常光　徹　学校の怪談〈K峠のうわさ〉
常光　徹　学校の怪談〈百円のビデオ〉
坪内祐三　ストリートワイズ
津村記久子　ポトスライムの舟
津村記久子　カソウスキの行方
恒川光太郎　竜が最後に帰る場所
月村了衛　神子《みこ》上《がみ》典《てん》膳《ぜん》
出久根達郎　佃島ふたり書房
出久根達郎　たとえばの楽しみ
出久根達郎　おんな飛脚人
出久根達郎　世直し大明神〈おんな飛脚人〉
出久根達郎　御書物同心日記
出久根達郎　続　御書物同心日記

東郷　隆　蛇の王〈ナーガ・ラージ〉(上)(下)
東郷　隆　定吉七番《セブン》の復活
東郷　隆　上田　信　絵【絵解き】戦国武士の合戦心得〈歴史・時代小説ファン必携〉
東郷　隆　上田　信　絵【絵解き】雑兵足軽たちの戦い〈歴史・時代小説ファン必携〉
戸田郁子　ソウルは今日も快晴〈日韓結婚物語〉
とみなが貴和　EDGE《エッジ》
とみなが貴和　EDGE2〈三月の誘拐者〉
東嶋和子　メロンパンの真実
戸梶圭太　アウトオブチャンバラ
徳本栄一郎　メタル・トレーダー
東良美季　猫　の　神　様
堂場瞬一　八月からの手紙
堂場瞬一　壊　れ　る　心〈警視庁犯罪被害者支援課〉
堂場瞬一　邪　心〈警視庁犯罪被害者支援課2〉
堂場瞬一　二度泣いた少女〈警視庁犯罪被害者支援課3〉
堂場瞬一　傷
堂場瞬一　埋　れ　た　牙
土橋章宏　超高速！　参勤交代
土橋章宏　超高速！参勤交代　リターンズ
戸谷洋志　Jポップで考える哲学〈自分を問い直すための15曲〉
夏樹静子　そして誰かいなくなった
夏樹静子　新装版　二人の夫をもつ女
中井英夫　新装版　虚無への供物(上)(下)
中井英夫　新装版　とらんぷ譚Ⅰ　幻想博物館
中井英夫　新装版　とらんぷ譚Ⅱ　悪夢の骨牌《かるた》
中井英夫　新装版　とらんぷ譚Ⅲ　人外境《にんがいきょう》通信
中井英夫　新装版　とらんぷ譚Ⅳ　真珠母《しんじゅも》の匣《はこ》
長井　彬　新装版　原子炉の蟹
長尾三郎　人は50歳で何をなすべきか
長尾三郎　週刊誌血風録
南里征典　軽井沢絶頂夫人
南里征典　情　事　の　契　約
南里征典　寝室の蜜猟者
南里征典　魔性の淑女牝
南里征典　秘　宴　の　紋　章
中島らも　しりとりえっせい
中島らも　今夜、すべてのバーで
中島らも　白いメリーさん
中島らも　寝　ず　の　番
中島らも　さかだち日記
中島らも　バンド・オブ・ザ・ナイト
中島らも　休　み　の　国
中島らも　異人伝　中島らものやり口
中島らも　空からぎろちん
中島らも　僕にはわからない
中島らも　中島らものたまらん人々
中島らも　エキゾティカ
中島らも　あの娘《こ》は石ころ
中島らも　ロバに耳打ち
中島らも　ロ　カ
中島らも　編著　なにわのアホぢから
中島らもほか　輝　き　の　一　瞬〈短くて心に残る30編〉
中島らも　チチ松村　らもチチ　わたしの半生〈青春篇〉〈中年篇〉
鳴海　章　ニューナンブ
鳴海　章　街　角　の　犬
鳴海　章　え　れ　じ　い
鳴海　章　マルス・ブルー

鳴海　章　中《なか》継《つぎ》刑《デ》事《カ》〈捜査五係申し送りファイル〉
鳴海　章　フェイスブレイカー
鳴海　章　謀略航路
中嶋博行　違法弁護
中嶋博行　司法戦争
中嶋博行　第一級殺人弁護
中嶋博行　ホカベン　ボクたちの正義
中嶋博行　新装版　検察捜査
中嶋博行　新検察捜査
中村天風　運命を拓く〈天風瞑想録〉
夏坂　健　ナイス・ボギー
中場利一　岸和田のカオルちゃん
中場利一　バラガキ〈土方歳三青春譜〉
中場利一　岸和田少年愚連隊
中場利一　岸和田少年愚連隊　血煙り純情篇
中場利一　岸和田少年愚連隊　望郷篇
中場利一　岸和田少年愚連隊　外伝
中場利一　岸和田少年愚連隊　完結篇
中場利一　純情ぴかれすく〈その後の岸和田少年愚連隊〉

中場利一　スケバンのいた頃
中山可穂　感情教育
中山可穂　マラケシュ心中
中村うさぎ
倉田真由美　うさたまのいい女になるっ！〈暗夜行路対談〉
中山康樹　リッスン〈ジャズとロックと青春の日々〉
中山康樹　ビートルズから始まるロック名盤
中山康樹　ジョン・レノンから始まるロック名盤
中山康樹　伝説のロック・ライヴ名盤50
永井するみ　防風林
永井するみ　ソナタの夜
永井するみ　年に一度、の二人
永井するみ　涙のドロップス
永井　隆　ドキュメント　敗れざるサラリーマンたち
中島誠之助　ニセモノ師たち
梨屋アリエ　でりばりぃAge
梨屋アリエ　ピアニッシシモ
梨屋アリエ　プラネタリウム
梨屋アリエ　プラネタリウムのあとで
梨屋アリエ　スリースターズ

中原まこと　いつかゴルフ日和に
中原まこと　笑うなら日曜の午後に
中島京子　ＦＵＴＯＮ
中島京子　イトウの恋
中島京子　均ちゃんの失踪
中島京子　エルニーニョ
中島京子　妻が椎茸だったころ
奈須きのこ　空の境界　(上)(中)(下)
中島かずき　髑《どく》髏《ろ》城の七人
内藤みか
尾谷幸憲　ＬＯＶＥ※〈ラブコメ〉
永田俊也　落語娘
中村彰彦　名将がいて、愚者がいた
中村彰彦　義に生きるか裏切るか〈名将がいて、愚者がいた〉
中村彰彦　知恵伊豆と呼ばれた男〈老中松平信綱の生涯〉
中村彰彦　幕末維新史の定説を斬る
中村彰彦　乱世の名将　治世の名臣
長野まゆみ　簞笥のなか
長野まゆみ　となりの姉妹
長野まゆみ　レモンタルト

講談社文庫　目録

講談社文庫　目録

花房観音 指人形
畑野智美 海の見える街
畑野智美 南部芸能事務所
畑野智美 南部芸能事務所 season2 メリーランド
畑野智美 南部芸能事務所 season3 春の嵐
早見和真 東京ドーン
はあちゅう 半径5メートルの野望
早坂 吝《やぶさか》 ○○○○○○○○殺人事件
浜口倫太郎 22年目の告白〈―私が殺人犯です―〉
原田伊織 明治維新という過ち〈日本を滅ぼした吉田松陰と長州テロリスト〉
平岩弓枝 花嫁の日
平岩弓枝 結婚の四季
平岩弓枝 わたしは椿姫
平岩弓枝 花祭
平岩弓枝 青の伝説
平岩弓枝 青の回帰(上)(下)
平岩弓枝 青の背信
平岩弓枝 五人女捕物くらべ(上)(下)
平岩弓枝 はやぶさ新八御用帳(四)〈鬼勘の娘〉
平岩弓枝 はやぶさ新八御用帳(五)〈御守殿おたき〉
平岩弓枝 はやぶさ新八御用帳(六)〈春月の雛〉
平岩弓枝 はやぶさ新八御用帳(七)〈寒椿の寺〉
平岩弓枝 はやぶさ新八御用帳(八)〈春怨 根津権現〉
平岩弓枝 はやぶさ新八御用帳(九)〈王子稲荷の女〉
平岩弓枝 はやぶさ新八御用帳(十)〈幽霊屋敷の女〉
平岩弓枝 はやぶさ新八御用旅(一)〈東海道五十三次〉
平岩弓枝 はやぶさ新八御用旅(二)〈中仙道六十九次〉
平岩弓枝 はやぶさ新八御用旅(三)〈日光例幣使道の殺人〉
平岩弓枝 はやぶさ新八御用旅(四)〈北前船の事件〉
平岩弓枝 はやぶさ新八御用旅(五)〈諏訪の妖狐〉
平岩弓枝 はやぶさ新八御用旅(六)〈紅花染め秘帳〉
平岩弓枝 新装版 はやぶさ新八御用帳(一)〈大奥の恋人〉
平岩弓枝 新装版 はやぶさ新八御用帳(二)〈江戸の海賊〉
平岩弓枝 新装版 はやぶさ新八御用帳(三)〈又右衛門の女房〉
平岩弓枝 新装版 おんなみち(上)(中)(下)
平岩弓枝 極楽とんぼの飛んだ道〈私の半生、私の小説〉
平岩弓枝 ものは言いよう
平岩弓枝 老いること暮らすこと
平岩弓枝 なかなかいい生き方
平岡正明 志ん生的、文楽的
東野圭吾 放課後
東野圭吾 卒業〈雪月花殺人ゲーム〉
東野圭吾 学生街の殺人
東野圭吾 魔球
東野圭吾 十字屋敷のピエロ
東野圭吾 眠りの森
東野圭吾 宿命
東野圭吾 変身
東野圭吾 仮面山荘殺人事件
東野圭吾 天使の耳
東野圭吾 ある閉ざされた雪の山荘で
東野圭吾 同級生
東野圭吾 名探偵の呪縛
東野圭吾 むかし僕が死んだ家
東野圭吾 虹を操る少年
東野圭吾 パラレルワールド・ラブストーリー
東野圭吾 天空の蜂

講談社文庫　目録

東野圭吾　どちらかが彼女を殺した
東野圭吾　名探偵の掟
東野圭吾　悪意
東野圭吾　私が彼を殺した
東野圭吾　嘘をもうひとつだけ
東野圭吾　時生
東野圭吾　赤い指
東野圭吾　流星の絆
東野圭吾　新装版 浪花少年探偵団
東野圭吾　新装版 しのぶセンセにサヨナラ
東野圭吾　新参者
東野圭吾　麒麟の翼
東野圭吾　パラドックス13
東野圭吾　祈りの幕が下りる時
東野圭吾作家生活25周年祭り実行委員会　東野圭吾公式ガイド（読者1万人が選んだ東野作品人気ランキング発表）
広田靚子　イギリス花の庭
姫野カオルコ　ああ、懐かしの少女漫画
姫野カオルコ　ああ、禁煙vs.喫煙
日比野　宏　アジア亜細亜 無限回廊
日比野　宏　アジア亜細亜 夢のあとさき
日比野　宏　夢街道アジア
平山壽三郎　明治おんな橋
平山壽三郎　明治ちぎれ雲
火坂雅志　美食探偵
火坂雅志　骨董屋征次郎手控
火坂雅志　骨董屋征次郎京暦
平野啓一郎　高瀬川
平野啓一郎　ドーン
平野啓一郎　空白を満たしなさい（上）（下）
平山　譲　ありがとう
平山　譲　片翼チャンピオン
平田俊子　ピアノ・サンド
ひこ・田中　新装版 お引越し
平岩正樹　がんで死ぬのはもったいない
百田尚樹　永遠の0《ゼロ》
百田尚樹　輝く夜
百田尚樹　風の中のマリア
百田尚樹　影法師
百田尚樹　ボックス！（上）（下）
百田尚樹　海賊とよばれた男（上）（下）
ヒキタクニオ　東京ボイス
ヒキタクニオ　カワイイ地獄
平田オリザ　十六歳のオリザの冒険をしるす本
平田オリザ　幕が上がる
ビッグイシュー 枝元なほみ　世界一あたたかい人生相談
久生十蘭　久生十蘭「従軍日記」
東　直子　さようなら窓
東　直子　らいほうさんの場所
東　直子　トマト・ケチャップ・ス
平敷安常　キャパになれなかったカメラマン（上）（下）〈ベトナム戦争の語り部たち〉
樋口明雄　ミッドナイト・ラン！
樋口明雄　ドッグ・ラン！
平谷美樹　藪の奥〈眠る義経秘宝〉
平谷美樹　居留地同心・凌之介秘帳 小倫敦の幽霊
蛭田亜紗子　人肌ショコラリキュール
樋口卓治　ボクの妻と結婚してください。
樋口卓治　続・ボクの妻と結婚してください。

2017年6月15日現在